Coverdesign und Innenformat von The Killion Group http://thekilliongroupinc.com

Übersetzung - Petra Gorschboth, Philip Riesinger, Martin Wick, und andere

DIE HIGHLIGHTS SERIE

DAS BESTE VON BRENNA GRANT

KEIRA MONTCLAIR

VORWORT

WILLKOMMEN BEI DER Serie Highlights!

Ja, die meisten dieser Szenen haben Sie schon gelesen! Meist enthalten Bücher neue, exklusive Szenen, die nur wenige gesehen haben, aber Sie, meine treuen Fans, haben die meisten dieser Szenen in meinen früheren Büchern BEREITS GELESEN. Sie wollen nicht noch einmal dafür bezahlen? Dann tun Sie es bitte nicht. Warten Sie, bis alle Bücher erschienen sind, und melden Sie sich dann für Kindle Unlimited an. Dann können Sie alles kostenlos lesen.

Nun ein wenig über diese Serie.

Die Inspiration für diese Serie kam mir, weil ich fünfundfünfzig Bücher der kombinierten Grant/ Ramsay-Reihe verfasst habe, und auch ich mich nicht mehr an alles erinnern konnte. Ich habe so viele verschiedene Notizbücher, Softwarenotizen, Journale und Geschichtsbibliografien, dass es zu einer wahren Arbeit geworden ist, auch nur die kleinste Information aufzuspüren.

Das erste Problem? Ich konnte mich nicht mehr an das Alter und die Haarfarbe aller Kinder erinnern. Es sind einfach zu viele. Oft wünsche ich mir, ich hätte ein Notizbuch, in dem nur die Kinder aufgelistet wären, um ihre persönlichen Eigenschaften und ihr Alter leichter wiederzufinden.

Dann kamen dann noch die Feen, die Schwerter,

die Engel und die Seher. Wer besaß welche Macht? Ich verlor den Überblick.

Also fasste ich den Entschluss, alle fünfundfünfzig Bücher durchzugehen, um die relevanten Szenen zu kopieren und in eine Referenzdatei einzuspeisen. Mein nächster Gedanke? Würden meine Leser es nicht toll finden, wenn ich dasselbe mit Alex Grant und Logan Ramsay machen würde? Würden sie ein solches Buch kaufen?

Ich hoffe, sie sagen ja!

Das Projekt wuchs von da an. Zum jetzigen Zeitpunkt habe ich Pläne für die folgenden Highlights-Bücher, die den Titel *Das Beste von*:

Alexander Grant
Madeline Grant
Logan Ramsay
Gwyneth Ramsay
Loki Grant
Brenna Ramsay
Torrian Ramsay
Connor Grant
Maitland Menzie
Dyna Grant
Die Kinder, Teil 1 und 2
Die Haustiere, Geister und Gespenster
Meine Lieblingsszenen

Das ist richtig. Rasch waren aus vier Büchern dreizehn geworden, und manche darunter haben zu viele Lieblingsszenen, um in einen Band zu passen. Logan ist derjenige, der am längsten dabei ist, aber er würde sagen, dass es nur richtig war.

Möglicherweise habe ich ihren Favoriten nicht ausgewählt, aber jede Sammlung musste lang genug werden, um das Format eines Romans zu erfüllen. Sie mochten Drew, Quade oder Aedan mehr? Das ist nicht für ein Buch nicht ausreichend. Es gibt noch andere Möglichkeiten, wenn Sie, liebe Leser, danach fragen. Das Beste der Hochzeiten, die Camerons, die Schurken? Vielleicht wird es diese Bücher eines Tages in der Zukunft geben, doch es wird noch eine Weile dauern, bis ich neue Bücher hinzufüge, denn dies war ein langes, mühsames Projekt. Lang. Sagte ich lang? Ich habe ewig gebraucht!

Ich habe versucht, mich an ein paar Regeln zu halten:

1. Es gibt keine feste Reihenfolge, in der man die Serie lesen muss. Sie können sie in beliebiger Reihenfolge lesen.

Ich werde auch einen zufälligen Zeitplan für die Veröffentlichungen haben, und das nicht unbedingt in der aufgeführten Reihenfolge.

2. Ich habe versucht, nur drei oder vier Szenen aus dem Hauptbuch der jeweiligen Figur zu nehmen. Ich habe die Szenen ausgewählt, die seine oder ihre Persönlichkeit oder einen wichtigen Lebensabschnitt am besten repräsentieren.

3. Die Auszüge sind genauso aufgeführt, wie sie im jeweiligen Buch erschienen sind. All diese Kommafehler? Ich habe sie nicht geändert.

Abgesehen von ein paar eklatanten Tippfehlern wurde nichts geändert.

4. Ich habe mir große Mühe gegeben, um den Leser auf jede Szene einzustimmen, indem ich

ein oder zwei Zeilen am Anfang jeder Szene hinzugefügt habe. Die Kapitel sind mit dem Titel des jeweiligen Buches aufgeführt, so dass Sie diese dort nachschlagen können, wenn Sie möchten.

5. Die Serie und die Bücher sind gemäß der Zeitachse geordnet. Mit anderen Worten: Highland Heilerinnen kommt vor Highland Schwertern, was nicht die Reihenfolge ist, in der ich sie veröffentlicht habe.

Habe ich Ihre Lieblingsszene ausgelassen? Wahrscheinlich. Sie müssen verstehen, dass ich dreizehn Tabs auf meinem Laptop geöffnet hatte, während ich jedes Buch langsam durchgeblättert habe.

Ich werde hier auch eine Warnung einfügen, um daran zu erinnern, dass es im Mittelalter brutal zuging. Sind Sie bereit für das Beste von Brenna Grant? Dann lesen Sie weiter.

Meine Gedanken stehen in Kursivschrift vor dem Anfang jeder Szene.

Teilen Sie mir Ihre Gedanken mit!

Keira Montclair

Warnung zum Inhalt:

DIE WELT, IN der meine geliebten Grants und Ramsays leben, ist in vielerlei Hinsicht gewalttätig. Sie werden von den Schrecken des Krieges, sexuellen Übergriffen, traumatischen Geburten, Kindesmissbrauch und anderen Ereignissen lesen, die wir heute schockierend finden. Bitte achten Sie beim Lesen auf Ihre Reaktionen und nehmen Sie Abstand, wenn Sie es für nötig halten.

WEITERE BÜCHER VON KEIRA MONTCLAIR

DIE GRANT CLAN SERIE

#1-BEFREIT VON EINEM HIGHLANDER-
Alex und Maddie
#2-HEILUNG EINES HIGHLANDER-HERZENS-
Brenna und Quade
#3-LIEBESBRIEFE AUS LARGS-
Brodie und Celestina
#4-AUFSTIEG IN DIE HIGHLANDS-
Robbie und Caralyn
#5-DAS KNISTERN DER HIGHLANDS
-Logan und Gwyneth
#6 -MEINE VERZWEIFELTER HIGHLANDERIN-
Micheil und Diana
#7- DER HELLSTE STERN DER HIGHLANDS-
Jennie und Aedan
#8-HIGHLAND HARMONIE-
Avelina und Drew
#9WEIHNACHTSENGEL –
Maddie & Alex

DER HIGHLAND CLAN

LOKI aus den Highlands – Buch Eins
TORRIAN aus den Highlands – Buch Zwei

LILY aus den Highlands – Buch Drei
JAKE aus den Highlands– Buch Vier
ASHLYN aus den Highlands– Buch Fünf
MOLLY aus den Highlands– Buch Sechs
JAMIE UND GRACIE aus den Highlands – Buch Sieben
SORCHA aus den Highlands – Buch Acht
KYLA aus den Highlands – Buch Neun
BETHIA aus den Highlands – Buch Zehn
LOKIS WINTERREISE – Buch Elf
ELIZABETH aus den Highlands

DIE BANDE DER COUSINS

1-Highland Rache
2-Highland Entführung
3-Highland Vergeltung
4-Highland Lügen
5-Highland Stärke
6-Highland Verehrung
7-Highland Treue
8- Highland Kraft

HIGHLAND HEILERINNEN

Der Fluch von Black Isle
Die Hexe von Black Isle
Die Geißel von Black Isle
Die Geister von Black Isle
Das Geschenk von Black Isle

HIGHLANDSCHWERTER

DER VERRAT DER SCHOTTIN
DIE SCHOTTISCHE SPIONIN
DIE JAGD DES SCHOTTEN

DIE PRÜFUNG DES SCHOTTEN
DIE TÄUSCHUNG DES SCHOTTEN
DER ENGEL DER SCHOTTEN

HIGHLAND JÄGER

Der Konflikt der Schotten #1
Der Verräter der Schotten #2
Der Behüter der Schotten #3
Der Schwur des Schotten #4
Die Bestimmung des Schotten #5
Die Warnung des Schotten #6
Die Abrechnung des Schotten #7
Das Vermächtnis der Schotten #8

DIE CLANS VON MULL

Ein schottisches Mädchen in Not
Die Bürde eines schottischen Clanführers
Der Kummer der schottischen Lairds
Die Qualen eines schottischen Kriegers
Die Auflehnung eines schottischen Herzens
Der Zorn eines schottischen Schwerts

VOR VIELEN JAHREN BEIM GRANT CLAN

Grant Clan, vor einigen Jahren

ELIZABETH GRANT ÖFFNETE die Tür und spähte in den Hof, wo all die Männer lagen, die versorgt werden mussten. Ihr Clan hatte gegen eine Bande von Räubern gekämpft, die Vieh stehlen wollten – es waren Männer, die selten so weit in die Highlands vordrangen.

„Pa, es sind so viele.“

Ihr Vater stand am Kamin und wärmte sich die Hände. „Wir schaffen das schon, Mädchen. Brenna kann uns zur Hand gehen. Die kleine Jennie schläft.“

„Ich hasse es, wenn wir uns nach dem Kampf um die Männer kümmern müssen. Das macht mich so traurig“, meinte Elizabeth und lehnte ihren Kopf gegen den Türrahmen.

„Wir können sie nicht leiden lassen, und wir beherrschen die Arbeit besser als jeder andere im Clan. Ich glaube, du bereust eher das Kämpfen als das Heilen.“

Brenna stand in der Nähe des Kamins. Fasziniert beobachtete sie das Zusammenspiel der beiden Heiler. Sie hatte ihre Mutter schon immer bewundert, insbesondere dann, wenn sie sich gegen Brennas Großvater behauptete.

Als die Tür aufging, rief John Grant seiner Frau

zu: „Elizabeth, es kommen zehn oder mehr herein. Wir dürfen diese Männer nicht verlieren, Frau. Du musst sie heilen."

Ihr Vater ging zur Tür und hielt sie für seinen Schwiegersohn offen. „John, hör auf, sie unter Druck zu setzen. Du weißt, dass wir bei jeder Verletzung unser Bestes geben."

John seufzte. Aye, aber dieses Mal sind es zu viele. Diese Schurken haben uns überrascht."

Ihr Vater zog eine Augenbraue hoch, ohne jedoch etwas zu sagen. „Bring sie herein, einen nach dem anderen."

„Das geht nicht. Du bekommst zwei auf einmal", erklärte John und schlug die Tür wütend zu.

„Brenna", rief ihre Mutter, als sie zum Ende des Flurs ging, wo sie die Verletzungen versorgten. „Wir brauchen dich hier. Jennie wird eine Weile schlafen."

Brenna hatte das Gespräch zwischen ihren Eltern und ihrem Großvater mitgehört, aber nichts gesagt und alles in sich aufgenommen. Sie wollte fragen, ob ihr geliebter Bruder Alex unversehrt war oder nicht.

Ihre Mutter ging zurück zur Tür und rief: „John!"

Ihr Vater konnte allem Anschein nach die Gedanken seiner Frau lesen, die Brennas glichen. „Ja, ihm geht es gut. Ich würde dir sagen, wenn eines unserer Kinder verletzt wäre, Beth."

„Komm mit, Brenna."

Brenna deckte Jennie mit einem weiteren Fell zu, wo sie auf der kleinen Pritsche unweit des Kamins schlief. Mit zwei Jahren schlief Jennie noch immer einen Großteil des Nachmittags. Brenna liebte Jennie über alles und sie war so froh, eine Schwester zu haben statt eines weiteren lästigen Bruders.

„Ich komme, Mama."

Sie folgte ihrer Mutter zur Heilkammer, während ihr Großvater zur Tür hinausging.

„Komm schnell, Mädchen", ermunterte ihre Mutter sie.

„Ich möchte meine Idee ausprobieren, und du kannst mir dabei helfen."

„Welche Idee?" Ihre Mama war die beste Heilerin, die Brenna kannte, und sie oft dache sie sich neue Methoden aus.

„Ich glaube, die Menschen würden schneller genesen, wenn wir unsere Hände sauber halten würden. Du weißt, wie wichtig mir die Sauberkeit in der Küche ist. Ich finde, dass es i der Heilkammer und bei den Materialien genauso sein sollte, auch Großvater da nicht zustimmt. Wenn wir es beweisen können, wird er uns zuhören."

„Wie sollen wir das machen?"

„Wasch deine Hände mit dem Stück Seife, bevor du die Wunde eines Kriegers berührst. Großvater wird seine nicht waschen, also werden wir sehen. Wenn du und ich unsere sauber halten, kann er mir nicht widersprechen, wenn sich herausstellt, dass es stimmt."

Brenna dachte sorgfältig über die Worte ihrer Mutter nach und flüsterte dann: „Du glaubst, der Schmutz verursacht das Fieber?"

„Ja. Es könnte der Schmutz sein oder vielleicht das Blut eines anderen Mannes, das wir von einem zum nächsten auf unseren Händen tragen, oder viele andere Dinge, aber ich glaube, saubere Hände könnten föderlich sein."

„Aber was ist mit dem Schmutz in der Wunde? Meinst du, der Schmutz auf unseren Händen verursacht das Fieber oder der Schmutz in den Wunden, Mama?"

Ihre Mutter sah sie an und sagte: „Mein Wort, Mädchen. Du hast recht. Wir müssen die Wunden und unsere Hände reinigen. Großvater wird beides nicht tun, es sei denn, es sind große Steine oder Bruchstücke von Pfeilen darin."

Die Eingangstür auf der anderen Seite des Flurs öffnete sich, und das Stöhnen der Männer, die Schmerzen hatten, drang zu ihnen, als der Sanitäter die Verletzten hereinbrachte.

„Sei jetzt still. Sag nichts zu ihm." Ihre Mutter winkte ihr mit der Hand.

Opa kam herein und führte zwei Männer herein, die beide stark bluteten.

„Leg einen auf jede Liege", wies ihre Mutter sie an.

Zwei weitere kamen stöhnend durch die Tür. Der eine hatte eine Wunde am Arm, der andere eine tiefe Wunde am Bein.

„Wir haben keinen Platz für euch." Ihr Großvater stemmte die Hände in die Hüften und starrte die Männer an. „Ihr müsst warten."

„Ich kann mich auf diesem Tisch um sie kümmern, Mama", schlug Brenna vor. „Ihre Verletzungen sehen nicht allzu schlimm aus." Sie zeigte auf den Tisch, der der Heilkammer am nächsten stand, und sagte dann zu den beiden Männern: „Setzt euch, ich hole meine Sachen."

Brenna betrat die Heilkammer und war überrascht, dass ihre Mutter und ihr Großvater beide an einem Mann arbeiteten, wobei die Hände ihrer Mutter sauber und die ihres Großvaters schmutzig waren. Sie zuckte mit den Schultern und holte ihre Utensilien: eine Schüssel mit frischem Wasser, Leinenstreifen, Leinenquadrate und einen Umschlag, um das Fieber zu senken. Sie brachte ihre Utensilien zum Tisch, versorgte den Arm des Mannes, reinigte und verband dann den nächsten Mann und war fast fertig, als drei weitere Männer hereinkamen.

Brenna zeigte auf die Hocker und sagte: „Ich komme so schnell wie möglich zu euch."

Sie behandelte die Männer weiter, reinigte ihre Wunden, wie ihre Mutter es ihr beigebracht hatte, wusch jede Verletzung und ihre Hände, wann immer es nötig war. Es gab so viele Verletzte, dass sie nach einer Weile den Überblick verlor.

Ein junger Mann setzte sich und lächelte sie seltsam an. „Die Tochter des Lairds. Ich freue mich, dir so nahe zu sein. Heirate mich, Mädchen."

Konsterniert trat Brenna zurück und warf ihm ihren strengsten Blick zu. „Hör auf, so einen Unsinn zu reden."

„Das tue ich nicht. Willige ein, und ich werde dich morgen heiraten. Meine Wunde wird wieder heilen."

Sein Freund lachte. „Er hat schon immer ein Auge auf dich geworfen, Mädchen. Er meint es ernst, aber er weiß, dass du edles Blut hast und er nicht", erklärte er.

„Ich werde dich bis zu meinem Tod lieben, süße

Brenna. Schenk mir drei Söhne, und ich werde dich niemals schlecht behandeln", versprach der Bursche.

„Und wenn wir Töchter bekommen?" Sie runzelte die Stirn, so gut sie konnte, während sie seine Wunde nähte.

„Es wird dir nicht gefallen, wenn du mir nur Töchter schenkst." Der Ausdruck in seinen Augen verriet ihr, dass er jedes Wort ernst meinte. „Ich will Söhne."

Brenna achtete darauf, die Nadel für den nächsten Stich ein kleines bisschen tiefer zu stechen.

„Aua!", brüllte er. „Sei vorsichtig." Er hob die freie Hand, als wollte er sie schlagen.

Brenna stand so schnell auf, dass er fast vom Hocker fiel und seine Hand an seine Seite sank. Sie flüsterte: „Das würde ich an deiner Stelle nicht tun. Sonst steche ich dir als Nächstes ins Auge."

Er lachte leise und griff nach ihrem Haar, aber sie zog sich außer Reichweite zurück. „Du würdest mich niemals festhalten können. Du wirst schon sehen, wenn ich dich entführe."

Alex tauchte aus dem Nichts auf, packte die Hand des Jungen und verdrehte sie. „Nein, aber ich könnte dich festhalten. Fass sie an und du wirst sehen, was passiert."

Der junge Mann riss seine Hand aus Alex´ Griff und rannte zur Tür hinaus. „Schon gut. Mir geht es gut", rief er über die Schulter.

„Vielen Dank, Alex."

Robbie kam hinter Alex her und sagte: „Ich wollte sehen, wie du ihm ins Auge stichst. Er hat es verdient. Ich dachte, er würde dich schlagen, Brenna."

Alex stieß seinen Bruder weg. „Geh und hilf den Männern. Es gibt noch mehr Verwundete, die hereingebracht werden müssen. Brenna hat Arbeit zu erledigen.“

Brenna nähte bis in die frühen Morgenstunden. Sie war erschöpft, aber zufrieden mit ihrer Arbeit. Sie dachte an den törichten Burschen zurück, der ihr einen Heiratsantrag gemacht hatte. Es lohnte sich nicht, ihm ihre wahren Gefühle zu offenbaren. Sie würde niemals heiraten.

Männer waren zu schmutzig.

Fast eine Woche später rief ihre Mutter sie aus dem Apfelgarten ins Haus. „Komm, Brenna. Ich möchte die Männer besuchen, die wir behandelt haben. Wir werden sehen, wie es ihnen geht, und wenn möglich einige Nähte entfernen.“

Nachdem sie die Männer besucht hatten, wandte sich ihre Mutter mit strahlenden Augen an sie. „Erkennst du schon das Muster, Mädchen?“, fragte sie.

Brenna schüttelte den Kopf. Sie hatten einige gesehen, die gut heilten, aber viele andere hatten Fieber und grüne Fäulnis, die ausgewaschen werden musste. Brenna hatte den Überblick verloren, welche Männer sie behandelt hatte, weil sie so viele Verwundete gesehen hatte. „Ich glaube nicht, Mama.“

„Ich schon. Ich bin mir ganz sicher, und ich kann es kaum erwarten, deinem Großvater zu sagen, dass ich Recht hatte.“ Sie summte vor sich hin, doch dann meinte sie: „Auch wenn ich weiß, dass er mehr

Beweise für meine Behauptung verlangen wird, ist dies zumindest ein Anfang."

Brenna runzelte die Stirn und verschränkte die Arme, während sie versuchte, die kryptischen Worte ihrer Mutter zu entschlüsseln.

Die Augen ihrer Mutter funkelten mit diesem Ausdruck, den sie nur bei Gesprächen über Heilung zeigte. „Verstehst du das nicht, Mädchen? Diejenigen, denen es gut geht, waren deine Patienten. Ich habe keinen von ihnen gesehen. Großvater hat mit mir gearbeitet, sodass ich mir nicht ständig die Hände waschen konnte, aber du hast das getan, nicht wahr?"

„Ja, Mama. Aber nicht, weil ich mich daran erinnert habe, sondern weil es sich richtig anfühlte. Ich wollte immer das Blut einer Person von meinen Händen waschen, bevor ich mich der nächsten zugewandt habe."

„Das ist mein Mädchen", lobte ihre Mutter und beugte sich vor, um Brenna kurz zu umarmen. Ihre Mutter dachte einen Moment nach und sagte dann: „Ich glaube, dass es stimmt. Die Wunden ohne Schmutz sind besser verheilt. Von nun an werden wir alles sauberer halten. Dein Großvater wird auf weiteren Proben bestehen, doch bald schon wird er die Wahrheit erkennen müssen, die wir sehen. Der Schmutz musste Fäulnis verursachen. Ich kann es kaum erwarten, deinem Großvater davon zu erzählen. Er wird mir nicht glauben, aber er kann es nicht widerlegen."

Brenna sah ihre Mutter bewundernd an. „Ich weiß nicht, warum Großvater das nicht glaubt, Mama. Muss es denn nicht einfach richtig sein, sauber zu sein, oder?"

Ihre Mutter umarmte sie fest. „Das stimmt genau, mein Kind. Denk daran. Halte alles sauber, dann musst du weniger Zehen und Finger amputieren. Und du weißt, wie sehr ich das hasse.“

Brenna sprach ihre Gedanken nicht aus. Sie würde alles sauber halten müssen, denn sie würde niemals einem Menschen irgendetwas amputieren.

Der Gedanke daran machte sie krank. Alles sauber zu halten wäre viel einfacher – und es besser für ihre Patienten und für sie selbst.

GRANT CLAN

1263

Gerettet von einem Highlander

Buch 1

Brenna ist eines von den fünf Geschwistern der Grants—Alex, Robbie, Brodie, Brenna, und Jennie, die zwanzig Jahre jünger ist als der Älteste. Ihre Eltern sind verstorben.

KAPITEL ACHTZEHN

In diesem Kapitel hat Alex sowohl Niles Coming als auch Kennth zum Grant Castle gebracht, um Gerechtigkeit für die Dinge zu fordern, die sie Maddie angetan haben. Brenna findet heraus, wie entsetzlich Maddies Leben gewesen war, ehe Alex sie befreit hatte.

MADELINES BAUCH VERKRAMPFTE sich, als sie die Szene beobachtete. Robbie, Brodie und die anderen Krieger umringten sie immer noch und aus dem Augenwinkel sah sie Brenna die Stufen des Bergfrieds herabeilen.

„Ich verstehe nicht, Robbie! Was ist hier los?“, fragte Brenna, als sie bei ihnen ankam. Ihre Hände umklammerten ängstlich ihren Hals, während sie auf den Hof sah.

„Der Chief rächt Madelines Ehre. Alex hat verkündet, dass er Madeline zu seiner Frau nehmen wird, aber sie bestand darauf, ihm eine Frage zu stellen, bevor sie seinen Antrag annehmen könnte“, sagte Robbie leise, um Alex’ Konzentration nicht zu stören.

„Aber warum gerade jetzt? Warum hier? Warum schickt er nicht beide Männer zum König?“, fragte Maddie.

„Das war vielleicht Alex' ursprünglicher Plan, aber als er Eure Frage hörte, hat er seine Meinung geändert", antwortete Brodie.

Brenna starrte alle drei an. „Was habt Ihr gesagt, Madeline? Ich war mit Jennie in der Burg. Ich habe Eure Frage nicht gehört."

Robbie und Brodie räusperten sich und wandten den Blick ab.

„Madeline?", drängte Brenna.

„Ich... ich..." Maddie schluckte Galle. „Ich musste Alex' Versprechen zu etwas einholen, bevor ich der Verlobung zustimmen konnte."

„Sein Versprechen worüber, Maddie?" Brennas Ton wurde immer fordernder.

Maddie war zu verlegen, um zu wiederholen, was sie gesagt hatte, und schüttelte ihren rot gewordenen Kopf.

„Madeline?" Brenna starrte sie an.

Madeline schloss die Augen und flüsterte: „Ich habe ihn gebeten, mir zu versprechen, dass er mich nicht an das Ehebett fesseln wird."

Brenna taumelte entsetzt zurück. „Oh, mögen sich die Heiligen unserer erbarmen! Er wird ihn töten", hauchte sie und starrte Robbie an.

Madeline ließ den Kopf hängen und schlug die Hände vors Gesicht. Nun würden sie alle hassen, sogar ihre wenigen neuen Freunde. Und was war, wenn Alex etwas zustieß? Ihr wurde flau im Magen, als sie Alex vor ihrem inneren Auge bluten sah, und sie kämpfte mit den Tränen.

„Es tut mir leid, Brenna, aber ich halte das nicht länger aus. Seit mein Bruder und Comming hier sind, habe ich ihre Folter frisch vor Augen. Kenneth band mich an Stühle und was auch immer im Augenblick greifbar war. Niles band mich an... ein Bett. Ich kann nicht länger so weiterleben, nicht einmal für Euren Bruder.“ Sie wischte sich die Tränen von den Wangen. „Ich musste einfach Gewissheit haben.“

Brenna seufzte und ging an ihren Brüdern vorbei, um nach Maddie zu greifen. Ihre Stimme wurde leiser. „Maddie, Ihr kennt meinen Bruder. Wie kommt Ihr auf die Idee, dass er Euch so etwas antun würde? Er würde niemals eine Frau so behandeln.“

„Bevor ich hierherkam, hatte ich angefangen zu glauben, dass alle Männer Frauen schlagen.“ Maddies Stimme brach und sie klammerte sich an Brenna. „Kenneth hat mich die letzten zwei Jahre geschlagen und er tut das Gleiche mit den meisten Dienern. Sie sagen, dass mich mein Vater verwöhnt hat. Ich dachte, mein Vater hätte mich nur deshalb nie geschlagen.“

Niles’ höhnische Worte hallten über den Hof.

„Alex!“ Madeline löste sich von Brenna und warf sich gegen ihre Wachen, um dem Kampf näher zu kommen. „Robbie, ich muss ihn aufhalten.“ Tränen strömten über ihr Gesicht.

„Mylady, der Laird wird uns den Kopf abschlagen, wenn wir Euch in seine Nähe lassen. Ihr werdet ihn nur ablenken. Er muss sich konzentrieren“, erklärte Brodie.

„Robbie, tu doch etwas!“, flehte Brenna.

„Brenna, ich werde nicht versuchen, meinen Laird aufzuhalten, wenn er so konzentriert ist. Für Alex ist das hier keine Kleinigkeit. Es ist eine Frage der Ehre, und nach den Geschichten, die ich gehört habe, ist es an der Zeit, dass jemand diesen Comming für seine Handlungen zur Rechenschaft zieht. Der König wird nichts dagegen haben. Was Alex tut, wird helfen, den Frieden zu bewahren. Und jetzt sei still!" Robbie starrte sie kurz an, bevor er sich wieder dem Kampf zuwandte.

KAPITEL DREIUNDZWANZIG

Brenna richtet Maddies Arm, nachdem diese in eine Grube gesprungen war …

ALS SIE DEN Stall erreichten, packte der alte Hugh die Zügel, während Mac Maddie sanft aus Alex' Armen nahm. Sobald er selbst von Midnight abgestiegen war, nahm er sie wieder zurück in seine Arme. Sie gab keinen Laut von sich, als sie sich bewegte, aber der Ausdruck in ihren Augen sagte Alex alles.

Während er sie zum Bergfried trug, flüsterte er ihr zu: „Ich werde auf dich aufpassen. Brenna wird deinen Arm versorgen und ich werde nicht von deiner Seite weichen." Er beugte sich vor und küsste sie.

„Was ist mit Jennie? Und Emma?", fragte sie erstickt.

„Emma scheint es gut zu gehen. Jennie ist gerade bei Brenna. Sobald wir uns um dich gekümmert haben, werde ich nach Jennie sehen. Du bist eine mutige Frau, Maddie."

Er warf einen Blick auf Maddie und bemerkte, wie sie sich mit weißen Knöcheln an ihn klammerte. Der

Schmerz, den sie ertrug, zeigte sich auf subtile Weise. Leider wusste er, dass der Arm gestreckt werden musste, sodass sich ihre Schmerzen verschlimmern würden, bevor ihre Verletzung heilen konnte.

Als Alex die Tür erreichte, bot Alice ihm ihre Hilfe an. Sie folgte ihm nach oben und sagte: „Ich habe ihre Kammer vorbereitet, mein Laird. Brenna ist bei der kleinen Jennie, aber ich werde mich um Maddie kümmern und dann nach Brenna schicken, sobald sie bereit ist."

Oben an der Treppe angelangt, bog Alex nach rechts ab.

„Laird, Ihr habt es in der Verwirrung sicher vergessen, aber Maddies Kammer ist auf der linken Seite."

Alex ignorierte sie und ging weiter.

„Entschuldigt, aber Maddies Kammer liegt in der anderen Richtung."

Als Alex über seine Schulter blickte, stand Alice da und starrte ihn mit den Händen in den Hüften an.

Er erreichte seine Tür und stieß sie mit dem Fuß auf. „Ich bin nicht verwirrt, Mylady. Maddie wird in meinem Gemach bleiben." Er ging zu seinem Bett und setzte sie vorsichtig ab.

Alice zuckte zusammen. „Aber das gehört sich nicht", rief sie und stand vor seiner Tür, als hätte sie Angst, sich hineinzuwagen.

„Ich weiß nicht, ob es sich gehört oder nicht, aber sie bleibt bei mir. Hier gehört sie hin. Ich werde auf sie aufpassen", beendete Alex die Diskussion und sein Blick sagte Alice, dass an seiner Entscheidung nicht zu rütteln war.

„Alex, ich habe schon genug Schwierigkeiten mit

deinem Clan. Bitte tu das nicht!“, bettelte Maddie mit leiser, angespannter Stimme.

„Bleibt bitte eine Minute bei ihr, Alice.“ Er wandte sich an Maddie und sagte: „Ich muss mit Brenna sprechen. Niemand wird es erfahren, Maddie. Weißt du noch nicht, wo du hingehörst?“ Alex legte Maddies linken Arm vorsichtig auf ein Kissen, legte sie ins Bett, küsste sie auf die Wange und drehte sich zur Tür um.

„Mein Herr, was werden Eure Leute denken? Sie werden schreckliche Dinge über Maddie vermuten“, flehte Alice und ihre Wangen wurden rot.

„Wenn sie das wagen, werden sie sehr bald anderswo leben müssen. Maddie ist meine Verlobte und bleibt hier. Ich verspreche Euch, Alice, dass ich Eure Schutzbefohlene erst nach unserer Hochzeit anrühren werde, aber sie wird hierbleiben, wo sie hingehört.“ Alex nickte Alice zu und verließ den Raum. Im letzten Moment steckte er seinen Kopf noch einmal zurück in die offene Tür. „Aber ich werde Euch erlauben, sie zu baden, wenn es Euch nichts ausmacht. Ich bin mir sicher, dass sie sich besser fühlen wird, wenn sie den Staub und Schmutz von sich abspülen kann. Und ich weiß, dass es Euch verärgern würde, wenn ich es täte.“ Er zwinkerte und lächelte, bevor er die Tür hinter sich schloss.

Alex fand Robbie und Brenna an Jennies Bett vor. Er beugte sich vor und küsste seine kleine Schwester auf die Stirn. „Hat sich ihr Zustand verändert, Brenna? Hast du noch etwas gefunden?“

„Nay, Alex. Ich denke, es ist die Kopfverletzung, die ihr das Bewusstsein nimmt. Sie hat ein wenig wirres Zeug geredet, was ich für ein gutes Zeichen halte. Ihr Körper braucht Ruhe. Sie weiß, dass sie jetzt in Sicherheit ist, also wird sie sich hoffentlich genug entspannen, um mit der Heilung zu beginnen. Robbie, bleib bei ihr, während ich mich um Maddies Arm kümmere."

Als sie zusammen den Gang entlanggingen, wandte sie sich an ihren Bruder. „Alex, Brodie und du werden sie festhalten müssen. Kannst du es verkraften, wenn sie schreit? Ich kann jemand anderen holen, um sie festzuhalten, wenn es dir zu viel ist. Es ist ein ziemlich böser Bruch und ich muss ihn erst untersuchen, bevor ich ihn schienen kann."

„Aye, ich werde sie festhalten. Sie wird nicht schreien, aber ich möchte da sein, um ihr zu helfen, mit den Schmerzen fertigzuwerden. Wir werden Brodie nicht brauchen."

Brenna schüttelte den Kopf. „Alex, ich möchte, dass ein zweiter Mann bei dir ist. Du weißt, dass ich schon von Männern getreten und geschlagen wurde, die weit weniger schmerzhafte Brüche hatten. Ich kann keine Verletzung riskieren. Ich muss für Maddie und für Jennie stark sein."

„Aye, du hast recht. Ich werde Brodie holen lassen."

„Ich möchte Maddie etwas geben, das die Schmerzen lindert. Dann komme ich zurück, nachdem ich noch einmal nach Jennie gesehen habe. So hat der Trank gegen die Schmerzen etwas Zeit, um zu wirken."

Sobald Alex Brodie gefunden hatte, schickte er ihn in Jennies Kammer, um nach ihrer kleinen Schwester zu sehen und Brenna zu holen. Als er seine eigene Kammer betrat, wusch Alice Maddie gerade. Sie hatte den größten Teil des Staubes abgewaschen, machte sich aber immer noch Sorgen um sie.

„Maddie, der Rest Eurer Reinigung muss bis morgen warten. Wir können Euren Arm heute nicht mehr belasten. Mylord, darf ich ein paar ihrer Sachen hierherbringen?“, fragte Alice.

„Ihr könnt sie alle herbringen, wenn Ihr wollt, denn sie bleibt hier.“ Er setzte sich auf Maddies rechte Bettseite und lehnte seinen Rücken gegen die Wand, damit er sie an seine Brust lehnen und ihren Arm schützen konnte. Alice ging, um Maddies Sachen zu holen.

Alex strich über ihren unverletzten rechten Arm und flüsterte: „Jennie schläft noch, aber Brenna glaubt, dass sie nur etwas mehr Ruhe braucht. Sie wird bald kommen und deinen Arm strecken. Ich verspreche, bei dir zu bleiben.“ Er strich mit den Lippen über ihr seidiges Haar. „Du weißt, dass es wehtun wird, aye?“

Maddie nickte langsam. Was auch immer Brenna ihr gegeben hatte, hatte zu wirken begonnen, und Alex erkannte, dass Maddie darum kämpfte, wach zu bleiben.

„Alex, bist du wütend auf mich, weil ich in das Loch gesprungen bin?“, flüsterte sie.

„Nay, Liebes, ich bin nicht wütend, aber es war sehr gefährlich.“

„Keine Geheimnisse mehr...“, murmelte sie, als sie die Augen schloss.

Alex streichelte ihren rechten Arm, um sie in den Schlaf zu wiegen.

„Alex?“ Ihre Augen öffneten sich für eine Sekunde, bevor sie wieder zufielen.

„Hm?“

„Ich liebe dich. Du bist mein Traum.“ Ihre Atmung ging in einen ruhigeren Rhythmus über, als sie fest einschlief.

Alex rührte sich nicht – er konnte es nicht. Hatte er gerade richtig gehört? Sie liebte ihn? Sein Herz machte einen Sprung und schlug dann Purzelbäume. Diese drei kleinen Worte hatten ihn gerührt. Er wünschte, sie würde es noch einmal sagen, aber sie schlief. Er war sich immer noch nicht sicher, ob er sie liebte, aber er hatte auf jeden Fall stärkere Gefühle für Maddie als jemals zuvor für ein Mädchen. Bis zu diesem Unfall war ihm nicht bewusst gewesen, wie stark diese Gefühle waren.

Brodie und Brenna kamen nicht lange danach in die Kammer.

„Sie ist ein starkes Mädchen für ihre Größe, nicht wahr, Alex?“, bemerkte Brenna. „Ich schaudere bei dem Gedanken, was passiert wäre, wenn Maddie nicht in der Lage gewesen wäre, beide Mädchen hochzuziehen. Schläft sie?“

Alex nickte. „Aye, aber du wirst sie sicher wecken, wenn du tust, was du tun musst. Beeil dich bitte.“

„Brodie, halte dich bereit, sie zu packen, falls sie anfängt, um sich zu schlagen. Ich muss zuerst den gebrochenen Knochen untersuchen. Ich fürchte, es wird sehr schmerzhaft sein.“ Brenna arrangierte ihre Vorräte, ein Brett, um den Arm gerade zu halten, Leinenstreifen, um ihn festzuwickeln, und ein Stück Leinen, um es zu einer Schlinge zu formen.

Brenna hob den verletzten Arm und bat Brodie,

ihn für sie still zu halten. Diese einfache Bewegung war genug, um Maddie wachzurütteln.

„Maddie“, sagte Brenna leise, aber bestimmt, „ich muss deine Knochen ertasten, um genau zu sehen, wo sie gebrochen sind. Ich hoffe, es gibt nur einen Bruch, aber ich muss sichergehen. Es wird wehtun, also schrei, wenn du musst.“ Sie beugte sich vor, um Maddies Wange zu küssen. „Danke, dass du unsere Kleinen gerettet hast.“

Dann begann Brenna ohne weiteren Aufschub, Maddies linke Hand zu untersuchen. Von dort aus arbeitete sie sich nach oben vor. Sie warteten alle darauf, dass Maddie zu schreien anfing, doch es geschah nicht. Maddies Atmung ging unregelmäßig und sie presste ihr Gesicht an Alex’ Brust, aber sie hielt ihren Arm für Brenna völlig still.

„Wie macht sie das nur? Ich habe noch nie ein Mädchen gesehen, das so viel ertragen kann“, fragte Brodie verwundert. „Wie soll man da ahnen, dass sie Schmerzen hat?“

Alex fuhr sich mit der Hand durch die Haare. „Ich fange an, mehr über meine Verlobte zu lernen. Ich weiß, wann sie Schmerzen hat. Ich konnte es in ihren Augen sehen, als sie in diesem Loch war, und ich kann es jetzt am Schweiß auf ihrer Stirn sehen. Geht es dir gut, mein Schatz?“, flüsterte er.

Maddie nickte, hielt aber die Augen geschlossen.

Alex zeigte auf ihre rechte Hand, die zu einer festen Faust geballt war.

Nachdem Brenna ihre Untersuchung beendet hatte, lehnte sie sich ein wenig zurück und sagte: „Ich glaube, es gibt nur einen Bruch in deinem Unterarm, Maddie. Das ist die gute Nachricht. Aber ich muss an deinem Arm ziehen und ihn drehen, um die Knochen wieder in die richtige Position zu bringen. Das ist die schlechte Nachricht. Kannst du für mich mit deinen Fingern wackeln?"

Maddie wackelte langsam mit den Fingern, aber es war offensichtlich anstrengend.

„Gut. Ich werde es so schnell wie möglich tun, aber es wird schmerzhaft sein." Brenna zeigte Brodie, was er tun sollte.

Maddie ergriff Alex' Hand mit ihrer rechten, holte tief Luft und nickte Brenna zu. Nachdem Brenna zurückgenickt hatte, zog sie an Madelines Arm, drückte und drehte den Knochen in die richtige Position. Maddie bäumte sich im Bett auf und zitterte am ganzen Körper, aber sie gab keinen Laut von sich. Tränen liefen über ihre Wangen, während Alex sie festhielt.

„In Ordnung, ich bin fertig. Ich denke, der Knochen wird gerade zusammenwachsen. Ich möchte den Arm nur verbinden. Du wirst ihn mindestens vierzehn Tage lang überhaupt nicht benutzen können." Brenna wickelte die Leinenstreifen um das Brett und bedeutete den Brüdern, Maddie den Rest des Schlaftranks zu geben.

Als sie die Mischung trank, lächelte Madeline schwach. „Danke, Brenna. Es war gar nicht so schlimm. Du bist sehr sanft."

Brenna hob erstaunt die Augenbrauen und sah die beiden Brüder an, bevor sie den Raum verließ.

KAPITEL ZWEIUNDDREISSIG

Brenna ist schockiert als Alex das Undenkbare tut.

ALLE IM RAUM erstarrten. „Alex, bitte!“, schnaubte Maddie mit rotem Gesicht.

Brenna fing an, alle aus der Kammer zu scheuchen.

„Robbie, vergewissere dich, dass er tot ist!“, befahl Alex. Als Brenna versuchte, auch ihn aus dem Raum zu schieben, regte er sich nicht. „Nay, Brenna, ich bleibe!“, beharrte er. „Meine Frau hatte gerade einen Dolch am Hals.“ Er starrte Maddie an, ging zum Bett und sagte leise: „Ich muss Maddie sagen, dass ich sie liebe. Dass ich sie immer geliebt habe.“ Er beugte sich über das Bett und küsste sie.

Maddie sah ihren Mann an und lächelte. „Ich liebe dich auch, Alex. Aber im Moment habe ich wichtigere Dinge zu tun. Dein Sohn will auf die Welt kommen“, knirschte sie und presste erneut.

Alex warf einen Blick auf seine Schwester, dann auf seine Frau und tat das Undenkbare. Er hob seine Frau hoch, setzte sich aufs Bett und setzte Maddie vor sich ab. Er positionierte sich so, dass er dem Baby nicht im Weg war. „Ich gehe nicht. Und ich glaube nicht, dass mich jemand dazu zwingen kann.“

„Dann hilf mir bitte beim Pressen“, schrie Maddie und ihr Körper bäumte sich wieder auf.

Brenna und Alice hoben das Laken hoch und brachten Maddie für die Geburt in Position. Jedes Mal, wenn sie presste, spürte Alex die Anstrengung ihres Körpers. Er wünschte, er könnte ihr helfen. Er staunte über die Ausdauer seiner Frau und flüsterte ihr Liebesworte ins Ohr, wann immer sie presste, und hielt ihre Hände.

„Nur noch einmal, Maddie“, feuerte Alice sie an. „Ich kann den Kopf des Kindes sehen.“

Bei Maddies nächster Wehe kam das Kind und sie lehnte sich erleichtert gegen ihren Ehemann. Alex schlang seine Arme um sie und küsste sie auf die Wange, während er ihr den Schweiß von der Stirn wischte. Sie hielten beide den Atem an, bis sie einen kleinen Schrei hörten.

„Du hast einen Sohn, Alex! Er ist wunderschön, Maddie.“ Brenna wischte sich die Tränen fort, säuberte das schreiende Bündel und reichte es seinen Eltern.

Tränen liefen Maddie über die Wangen, als sie ihren Sohn ansah. „Oh, Alex! Er ist wunderschön.“

„Aye, das ist er“, sagte der stolze Vater.

„Es macht dir nichts aus, dass er kein Mädchen ist?“, fragte Maddie.

„Nay, nichts könnte mich glücklicher machen als der Anblick unseres kleinen Jungen in deinen Armen, meine Liebe.“ Er beugte sich vor und küsste sie beide.

„Alex, es fängt wieder an! Oh, Alice, ich muss immer noch pressen!“, verkündete sie, als sich ihr Körper noch einmal verkrampfte.

Brenna rief: „Zwillinge! Zwei Kinder. Press weiter, Maddie.“

„Zwei?“ Alex konnte nicht glauben, was er da gerade gehört hatte. Er warf einen Blick auf seine Frau, als sie erneut zu pressen anfing. „Noch ein Kind, Maddie?“

Einige Minuten später hielt Alex ihren Erstgeborenen und Maddie ihren zweiten Sohn in den Armen. „Ich hoffe, dass das alle waren, Alice“, sagte sie und sah ihre beiden Jungen mit verwunderten Augen an.

Nachdem die Nachgeburt herauskam, schickten sie Alex mit einem Sohn in jedem Arm hinaus, damit sie das Bett neu beziehen und Maddie waschen konnten. Sie streiften ihr ein frisches Nachtgewand über und ließen sie dann ausruhen.

„Das habt Ihr großartig gemacht“, sagte Alice und küsste Maddie auf die Stirn. „Ich wünschte, Eure Mutter wäre hier.“

„Ich glaube, meine Mutter *ist* hier, Alice. Ich kann ihre Nähe spüren.“

Heilung eines Highlander Herzens

Buch 2

Dies ist die Geschichte von Brenna und Quade, also gab es viele wundervolle Szenen, unter denen ich wählen konnte, aber ich musste mich auf einige wenige beschränken.

KAPITEL EINS

Brenna würde von Quades Bruder Logan entführt, in der Hoffnung, dass sie Quade retten würde. Diese Szene beschreibt, wie sich zwei starke Persönlichkeiten zum ersten Mal begegnen. Der immer arrogante Logan trifft eine Frau die sich nicht von ihm beindrucken lässt. Dies war ein Zeichen für die Zukunft, denke ich.

Lernen Sie Logan Ramsay kennen.

DIE KALTE STAHLKLINGE berührte ihre Wange und ihre Augen flogen auf.

„Beweg dich nicht, Mädchen. Ich will dich nicht verletzen müssen."

Brenna Grant setzte sich keuchend auf.

Ein scharfer Schmerz brannte auf der rechten Seite ihres Gesichts, und als warmes Blut ihren Hals hinablief, zuckte sie zusammen. *Halte still! Er wird dich töten. Tu, was er sagt.*

„Ach, Mädchen, warum hast du das getan? Ich habe dir doch gesagt, dass du dich nicht bewegen sollst."

Sie lag hilflos in ihrem Nachthemd da und spähte in die dunkle Kammer in der Hoffnung, ein Gesicht oder einen Hinweis darauf zu erkennen, wer das Messer hielt. Aber der Mann war außer Sichtweite.

Sie spürte, dass er hinter ihr hockte, also atmete sie langsam aus, um ihn nicht weiter zu verärgern. Wer war ihr Angreifer?

„Bist du die Heilerin?“ Sein heißer Atem strich über ihr Ohr. Er roch nach Schweiß, Pferd und dem Geruch, der entsteht, wenn jemand tagelang nicht badete.

„Aye.“ Sie schloss kurz die Augen, darauf hoffend, dass etwas passieren würde, um ihre Lage zu ändern. Ihr Bruder oder seine Wachen konnten jeden Moment in den Raum stürmen, also traf Brenna die Entscheidung, zu tun, was der Mann ihr befahl. Alex und ihre anderen beiden Brüder würden sie doch gewiss retten, nicht wahr? Andererseits hatte dieser Eindringling die mächtige Verteidigungsanlage ihres Bruders überwunden und allein dieser Gedanke erschreckte sie.

„Gutes Mädchen. Jetzt werden wir zusammen vom Bett aufstehen. Du wirst dein Plaid, deine Schuhe und deinen Umhang nehmen und mit mir kommen. Hast du verstanden? Wenn du schreist, schlitze ich dir die Kehle auf. Ganz einfach. Tu, was ich sage, und niemandem wird etwas zustoßen.“

Das Messer wanderte zu ihrer Kehle, lag aber locker genug, dass sie mit dem Kopf nicken konnte. Sie rügte sich in Gedanken. Warum musste sie immer so ehrlich sein? Sie hätte doch lügen können und leugnen sollen, dass sie die Heilerin ist. Vielleicht wäre er dann gegangen. Nay, es war immer besser, die Wahrheit zu sagen. Sie konnte es nicht riskieren, ihre Familie zu gefährden.

„Kluges Mädchen. Wo sind deine heilenden Kräuter und Wickel?“

Sie zeigte auf die linke Seite ihres Bettes, wo ihre Tasche immer für Notfälle bereit stand.

„Los geht's."

Er zog sie aus dem Bett und schob sie zu der Truhe, in der sie ihre Kleidung aufbewahrte. Sie zog sich schnell an und griff nach ihrem Umhang, bevor sie in ihre Schuhe glitt und ihre Tasche hochhob.

Schweiß perlte auf ihrer Stirn und zwischen ihren Brüsten. „Wohin bringt Ihr mich?"

„Das brauchst du nicht zu wissen." Er packte ihren Arm über dem Ellenbogen und grub seine Finger so fest in ihre zarte Haut, dass sie blaue Flecken hinterließen. „Wenn ich auf dem Weg nach draußen auch nur einen Mucks von dir höre, werde ich auch deine Schwester mitnehmen. Sie heißt Jennie, wenn ich richtig informiert bin. Einer meiner Gefährten wartet nur auf mein Kommando, um sie sich zu schnappen. Du wirst also bereitwillig mitkommen. Einverstanden?"

Brenna nickte mit dem Kopf und zuckte beim Gedanken, dass ihrer Schwester etwas zustoßen könnte, zusammen. Sie würde alles tun, um Jennie zu beschützen. Als der Mann seinen Druck um ihren Arm etwas lockerte, warf sie noch ein paar wichtige Dinge in ihre Heilertasche und folgte ihm zur Tür.

Seine Finger drückten wieder fester zu, als er sie den dunklen Flur entlangführte. Sie stolperte über etwas und schrie fast auf. Eine der Wachen lag ausgestreckt auf den Dielen und stöhnte kurz unter ihrem Tritt. Sie seufzte und war dankbar, dass er noch lebte – aber wer wusste, wie lange er sich noch so glücklich schätzen konnte. Ihr Bruder Alex, der

Laird, bekäme sicher einen Tobsuchtsanfall, wenn er entdeckte, dass seine Wache versagt hatte.

Als sie die Treppe erreichten, schloss sich ihnen ein Mann an und Brenna atmete erleichtert auf. Ihre Schwester war nicht bei ihm. Sie schlichen aus dem Hintereingang und gingen auf die Mauer zu, die den Bergfried umgab. Fast wäre sie dabei über einen weiteren Körper in der Nähe der Küche gestolpert, aber ihr Entführer riss sie gerade noch rechtzeitig beiseite. Danach behinderte nichts weiter ihren Weg.

Brenna hastete durch die Vorburg zur Mauer und stolperte mehrmals, um mit ihren Entführern Schritt zu halten. Wohin brachten sie sie? Ihr Bruder hatte ihrem Wissen nach keine Feinde. Wenn ein benachbarter Clan ihre Heilfähigkeiten brauchte, würde sie gern helfen, ohne dass jemand sie bedrohen musste. Alex schickte sie oft mit einer Eskorte los, um Kranke und Verwundete zu versorgen, ob sie nun zu seinem Clan gehörten oder nicht.

Sie erkannte keinen der beiden Männer. Beide hatten ihre Gesichter geschwärzt und ihre Stimmen und ihre Kleidung waren ihr nicht vertraut. Sie trugen kein Plaid. Aber alle Highlander trugen doch normalerweise das Plaid – das war eine Frage des Stolzes. Welchen Grund könnten sie also haben, mit der Tradition zu brechen?

Sie stürzte über eine Baumwurzel und schrie auf. „Geht langsamer, bitte!“ Doch ihre Bitte stieß auf taube Ohren.

Ihr Entführer fing sie auf, bevor sie fallen konnte, und zog sie fest an sich. „Hüte deine Zunge.

Wir werden nicht riskieren, deinetwegen alles zu verlieren."

Was konnte das bedeuten? Zwei weitere Männer erwarteten sie an der Mauer. Einer schob sie zu einer Strickleiter und brummte nur einen knappen Befehl.

„Steig da rauf."

Sie starrte die vier Männer an, schluckte und steckte ihren Fuß in die untere Schlaufe. Als sie nach dem Seil griff, rutschten ihre feuchten Hände an der rauen Schnur ab. Eine Hand wollte ihren Hintern nach oben schieben, aber sie reagierte sofort instinktiv, wirbelte herum und verpasste dem Täter eine Ohrfeige.

„Fass mich nicht an!", zischte sie zwischen zusammengebissenen Zähnen.

Der Mann wollte zurückschlagen, aber ihr Entführer packte seine Hand.

„Fass sie nicht an, sonst knöpft dich der Chief auf." Dann drehte er sich wieder zu ihr um und schob sie die Leiter hinauf. „Beweg dich, Mädchen. Wir haben keine Zeit für Spielchen."

Chief? Welcher Chief? Nach der Heirat ihres Bruders mit Madeline MacDonald kannte sie die meisten Lairds in den Highlands. Es konnte sich nicht um einen Laird der Highlander handeln, der sie gegen ihren Willen entführen ließ, oder doch? Ihre letzte Hoffnung schwand, als die Erkenntnis sie traf. Dies mussten professionelle Entführer sein.

Als sie auf der anderen Seite der Mauer zu Boden fiel, packte ihr Entführer ihren Ellenbogen und zog sie zu einem in der Nähe wartenden Pferd. Er packte ihre Taille mit einer Hand und legte seine andere Hand unter ihren Fuß, um ihr aufs Pferd zu helfen. Dann setzte er sich hinter sie, nachdem er ihre Tasche am Sattel festgebunden hatte, und presste seine Hacken in die Flanken des Tieres. Die anderen Männer taten es ihm nach.

Brenna sah sich in der Gegend nach weiteren Pferden um. Sie hielt Ausschau nach den Wachen ihres Bruders, nach irgendjemandem. Doch sie sah niemanden. Es dauerte nicht lange, bis selbst die Männer, die ihnen folgten, aus dem Blickfeld verschwanden und sie mit diesem Fremden alleinließen.

„Es gibt keine anderen Reiter, Mädchen. Und niemand kommt, um dich zu retten. Eure Wachen sind mit einem Brand auf der anderen Seite des Bergfrieds beschäftigt. Alles war gut geplant, also schlag dir deine Hoffnungen aus dem Kopf."

Er beugte sich vor, um in ihr Ohr zu flüstern.

„Niemand wird dich retten."

Kapitel Zwei

Brennas Geduld war schon längst am Ende. Es waren mehrere Stunden vergangen und trotzdem ritten sie weiter. Ihr Entführer weigerte sich, ihre Fragen zu beantworten. Er ignorierte sie und hielt sich nicht an die mindesten Regeln der Höflichkeit. Aber sie konnte es nicht länger hinnehmen. Sie würde ihm in den Ohren liegen, bis er ihr Antworten gab.

Sie holte tief Luft, klammerte sich an ihn und legte los. „Wohin reiten wir? Wohin bringt Ihr mich? Ich werde nicht aufhören zu reden, bis Ihr mir antwortet. Ich habe drei Brüder und ich weiß, wie nervig unaufhörliches weibliches Gezeter sein kann, aber ich werde weitermachen, bis Ihr mir antwortet. Oder seid Ihr wirklich so herzlos? Hegt Ihr keine Gefühle für niemanden? Ihr reitet Euer Pferd, bis es schäumt; Ihr gebt mir kaum die Möglichkeit, meine Notdurft zu verrichten. Eure Gefährten haben uns nicht eingeholt. Warum reiten wir allein? Warum sind sie nicht nachgezogen? Warum können wir nicht anhalten und uns kurz ausruhen? Warum das alles?“

„Es reicht, Weib!“ Sein dumpfes Brüllen hallte in ihren Ohren wider.

Aber ein sehr lautes Seufzen kurz darauf gab ihr etwas Hoffnung. War sie erfolgreich gewesen?

„Du willst Antworten? Du sollst sie haben! Du reitest mit mir, weil ich der Beste bin. Niemand sonst wird dich rechtzeitig dorthin bringen können, wo wir sein müssen.“

„Aber wir reisen allein. Wir könnten leicht angegriffen werden.“ Sie versuchte, einen Blick über die Schulter auf ihn zu werfen. Er war nicht hässlich. Er hatte hellbraune Haare, braune Augen und eine kräftige Nase. Zwar roch er streng, was ihre sensible Nase verärgerte, aber er wirkte nicht mehr so wütend wie zuvor, sondern nur konzentriert.

„Niemand würde es wagen, mich anzugreifen. Ich bin der beste Reiter in den Highlands und auch der beste Schwertkämpfer. Ich bin die einzige Hoffnung, dich rechtzeitig dahin zu bringen, wo du gebraucht wirst. Niemand ist bei uns, weil sie nicht mithalten können. Sie reiten zum Schutz gegen deinen Clan hinter uns her. Ich habe das beste Pferd und es wird tun, was ich von ihm verlange. Mach dir seinetwegen keine Sorgen. Es wird seine Belohnung bekommen, wenn wir ankommen. Ich bin normalerweise nicht grausam zu Tieren. Doch dies sind besondere Umstände." Seine braunen Augen blickten in ihre. „Und jetzt hör auf zu plappern."

„Wohin bringt Ihr mich? Wohin reiten wir?"

„Sei still, sage ich!", schimpfte er und zog sie an sich.

„Gut", murmelte sie. Er hatte ihr nicht viel verraten, aber zumindest hatte er gesprochen. Brenna wagte es nicht, ihn weiter zu verärgern, damit er sie nicht schlug oder andere bösartige Dinge tat, wie Madelines Stiefbruder Kenneth es getan hatte. Dass ihre Schwägerin die Grausamkeit dieses Mannes überlebt hatte, war ein Wunder. Aber Kenneths fehlgeleitete Natur hatte ihn schließlich so wild gemacht, dass er unberechenbar geworden war. Was diesen Mann hier jedoch anging, so sagte ihr etwas, dass er die vollständige Kontrolle über alles zu haben schien und ein ganz anderer Menschenschlag war.

Sie beobachtete den Fremden aus den Augenwinkeln und war sich ziemlich sicher, dass sie sah, wie sein Mundwinkel zuckte.

KAPITEL VIER

Brenna ist so unschuldig, doch Quade weckt ein Verlangen in ihr, das anders ist als alles ist, was sie je zuvor erlebt hat.

„QUADE, ICH DENKE, Ihr braucht vielleicht ein paar weitere Stiche. Möchtet Ihr etwas gegen die Schmerzen?“ Sie hielt in ihrer Untersuchung inne und wartete seine Antwort ab.

„Nay, fang an, Mädchen. Es ist nicht das erste Mal, dass ich genäht werde. Ich hatte Glück, dass ich es das letzte Mal nicht gespürt habe, als du mich gepiekt hast.“ Er grinste und hob eine Augenbraue.

Brenna sammelte ihre Gedanken und sprach ein schnelles Gebet, wie sie es oft tat, bevor sie nähte. Ihre Gefühle standen ihr bei der Arbeit im Weg, denn normalerweise würde sie schnell den ersten Stich machen, aber nun zögerte sie. Sie stockte, um Quade anzusehen. Aus irgendeinem Grund war sie diesmal schüchtern dabei, ihre Nadel zu führen. Passierte das, wenn man Gefühle für einen Patienten hegte? Sie runzelte zweifelnd die Stirn.

„Mädchen? Du machst mich nervös. Fang schon an, aye?“

Brenna nickte kurz und durchbohrte seine

Haut in der Hoffnung, dass sie nicht unsanfter als gewöhnlich war. Sie war fast fertig, als Quades Hand über ihre Stirn strich.

„Du schwitzt, Mädchen. Ich möchte nicht, dass es deine Sicht beeinträchtigt.“ Er wischte ihr den Schweiß von der Stirn und nutzte die Gelegenheit für eine sanfte Liebkosung mit dem Daumen.

Er hatte vor Schmerz die Zähne zusammengebissen, aber in seinem Blick lag noch etwas anderes, das ihr unbekannt war. Sie verknotete den letzten Stich und atmete erleichtert auf. „Fertig. Geht es Euch gut?“ Sie suchte in seinem Gesicht nach Anzeichen von Ohnmacht, aber er schien sich voll unter Kontrolle zu haben.

Seine Finger berührten ihr Kinn, sein Blick war auf ihren gerichtet. Seine Hand umfasste ihre Wange, bevor er sie in ihren Nacken legte und sie zu sich zog. Es war ein vorsichtiger Kuss voller Wärme, Weichheit und allem, was sie von ihm wollte. Sie hörte ein leises Geräusch aus ihrem Hals, kurz bevor sie sich zu ihm beugte und ihre Lippen teilte, damit seine Zunge ihren Mund erforschen konnte. Das hier war nichts, was sie jemals zuvor erlebt hatte. Die Nadel fiel zu Boden, aber sie ignorierte es.

Seine Hand streichelte ihren Hals und fuhr dann durch ihr Haar. Er zog sich gerade genug zurück, um zu hauchen: „Hast du eine Ahnung, wie schön du bist, Lady Brenna? Ich denke, du weißt es nicht, und ich kann nicht genug von deinen süßen Lippen bekommen.“ Er führte seine Lippen wieder an ihre und sein Kuss wurde leidenschaftlicher. Ihm entfuhr ein leises Stöhnen, als seine Zunge durch ihren Mund wanderte.

Sie unterbrach die Liebkosung sofort. „Habt Ihr Schmerzen?"

Er lächelte. „Aye, Mädchen, ich habe Schmerzen. Aber nicht von deinen Nähten, sondern von deiner Schönheit, von allem an dir."

Brenna wurde rot. Sie zog sich zurück und starrte in seine grünen Augen. Niemand hatte sie jemals zuvor als schön bezeichnet. Was dachte sich dieser Mann? Warum sah er sie so an, wie er es tat, fast als wollte er sie verschlingen? Und er war verheiratet, erinnerte sie sich. Verheiratet!

Sie leckte sich die Lippen und seine Hand tätschelte ihre Hüfte. Schnell senkte sie den Blick und bückte sich, um die Dinge aufzuheben, die sie fallen gelassen hatte, schnappte jedoch nach Luft, als sie die Beule unter der Decke unter seiner Taille bemerkte.

„Siehst du, was du mir antust, Liebste?" Quade grinste schamlos.

Ihre Wangen wurden rot und sie schlug sich die Hände vors Gesicht, um ihre Farbe vor ihm zu verbergen. Er gluckste und das Geräusch sandte Schockwellen durch ihren Körper. Brenna sammelte ihre Sachen ein und wandte sich verlegen ab. Dann machte sie sich an ihren Instrumenten zu schaffen und versuchte, sie zu reinigen. Sie hatte die Diener über die männliche Erregung sprechen hören, aber sie hatte sie selbst nie gesehen. Es war schockierend, dass sie, Brenna Grant, das in einem Mann hervorgerufen hatte. Und die Geräusche, die sie von sich gegeben hatte, als er sie geküsst hatte? Er musste sie für dumm oder gar für lüstern halten.

Was würden ihre Brüder von ihr denken? Sie war

mit einem verheirateten Mann zusammen. Sie fand einen Becher, füllte ihn mit Wasser und gab ein paar Tropfen des Schmerzmittels hinein, bevor sie ihn zu Quade brachte. Sie hielt den Becher an seine Lippen, aber ihre Hand zitterte und die Flüssigkeit tropfte über sein Kinn.

„Oh, Mädchen, schäme dich nicht." Er legte seine Hand auf ihre, um sie zu beruhigen. „Das zwischen uns ist eine wunderbare Sache. Genieß es und freu dich."

Er ließ ihre Hand nicht los, sondern lehnte sich zurück und zog ihre Finger an seine Lippen. „Du bist ein großer Schatz, Brenna Grant." Dann fielen seine Augen zu und er schlief ein.

Gott sei Dank. Sie musste nachdenken.

KAPITEL FÜNF

"Aggie, meine Schüssel …"

BRENNA BETETE UM Kraft, als sie den Raum betrat. Sollte sie seine Frau kennenlernen? Zum ersten Mal in ihrem ganzen Erwachsenenleben war sie sich nicht sicher, ob sie in dieser Situation die Distanz halten konnte, die eine Heilerin wahren sollte. So sehr sie es auch versuchte, konnte sie nicht gegen ihre Gefühle für Quade ankämpfen. In welchem Zustand befand sich seine Frau wohl, dass es so dringend war?

Die dunkle Kammer wies einen starken charakteristischen Gestank auf, aber sie konnte ihn nicht genau bestimmen. Pelze hingen vor den Fenstern des kleinen Raums. Eine Reihe von Schalen und Schüsseln waren an verschiedenen Stellen aufgestellt. Sie war sich nicht sicher, was sie mit den Behältern anfangen sollte, die an scheinbar zweckmäßigen Orten platziert waren. Eine ältere Frau saß neben dem Bett und rang die Hände. Offensichtlich sorgte sie sich um die Frau, die unter die Decke gehüllt war.

Konnte sie das hier tun? Quades Hand auf ihrem Rücken schob sie näher an den kleinen

Deckenhaufen heran. Sie drehte sich um und starrte auf den gutaussehenden Laird hinter sich. Was ging in ihm vor? Sie wollte ihm sagen, wie sehr er sie verwirrte, aber sie konnte es einfach nicht. Sie wollte ihm sagen, wie sehr sie sich wünschte, er wäre ungebunden und sie wären sich unter anderen Umständen begegnet. Sie drehte sich wieder zum Bett um und trat näher heran.

Die alte Frau trat ins Licht und enthüllte ein verweintes Gesicht. „Seid gegrüßt, Mylady."

Brenna stählte sich und sah zum Bett, als Quade nach der Bettdecke griff und sie zurückzog.

„Lady Brenna", sagte er. „Das ist meine Tochter, Lily."

Seine Tochter? Lily war seine Tochter?

Warum machte ihr Herz bei dieser Erklärung einen Sprung? Die Tatsache, dass er eine Tochter hatte, bedeutete nicht, dass er unverheiratet war. Er musste irgendwo eine Frau haben. Sie war ihr nur noch nicht begegnet.

Zwei kleine Arme streckten sich aus dem Bett. „Papa, du bist zu Hause? Wen hast du mitgebracht? Eine neue Mama für uns?"

„Still, meine Kleine." Quade griff nach unten, nahm seine Tochter in die Arme und drückte ihr einen Kuss auf die Wange. „Das ist nicht deine Mama. Zeig deine guten Manieren und begrüße sie richtig. Sie heißt Lady Brenna Grant und hat besondere Heilfähigkeiten."

Sofort wurde Brenna ängstlich. „Lasst sie herunter, Quade, bitte achtet auf Eure Nähte."

„Oh, sie wiegt weniger als eine Feder, Lady Brenna. Sie tut meinen Nähten nicht weh. Aber ich werde sie absetzen, damit du sie untersuchen kannst."

„Welche Nähte, Papa?" Lilys Engelsgesicht wurde großäugig, als ihr Vater sie auf ihre Pritsche legte.

„Papa ist auf einen bösen alten Eber gestoßen, aber Onkel Logan hat sich für mich um ihn gekümmert. Es geht mir gut. Wie geht es meiner kleinen Blume?" Er strahlte seine Tochter stolz an und ließ Brennas Herz höher schlagen, als er ihr dasselbe Lächeln schenkte. Ein Mann, der sein Kind so sehr liebte, war definitiv ein guter Mann.

Brenna wandte sich wieder ihrer neuen Patientin zu. Lily war ein wunderschönes blondhaariges Kind, wahrscheinlich zwischen drei und vier Jahren alt. Aber anstatt wie ein normales Kind draußen auf den Feldern herumzurennen, konnte sie sich eindeutig nicht außerhalb ihrer Kammer bewegen, wenn sie nicht getragen wurde. Sie war zu dünn und dunkle Ringe lagen um ihre Augen. Quades Bemerkung war nicht gelogen gewesen. Sie war wahrscheinlich zu leicht, um seine Nähte zu belasten. Was konnte dazu führen, dass ein so schönes Kind so gebrechlich war? Brenna vermutete, dass sie kaum die Kraft hatte zu stehen.

Das Mädchen lächelte seinen Vater strahlend an, aber ihre Haut war stumpf und trocken und Brenna konnte den Geruch von Krankheit im Raum immer noch nicht einordnen. Es war eine Anstrengung für das arme Kind gewesen, auch nur die Arme um Quades Hals zu legen. Dies war keine kurze Krankheit, sondern etwas, das Lilys Kraft im Laufe der Zeit geschwächt hatte.

Die zwei kleinen Arme streckten sich nach der Amme. „Aggie, meine Schüssel."

Es brach Brenna das Herz, mitanzusehen, wie die Magd hinter sich griff, eine Schale nahm und sie gerade noch rechtzeitig vor das Kind hielt, um seinen Mageninhalt aufzufangen, der aus ihrem winzigen Mund spritzte. Es war fast reine Galle, aber ihr gebrechlicher Körper verkrampfte sich weiter, bis nicht einmal das mehr herauskam.

Quade seufzte und sah die Magd mit hochgezogener Augenbraue an. „Aggie? Was war es diesmal?"

„Aye, Chief. Sie hat ein bisschen Brot gegessen, da sie sich besser fühlte. Ich dachte, vielleicht könnte sie es verkraften. Es wird immer schlimmer, sie kann nichts bei sich behalten." Aggie wischte mit einem Leinentuch über den Mund des Kindes.

Tränen stiegen der Kleinen in die Augen und sie schürzte die Lippen. „Verzeiht mir, Mylady, aber ich konnte es nicht verhindern", sagte sie mit schwacher Stimme zu Brenna. Ihre Augen blinzelten und ihre Oberlippe zitterte, als Brenna den Kampf in der kleinen Seele beobachtete. Die Kleine wimmerte und presste eine Hand auf ihren Bauch.

„Papa, mein Bauch tut so weh. Kann sie mich heilen?"

„Sie wird es versuchen, Kleine. Du musst tun, was sie dir sagt." Quade streichelte ihre Stirn.

„Papa, muss sie mich zur Ader lassen?" Ihr kleiner Kopf wandte sich wieder Brenna zu. „Bitte gebt mir keinen Aderlass. Es tut so weh und ich fühle mich dabei so schrecklich." Eine ganze Flut von Tränen strömte erneut über Lilys Gesicht und ihr

Schluchzen brach Brenna erneut das Herz, also setzte sie sich auf das Bett und hob das Mädchen auf ihren Schoß.

„Es wird alles gut, meine Kleine. Was dir passiert, ist nicht deine Schuld.“ Sie legte ihr Kinn auf Lilys Kopf und rieb ihr in weichen Kreisen über den Rücken, um sie zu beruhigen. Brenna drehte gerade rechtzeitig den Kopf, um die Tränen in Quades Augen zu sehen, aber da wirbelte er auch schon herum und verließ die Kammer. „Ich werde dich nicht zur Ader lassen, meine Kleine. Ich weiß, dass einige Heiler darauf schwören, aber meine Mutter hat mir beigebracht, dass der Aderlass meistens nicht hilft. Wir werden etwas anderes ausprobieren.“

Kapitel Elf

Alex kommt endlich bei den Ramsays an, um seine Schwester abzuholen. Ich liebe Quade in dieser Szene!

QUADE HÖRTE GRANTS Kampfschrei und zuckte zusammen.

„Grant! Gebt mir einen Moment Zeit, bevor Ihr mich tötet. Jedem Mann sollte eine letzte Bitte gewährt werden. Aye? Eurer schottischen Ehre zuliebe?"

Alex' Arm erhob sich vor dem Meer der Krieger und sofortige Stille folgte.

Grant trieb seinen prächtigen Hengst nach vorn und hielt nur wenige Zentimeter vor Quades Pferd. „Ihr habt meine Schwester entführt, Ramsay. Ihr selbst seid kein ehrenhafter Schotte."

Grant war so kräftig und beeindruckend, wie man ihn beschrieben hatte. „Aye, ich habe in Eile gehandelt. Bei Gott, es ist die Wahrheit, dass mein Bruder aus Not handelte, weil ich an der Schwelle zum Tod stand. Wir haben Eurer Schwester keinen Schaden zugefügt. Ich bitte Euch, in meinen Saal zu kommen und mit ihr zu sprechen, bevor Ihr über meinen Clan urteilt. Was ich getan habe, habe ich aus meiner eigenen Not heraus getan, nicht um meines Clans willen."

Quades Blick begegnete dem des Lairds. Er glaubte, dort einen weichen Schimmer zu sehen, genug, um ihm Hoffnung zu geben, dass das riesige Breitschwert des Mannes ihm nicht sofort den Kopf von den Schultern schlagen würde. Grants Bruder ritt neben ihm. Er hatte Augen wie Brenna, gefühlvoller als die des Lairds. Quade erinnerte sich daran, dass er mit der Familie des Mädchens sprach, das er liebte, und er würde ihnen genauso viel Respekt entgegenbringen wie ihr.

Grants mächtiges Schlachtross wieherte und scharrte auf dem Boden. Etwas beunruhigte es, aber er konnte nicht sagen, was es war. Dann bemerkte Quade, wie Grants Blick kaum merklich in Richtung der Burg wanderte. Was hatte er gesehen? Er drehte den Kopf, um ebenfalls in diese Richtung zu schauen und war erstaunt.

Brenna.

Brenna preschte mit ihrem Pferd in all ihrer Pracht über die Heide.

Er versuchte, seinen Blick wieder auf Grant zu richten, konnte es aber nicht. Ohnmächtig gegen die Wirkung dieser Sirene, die auf sie zuflog, erfasste ihn ein seltsamer Stolz, als sie auf sie zu galoppierte. Ihr Haar war ungebunden und ihre kastanienbraunen Locken wehten in der Sonne, aber das hielt sie nicht auf. Er kannte Brenna inzwischen. Sie kümmerte sich nie um ihr Aussehen, sei es wegen ihrer unschuldigen Unkenntnis darüber, welche Wirkung sie auf andere hatte, oder weil es ihr einfach nicht wichtig war. Er war sich nicht sicher. Ihr Haar war vorher zurückgesteckt gewesen, aber es war immer ein bisschen durcheinander, sodass der Wind nicht viel Kraft gebraucht hatte, um es zu befreien.

Sie war großartig – herrlich in ihrer Schönheit, unerschütterlich in ihrer Stärke. Alles an ihr rief wortlos nach ihm. Er konnte sie nicht gehen lassen, erkannte er, als er sie beobachtete. Er würde sie niemals gehen lassen. Abgesehen von ihrer Schönheit war sie das intelligenteste Mädchen, dem er jemals begegnet war. Sie wusste Dinge, die die meisten Männer nicht verstanden, Dinge, die auch er nicht verstehen konnte. Sie gehörten zusammen. Er wusste, dass er sie nicht heiraten konnte, aber vielleicht konnte er sich damit abfinden, dass sie als Heilerin in seiner Burg blieb. Er würde sich zwingen, Zurückhaltung zu üben und sich von ihr fernzuhalten, nur um sie in der Nähe zu halten. Seine Leute brauchten sie, sein Kind brauchte sie.

Er brauchte sie.

Er liebte sie und bewunderte sie mehr als jemals zuvor. Dieser Gedanke erschreckte ihn, aber er wusste, dass er alles tun würde, um sie zum Bleiben zu bewegen. Was Laird Grant wollte, spielte keine Rolle. Sein Wunsch erforderte extreme Maßnahmen.

Sie näherte sich der Gruppe, nickte ihren Brüdern zu und stellte sich fast zwischen die beiden Chiefs. „Alex. Brodie.“ Sie begrüßte beide mit einem steifen Gesicht, was ihn verwirrte.

KAPITEL DREIZEHN

Brenna lernt Torrian kennen, den Sohn, den Quade ein bisschen zuviel behütet und beschützt.

SEIN SOHN? ER hatte einen Sohn mit der gleichen Krankheit?

Brenna schaltete sofort in ihren Heilermodus um und näherte sich dem Bett von der Seite.

Sie kniete sich an die Seite und musterte den Jungen. Seine Augen waren offen, aber seine Atmung ging flach. Er sah zwar zu ihr auf, doch ihm fehlte die Fähigkeit, seinen Kopf von dem weichen Kissen zu heben. Sein Bett bestand aus so vielen weichen Schichten, dass es wahrscheinlich das dickste Bett war, das sie je gesehen hatte.

Sie griff nach seinem Kopf, hielt aber inne, als Quade sagte: „Fass ihn nicht an, Brenna. Manchmal schmerzt ihn sogar eine einfache Berührung." Er setzte sich mit gequälter Miene auf die andere Bettseite. „Wie geht es dir heute, mein Sohn?"

Brennas Herz brach. Wie hatte Quade allein nur so viel Angst ertragen können? Tränen drohten erneut, über ihre Wangen zu laufen, aber sie kämpfte dagegen an, um das zu tun, was sie als Heilerin tun musste.

„Papa? Bist du es?“ Ein kurzes Lächeln huschte über die dünnen Lippen des Jungen. Seine Stimme war schwach und kratzig und trotz der Stille in der Hütte kaum zu hören.

„Wie alt ist er, Quade? Und wie lange ist er schon in diesem Zustand?“ Sie sah zu ihm auf und bemerkte seinen liebevollen Blick, als er seinen Erstgeborenen ansah.

„Er ist sieben Jahre alt und seit seinem zweiten Lebensjahr krank. Es brach seiner Mutter das Herz, als er krank wurde. Tut dein Kopf heute weh, Junge?“

„Aye, ein bisschen. Aber nicht zu schlimm, Papa. Wer ist bei dir?“

„Torrian, das ist Lady Brenna. Sie ist eine Heilerin und ich habe sie hergebracht, um zu sehen, ob sie dir helfen kann.“

„Habt Ihr Lily schon gesehen, Lady Brenna?“

„Aye, ich habe deine schöne Schwester schon kennengelernt, Torrian.“ Brenna beobachtete ihn genau, während sie sprachen. Sie bemerkte seine blasse Haut, das Fehlen von Muskeln. Die Krankheit hatte seinen Körper weit mehr geschwächt als Lilys. Sie zog die Decke etwas weiter herunter, damit sie mehr von ihm sehen konnte. Dünne, spindelförmige Arme und Beine ragten aus der weichen Nachtwäsche.

„Darf ich mir deine Haut ansehen, Torrian?“

Als sie ihre Hand nach seinem Arm ausstreckte, hielt Quade sie zurück. „Nicht, Brenna. Wir wissen nicht, was er hat. Er hatte stets einen schrecklichen Ausschlag. Es ist sehr schmerzhaft für ihn. Pass auf, dass du seine Blasen nicht berührst.“

Brenna nahm Quades Hand zwischen ihre Finger.

„Ich habe keine Angst vor Eurem Sohn. Es ist in Ordnung, wenn ich ihn berühre. Ich verspreche, ihn nicht zu verletzen.“ Sie suchte über Quades Schulter nach ihrem Bruder. „Alex, dem Jungen geht es gut. Seine Krankheit liegt nicht in der Luft. Du kannst näherkommen, wenn du willst.“

Quade stand besorgt auf. „Mädchen, wie kannst du dir da sicher sein? Jeder Heiler, der ihn bisher gesehen hat, hat uns davor gewarnt, anderen zu erlauben, den Raum zu betreten und die gleiche Luft wie er zu atmen.“

„Ich glaube, dass er an der gleichen Krankheit leidet wie Lily. Sie liegt nicht in der Luft. Ich kann auch Eurem Sohn helfen, indem ich seine Ernährung umstelle.“

„Brenna, jeder andere Heiler, der hier war, hat gesagt, dass das, was Torrian plagt, nicht das Gleiche ist wie das, was Lily hat. Bist du sicher?“

„Nay, ich bin mir nicht absolut sicher. Aber es gibt genug Ähnlichkeiten, um zu vermuten, dass es die gleiche Krankheit ist. Torrian leidet schon länger daran, aye? Deshalb sind seine Symptome schlimmer.“ Sie ergriff seine Hand. „Ich glaube, ich kann ihm helfen. Ihr müsst mir vertrauen.“

Kapitel Vierzehn

Eine Heilerin heilt auf vielerlei Weise…

Alex brach am nächsten Morgen schon früh mit Brodie und seinen Wachen auf, um zu seiner schwangeren Frau zurückzukehren. Der Abschied von ihren Brüdern fiel Brenna schwer, aber ihr blieb nichts anderes übrig. Sie musste Torrian helfen. Wenn sie ihn nicht vollständig heilen konnte, so konnte sie vielleicht doch zumindest einen Weg finden, seine Symptome zu lindern, damit er nicht so viele Schmerzen hatte.

Brenna ging mit ihrer Heilertasche und zusätzlichen Handtüchern den Hügel hinunter. Sie machte auf dem Weg Halt, um ein paar Dorfbewohner zu grüßen, achtete aber darauf, ihr Ziel nicht zu erwähnen. Quade hatte Torrians Helfer benachrichtigt, damit sie die Wanne für ihn vorbereiteten.

Brenna war noch immer schockiert über die Enthüllung, dass Quade einen Sohn hatte, und noch schockierter war sie über die Tatsache, dass er das Kind all die Jahre versteckt gehalten hatte. Nachdem sie beim Frühstück mit Quades Mutter darüber gesprochen hatte, hatte sie erfahren, dass die Familie es für riskant hielt, jemanden wissen zu lassen, dass der Sohn des Chiefs noch lebte und immer noch krank war. Aus diesem Grund und aus Angst davor, dass sein Leiden ansteckend sein könnte, war er in einem separaten Gebäude untergebracht worden.

Brenna hatte versucht, Quade davon zu überzeugen, dass der Zustand des Jungen eindeutig nicht ansteckend war – immerhin war er selbst viele Male mit dem Kind zusammen gewesen, ohne zu erkranken –, aber er schien nicht überzeugt zu sein. Zu viele andere Heiler hatten ihm das Gegenteil versichert.

Als sie die Hütte betrat, begrüßte Margaret sie zusammen mit ihrem Ehemann Ennis, der gerade die Wanne mit dampfendem Wasser vor der Feuerstelle gefüllt hatte. Brenna hatte Quade um etwas Zeit allein mit Torrian gebeten, und so verließen Margaret und Ennis die Hütte, sobald die Wanne voll war.

Brenna sah sich in dem gemütlichen Häuschen um. Äußerlich wirkte es nicht wie ein passendes Heim für den Sohn eines Lairds, aber im Inneren konnte sie sehen, dass es Quades Sohn an nichts fehlte. Eine Holzkiste enthielt ein paar Spielsachen, aber sie schienen nicht viel benutzt zu werden. Margaret hatte alles, was sie brauchte, um für Torrian zu kochen und ihn zu pflegen, einschließlich einer schönen Badewanne. Ein paar illustrierte Bücher standen neben dem Bett. Überall waren weiche Decken und Kissen sowie Wandteppiche, auf denen Pferde und Hunde zu sehen waren.

Bevor sie Torrian ins warme Wasser half, fügte sie Lavendelöl und Haferflocken hinzu, um den

Juckreiz zu lindern. Sie hatte ihm auch spezielle Handschuhe mitgebracht, die er tragen konnte, während er schlief, um Kratzer zu vermeiden.

Nachdem er sich in der Wanne niedergelassen hatte, begann der Junge, aufgeregt zu plaudern.

„Lady Brenna, ich bin so froh, dass Ihr zurückgekommen seid. Glaubt Ihr, Ihr könnt mir helfen?"

„Ich denke schon. Ich glaube, du hast eine Variation der Krankheit, die auch deine Schwester hat."

„Wie geht es meiner Schwester? Ich habe sie schon lange nicht mehr gesehen." Er sah sie besorgt an und brannte auf Neuigkeiten von außerhalb seines kleinen Gefängnisses.

„Es geht ihr viel besser."

„Wirklich? Habt Ihr sie geheilt? Was habt Ihr getan, um ihr zu helfen?" Die Hoffnung in seinem Gesicht brach ihr das Herz.

„Nun, sie isst nur bestimmte Lebensmittel, Torrian. Ich denke, einige der Lebensmittel, die du isst, könnten dich krank machen." Sie wusch sorgfältig seine Haare, während sie sprach, und wartete dann, damit sich das Lavendelöl auf den Blasen auf seiner Kopfhaut absetzen konnte.

„Aber wie kann das sein? Lily hatte noch nie so viele Blasen oder Hautausschläge wie ich. Es muss etwas anderes sein."

„Manchmal zeigt dieselbe Krankheit bei verschiedenen Menschen unterschiedliche Anzeichen. Ich denke, das ist bei dir und deiner Schwester der Fall. Es gibt Probleme, die du und Lily teilen und die sehr ähnlich sind. Später werde ich mit dir darüber sprechen, was du isst. Da du älter als Lily bist, kannst du schon besser auf dich selbst aufpassen. Ich möchte dir erklären, welche Lebensmittel sicher für dich sind, damit du das Richtige isst."

„Darf ich Lily sehen?"

„Wann hast du sie das letzte Mal gesehen?" Brenna benetzte ihr Tuch wieder und drückte das warme Wasser über dem Oberkörper des Jungen aus.

„Ich erinnere mich nicht genau. Sie sprach noch nicht viel. Papa hatte Angst, ich könnte sie krank machen."

Brenna musste ihre Tränen beim Gedanken an das Leben dieses armen Jungen fortblinzeln. Sie musste stark sein und durfte sich ihre Traurigkeit nicht anmerken lassen. Sie dachte an die süße Lily und lächelte. „Möchtest du deine Schwester in den nächsten Tagen gern sehen? Ich werde sie herbringen, wenn du willst."

„Würdet Ihr das tun? Darf ich mit ihr spielen?"

Die Wehmut in Torrians schwacher Stimme schmerzte sie. „Aye, ich werde sie zu dir bringen. Wie lange ist es her, dass du im großen Saal warst?"

„Ich habe den großen Saal noch nie gesehen, Lady Brenna. Ich bin hier, seit ich denken kann. Ich bin noch nie nach draußen gegangen. Mein Vater erlaubt es nicht. Selbst als Todd noch lebte, mussten wir stets drinnen spielen."

Brenna musste ihre Hände zwingen, ihn weiter zu waschen. Wie hatte das nur passieren können? Wie konnte Quade nicht sehen, was er seinem Sohn angetan hatte? Der Junge hatte keine Zeit mit Freunden oder Familie verbracht. Wie war es möglich, dass er mit einer solchen Erziehung so gutmütig und intelligent war?

„Lady Brenna, er tut es nicht, damit ich mich schlecht fühle. Er muss mich hier behalten. Das sagt er mir immer. Bitte seid Papa nicht böse. Er liebt mich, ich weiß es. Er hat mir sogar das Lesen beigebracht." Er hielt sich am Wannenrand fest, während sie ihn wusch.

Brenna war sich nicht sicher, ob sie das Richtige tat, aber sie konnte nicht mehr an sich halten. „Warum, Torrian? Warum glaubt dein Vater, dass du hierbleiben musst? Warum sagt er niemandem, dass du hier bist, damit sie dich besuchen können?" Irgendwie dachte sie, dass es noch einen anderen Grund für die Isolation des Jungen geben musste.

„Papa sagt, ich muss hierbleiben, sonst könnte ich sterben." Sein kleiner Kopf starrte auf die glasige Wasseroberfläche.

„Warum, Junge?"

„Er sagt, wenn die Leute meinen Ausschlag sehen, werden sie denken, ich hätte böse Geister in mir. Sie würden mich im Wald aussetzen und mich dort sterben lassen."

Brenna ließ das Tuch ins Wasser fallen.

„Lady Brenna?"

Sie sammelte sich genug, um das Tuch wieder aufzuheben, bevor sie sprach. „Aye?"

„Ihr werdet das nicht tun, nicht wahr?"

„Was, Junge?"

„Mich im Wald aussetzen und mich sterben lassen."

Brenna konnte sich nicht helfen. Sie schnappte ein Leinentuch, wickelte es um den Jungen und hob ihn in ihre Arme. Dann sah sie ihm direkt in die Augen und sagte: „Nay, Torrian, das werde ich niemals tun."

„Papa erlaubt keine Umarmungen", warnte Torrian und sie bemerkte, dass der Junge erschüttert von ihrem Verhalten war.

„Aye, aber *ich* erlaube sie. Es schadet dir nichts, wenn ich dich umarme. Oder verletze ich dich? Reize ich deine Blasen?" Sie setzte sich auf einen Stuhl und nahm ihn auf ihren Schoß, eingewickelt in das weiche Handtuch.

„Nay, es tut immer noch ein bisschen weh, aber es macht mir nichts aus. Ich möchte manchmal umarmt werden, obwohl mein Papa es nicht zulässt. Er hat zu viel Angst, dass mich jemand verletzt. Ich weiß es." Er flüsterte, als wäre sein Vater in der Nähe.

Nach ein paar Minuten zog sie ihm ein weiches Hemd an und setzte sich wieder, mit ihm auf ihrem Schoß. Er nahm kaum Platz ein und war federleicht. Dieser Junge musste unbedingt an Gewicht zunehmen.

„Darf ich Euch eine Frage stellen, Lady Brenna?"

„Natürlich, Torrian. Du kannst mich alles fragen." Sie schlang seine Arme um sich und half ihm, sich an ihre Brust zu lehnen. „Fühlst du dich so wohl?"

„Aye, ich sitze gern auf Eurem Schoß."

Natürlich sehnte er sich nach jedem menschlichen Kontakt, egal wie viel Schmerz er ihm verursachte. Seine Blasen schienen besser zu sein, aber es würde eine Weile dauern, bis sie vollständig verheilten. „Ist der Juckreiz besser?"

„Aye, das Bad hat geholfen. Es ist nicht so schlimm wie vorher." Sein Gesicht strahlte.

Armer Junge. Stille erfüllte die Luft für einige Momente, aber sie dachte sich, dass er seine Frage stellen würde, wenn er bereit war.

„Papa war vor Kurzem wirklich wütend auf mich."

„Aye, das passiert manchmal, aber es bedeutet nicht, dass er dich nicht liebt. Er war gestern nicht wütend auf dich." Brenna rieb ihm die Beine, während sie redeten. Es war die einzige Stelle, an der er keinen Ausschlag hatte.

„Ich fragte ihn, ob er mich bitte in den Wald bringen und mich sterben lassen könnte."

Brenna stählte sich, um nicht darauf zu reagieren. Sie schwieg und hoffte, dass es ihn ermutigen würde, weiterzusprechen. Er musste ihr das anvertrauen.

„Wisst Ihr, mein Ausschlag tut mir an manchen Tagen sehr weh. Manchmal möchte ich einfach den ganzen Tag weinen, aber ich weiß, dass es meinen Papa stört, wenn ich es tue. Er möchte, dass ich stark bin, damit ich eines Tages Laird sein kann, und er wird wütend und geht, wenn ich weine. Nicht, weil er böse auf mich ist, sondern weil er sich schlecht fühlt. Er sagt, er ist traurig, wenn er mir nicht helfen kann, mich besser zu fühlen. Also versuche ich, nicht zu weinen, aber es ist sehr schwer, wenn es wirklich wehtut. Ich habe versucht, ihm zu sagen, dass es für mich einfacher wäre, wenn ich im Himmel wäre, aber er wollte mich nicht gehen lassen. Glaubt Ihr an den Himmel, Lady Brenna?"

„Aye, das tue ich. Ich bin froh, dass du es auch tust."

„Aye, ich dachte, wenn ich im Himmel wäre und nicht die ganze Zeit krank wäre, ginge es mir besser.

Manchmal kratze ich mich so viel, dass ich schluchze. Aber niemals vor Papa. Margaret will mich in die Arme nehmen, wenn ich so heftig weine, aber dann tut es weh, auf ihrem Schoß zu sitzen." Er machte eine Pause, um den Kopf zu heben und sie anzulächeln. „Das Bad hat meinen Blasen geholfen und es schmerzt nicht, auf Eurem Schoß zu sitzen."

Brenna küsste ihn auf den Kopf und zog ihn wieder an sich.

„Ich habe nur versucht, Papa zu sagen, dass ich lieber im Himmel wäre, wo es nicht die ganze Zeit juckt, als hier so krank zu sein. Meine Mutter starb, als Lily ein kleines Kind war, also wartet sie im Himmel auf mich. Ich habe Papa gesagt, er könne bei Lily bleiben und ich könnte zu Mama gehen, aber er war sehr verärgert darüber. Er hat es nicht verstanden. Versteht Ihr es? Versteht Ihr, warum ich lieber im Himmel wäre?"

„Aye, Junge. Ich verstehe. Möchtest du immer noch lieber im Himmel sein?"

„Nay, nicht mehr, weil ich Mama eines Nachts im Traum gesehen habe. Sie hat mir gesagt, ich könnte Papa noch nicht verlassen."

„Du hast sie in deinem Traum gesehen?" Brenna versuchte Torrian zu ermutigen, seine Geschichte zu beenden. Sie dachte, er würde sich dann besser fühlen.

„Aye. Es war, nachdem Papa so böse auf mich war. Nachdem er mir gesagt hatte, ich dürfte nicht sterben, ging er und kam drei Tage lang nicht zurück. Ich hatte Angst, er würde nie wiederkommen. Deshalb hat Mama mich in meinem Traum besucht, denke ich. Weil Papa nicht kam und ich solche Angst hatte.“

Brenna staunte über die Stärke des kleinen Jungen in ihren Armen. Warum mussten ein so kleiner Jung und ein junges Mädchen all das durchmachen, was er und Lily erlitten hatten? Und der arme Quade... Sie begann zu erkennen, dass der Mann, in den sie sich verliebt hatte, gute Gründe für seine gequälte Seele hatte.

Verliebt? Hatte sie das wirklich gerade gedacht?

Aye, als sie Quade mit seinem kranken Sohn gesehen hatte, hatte sie ihr Herz endgültig an ihn verloren.

KAPITEL FÜNFZEHN

„ERZÄHL MIR MEHR über deinen Traum, Torrian.“ Brenna wickelte die Decke etwas enger um ihn, während sie sprach.

„Aye, ich bin eingeschlafen, aber dann bin ich sofort wieder aufgewacht. Ich weiß nur, dass ich geträumt habe, weil ich mich anders gefühlt habe.“

„Wie hast du dich denn gefühlt?“ Brenna wusste nicht, wie viel mehr Herzschmerz sie verkraften konnte, aber Zuhören war das Beste, was sie für Torrian tun konnte.

„Ich hatte keine Schmerzen mehr. Meine Haut hat nicht gejuckt und nichts hat mir wehgetan. Ich sah auf meine Arme und der Ausschlag war verschwunden. Ich wusste nicht, wo er hin war. Ich habe gerade auf meinen Bauch geschaut, als ich Mamas Stimme hörte.“

„Was hat sie gesagt?“

Torrian hob seinen Kopf, um in ihre Augen zu sehen. „Glaubt Ihr mir, Lady Brenna? Papa glaubte, ich hätte mir das alles nur ausgedacht, als ich versuchte, es ihm zu erzählen. Er wollte mich nicht einmal zu Ende reden lassen.“

„Sprich weiter, Junge. Ich glaube dir. Sag mir, was

deine Mama gesagt hat." Das Wichtigste war, dass Torrian an seine Geschichte glaubte, und deshalb wollte sie, dass er sie zu Ende erzählte.

„Da war ein langer Tunnel mit einem weißen Licht am Ende." Er lehnte sich wieder an ihre Brust, bevor er fortfuhr. „Ich habe in ihn hineingespäht, aber nichts gesehen. Dann hörte ich Mamas Stimme. Es klang, als wäre sie am anderen Ende des Tunnels. Ich starrte weiter und dann sah ich sie den Tunnel entlang auf mich zugehen. Lady Brenna, meine Mama war so schön, sie sah aus wie ein Engel. Sie umarmte mich, als sie bei mir ankam. Und ich sagte ihr, dass ich keine Schmerzen mehr hätte. Sie sagte, dass sie das schon wüsste und dass sie es nicht mehr ertragen konnte, mich leiden zu sehen. Sie sagte, sie hätte mich nur für einen Augenblick nach Hause geholt, um mir zu helfen, alles zu verstehen."

Der kleine Junge wandte sich erneut zu ihr, als wollte er sicherstellen, dass sie ihn ernst nahm. Brenna nickte. „Sprich nur weiter, mein Junge."

Wieder lehnte er sich an sie. „Sie sagte mir, ich hätte nie wieder Schmerzen, wenn ich im Himmel wäre. Aber sie sagte auch, dass es noch zu früh für mich sei, dort zu bleiben, weil ich noch wichtige Dinge zu tun hätte. Dann bat sie mich, Papa nicht mehr zu sagen, dass ich sterben will. Aber ich sagte ihr, dass ich es doch will und dass es die Wahrheit ist. Macht mich das zu einem schlechten Menschen? Es war so schön dort, ich wollte wirklich bleiben. Ich könnte durch den Tunnel gehen. Ich hätte keinen Juckreiz mehr und würde mich nicht mehr kratzen. Außerdem vermisse ich meine Mama. Sie sagte, Papa seien zu viele schlimme Dinge passiert und er könne es nicht ertragen, mich auch noch zu verlieren. Aber ich sagte ihr, dass ich bei ihr bleiben wolle und dass ich nicht dorthin zurückkehren will, wo ich immer Schmerzen habe.“

Brenna konnte die heißen Tränen in ihren Wimpern spüren und war dankbar, dass er ihr den Rücken zugewandt hatte.

Torrian fuhr fort. „Ich sagte ihr, wie müde mich der Juckreiz macht und dass er mich vom Schlafen und Spielen abhält. Früher habe ich mit Margarets Sohn gespielt, aber seit seinem Tod habe ich niemanden, der mir Gesellschaft leistet. Papa lässt mich nicht mit Lily spielen, weil er Angst hat, ich könnte sie krank machen und Lily könnte das Geheimnis nicht für sich behalten. Jedes Mal, wenn ich etwas esse, muss ich mich übergeben und habe Magenschmerzen. Ich möchte das nicht mehr. Trotzdem sagte sie mir, ich könne nicht bleiben. Und ich sagte, dann werde ich eben aufhören zu essen, wenn ich wieder in meinem Bett bin, oder ich werde rausgehen und jemandem meinen Ausschlag zeigen, damit er mich in den Wald bringt, damit ich sterben kann.“

Nun flossen die Tränen unaufhaltbar über Brennas Wangen.

„Was ist ein Wald, Lady Brenna? Ich weiß nicht, was das ist.“

Sie räusperte sich, bevor sie sprach. „Ein Wald ist eine Gruppe von Bäumen.“

„Ist es da sehr dunkel? Könnte ich in einen Wald gehen? Gibt es hier in der Nähe einen?“

„Nay, du müsstest ein bisschen gehen, Torrian. Ich glaube nicht, dass du so weit gehen kannst.“

„Aye, Mama hat gesagt, ich könnte nicht in den

Wald gehen, um zu sterben. Dann habe ich geweint. Aber sie hat mir etwas versprochen, bevor sie mich zurückgeschickt hat."

„Was hat sie dir versprochen?"

„Ich habe ihr damals nicht geglaubt." Er setzte sich auf ihrem Schoß auf und drehte sich um, um ihr direkt in die Augen zu sehen. „Aber jetzt tue ich es."

„Warum?"

„Sie hat mir versprochen, mir jemanden zu schicken, der mich heilt. Sie sagte, sie kennt jemanden, der sowohl Lily als auch mich heilen kann, damit wir nicht die ganze Zeit krank sind. Ich dachte, sie würde einen Priester schicken."

Er sah sie weiter an und sein fahles Gesicht strahlte vor Hoffnung.

„Seid Ihr es, Lady Brenna? Hat Mama Euch geschickt, um uns zu heilen?"

Brenna wusste nicht, was sie darauf erwidern sollte. Wie beantwortete man eine solche Frage? „Mein Junge, ich kenne deine Mama nicht. Ich bin ihr nie begegnet. Aber ich kann dir versprechen, dass ich versuchen werde, dir zu helfen."

„Und werdet Ihr Papa auch heilen?" Sein Blick schwankte nicht.

„Ich weiß nicht, was mit deinem Papa los ist. Ich weiß nicht, ob ich ihn heilen kann."

Der Junge sah nachdenklich auf seine Hände. „Wenn Ihr ihn nicht heilen könnt, könnt Ihr ihm vielleicht etwas von mir sagen?"

„Aye, aber warum sagst du es ihm nicht selbst, Torrian? Vielleicht möchte er es von dir hören."

„Mama hat mir versprochen, jemanden zu

schicken, der uns heilt, aber ich musste ihr auch ein Versprechen geben."

Quade kam zur Tür herein, als der Junge sprach, aber er hielt inne, als er Torrian auf Brennas Schoß sah, und blieb wie gebannt stehen, um seinem Sohn zuzuhören. Da der Junge den Rücken zur Tür gewandt hatte, war er sich der Anwesenheit seines Vaters nicht bewusst.

„Und was hast du ihr versprochen?", fragte Brenna.

„Ich habe versprochen, Papa zu sagen, dass er Mama nicht getötet hat. Mama sagte, Papa glaubt, er hätte sie getötet, aber das hat er nicht. Sie sagte, ich soll ihm sagen, dass sie bereits im Sterben lag und dass sie es wusste."

„Hast du ihm das schon gesagt, Torrian?"

„Nay, ich habe Angst. Papa glaubt nicht, dass ich Mama in meinem Traum gesehen habe, und er wird immer wütend, wenn ich davon rede. Aber ich habe es ihr versprochen. Könnt Ihr es ihm für mich sagen? Sagt Ihr ihm, dass Mama gesagt hat, dass er wissen soll, dass er sie nicht getötet hat?"

Brenna warf einen Blick über Torrians Schulter, wo Quade sich gerade aus der Tür entfernte.

„Aye, ich werde es ihm sagen, mein Junge."

Kapitel Zwanzig

Es kann keine Sammlung über Brenna Grant geben ohne diese Szene zwischen Torrian und Growley.

„Und ich?" Torrian saß auf dem Hocker, auf den Margaret ihn gesetzt hatte, denn er konnte ohne Unterstützung immer noch nicht allein gehen.

Brenna streckte ihm die Hand entgegen und half ihm, zur Tür zu gehen. Seine Schritte waren langsam und wacklig, aber er strengte sich an. „Dein Papa wird dir helfen, deine Kleidung für die Hochzeit auszuwählen, aber ich habe etwas Besonderes für dich. Komm, Mungo hat einen neuen Freund für dich."

Sie brachte Torrian zu den Stufen vor dem Bergfried und pfiff nach Mungo.

„Schick ihn her, Mungo!" Sie rief laut genug, dass sich Torrian die Ohren zuhielt.

„Wovon redest du, Brenna?" Er sah zu ihr auf, die Hände immer noch auf seine Ohren gepresst. Als er den Kopf wieder zurück zum Tor wandte, schrie er plötzlich: „Oh, nay! Brenna, hilf mir! Er wird mich umwerfen." Er griff nach ihren Händen, als ein riesiger Hirschhund auf sie zulief.

„Nay, Torrian“, sagte sie lachend. „Das ist dein neues Haustier.“ Kaum hatte sie diesen Satz beendet, stapfte der große Hund die Stufen hinauf und leckte Torrians Gesicht.

Torrian schlug sich die Hände vors Gesicht, um das Gesabber der sehr großen Zunge abzuwehren, die über seine Wange schleckte. „Oh, pfui. Sitz!“

Der Hund setzte sich sofort vor ihn und wartete auf den nächsten Befehl.

Brenna musterte Torrians Reaktion und schnell sah er mit leuchtenden Augen zu ihr auf. „Er hört auf mich. Gehört er wirklich mir?“

„Oh, aye!“ Brenna lachte und half Torrian, sich wieder der Tür zum großen Saal zuzuwenden. Dann bedeutete sie dem Hund, ihnen zu folgen.

„Nay, Lady Brenna. Oma erlaubt keine Hunde im Saal.“

„Aye, aber er ist etwas Besonderes. Sie hat zugestimmt, ihn hereinzulassen, damit er dir helfen kann.“

„Wie soll er das machen?“, fragte er neugierig und streichelte den Hund vorsichtig.

Brenna hob Torrian hoch und trug ihn zu dem Stuhl in der Nähe des Kamins. Der Hirschhund folgte dicht hinter ihnen. „Komm mit mir und ich werde es dir zeigen.“

„Wie heißt er?“

„Mungo sagte, sein Name ist Growley. Mungos Hündin hatte bei ihrem letzten Wurf vier Welpen. Inzwischen ist Growley etwas mehr als ein Jahr alt.“

„Warum hat Mungo ihn Growley genannt?“

„Weil er gern im Schlaf knurrt. Aber er tut

niemandem weh. Mungo sagte, er sei sehr sanft, und ich denke, dass er die perfekte Größe für dich hat."

„Warum? Wie kann er mir helfen?" Torrian spähte auf das pelzige Tier, das neben seinem Stuhl stand. Sein Fell war wunderschön grau mit braunen Sprenkeln. Der Hund kam zu ihm und legte seinen Kopf auf seinen Schoß. Torrian tätschelte vorsichtig seinen Kopf und fing an zu kichern. „Brenna, seine Nase ist kalt! Ich mag ihn, aber er ist sehr groß."

„Deshalb ist er perfekt für dich." Brenna half Torrian, von seinem Stuhl aufzustehen. „Komm. Ich werde dir zeigen, was Growley kann."

Sie bemerkte, dass alle im großen Saal ihnen zusahen.

Torrian rief seiner Großmutter zu: „Großmutter, darf Growley hier bei mir bleiben?"

Brenna bemerkte, dass Lady Ramsay zwar mit dem Kopf nickte, aber nichts sagte. Ihre Hände wischten mehrmals über ihre Augen. Dann konzentrierte sich Brenna wieder auf den Hund. Sie stand vor ihm und klopfte leise auf ihren Oberschenkel. „Komm, Growley." Der Hund lief herüber und stand aufmerksam vor ihr. Sie trat an seine Seite und stellte Torrian neben ihn.

„Was soll ich jetzt machen?" Er sah sie verwirrt an.

„Torrian, er hat die perfekte Größe für dich. Ich möchte, dass du deinen Arm auf seinen Rücken legst, damit er dich beim Gehen unterstützt."

Torrian legte vorsichtig seine Hand auf Growleys Rücken und fing an, ihn zu streicheln. „Etwa so?"

„Aye, fast. Du kannst ihn natürlich jederzeit streicheln, aber das hier ist anders. Tritt ein bisschen näher an seinen Kopf heran. Ich möchte, dass du deine Hand in die Nähe seines Halses legst. Wenn du Growley den richtigen Befehl gibst, fängt er an, neben dir herzulaufen. Und wenn du das Gefühl hast, zu fallen, dann halte dich am Fell an seinem Hals fest."

„Aber wenn ich das tue, werde ich ihn verletzen und er wird mich beißen, oder nicht?"

„Nay, Mungo und ich haben ihn ausgebildet. So heben Hundemütter ihre Welpen auf. Sie packen das Fell am Hals. Es ist sehr dick und wird ihn nicht verletzen. Versuch es."

Torrian spielte eine Weile mit dem Fell am Hals des Hundes, bevor er einen leichten Ruck versuchte. Growley rührte sich nicht. Er drehte sich mit einem breiten Grinsen zu Brenna um. „Du hast recht. Es macht ihm nichts aus. Wie sage ich ihm, dass er gehen soll?"

„Leg deine Hand in die Nähe seines Halses und sag ihm ‚Geh, Growley'. Wenn du möchtest, dass er anhält, sagst du ‚Halt'. Probier es aus und du wirst schon sehen."

„Wirst du auch neben mir hergehen, um mich aufzufangen, wenn ich falle?"

„Aye, aber du wirst mich nicht brauchen. Growley wird sich um dich kümmern." Sie nickte ermutigend mit dem Kopf und hoffte, der Junge würde es versuchen. Mungo hatte viele Stunden mit dem Tier gearbeitet und sie war zuversichtlich, dass die beiden ein großartiges Paar abgeben würden.

Torrian hielt sich am Hals des Hundes fest. Brenna trat leicht zurück und als der Junge sie ansah, nickte sie. „Mach weiter, Torrian. Er wird dir helfen. Er ist sehr sanftmütig."

Torrian sah sich um, so als suchte er nach etwas, als er seine Großmutter in der Nähe stehen sah. Er lächelte, hielt sich fest und sagte: „Geh, Growley." Brenna erkannte, dass Lady Ramsay gespannt den Atem anhielt. Jedes Auge im großen Saal war auf den kleinen Jungen und den großen Hirschhund gerichtet, der fast doppelt so groß war wie er.

Der Hund machte ein paar Schritte, Brenna folgte ihm und half, das Tempo zu bestimmen. Torrians Gesicht leuchtete auf, als er ging. Jedes Mal, wenn er zu fallen drohte, packte er Growleys Fell und richtete sich wieder auf. Es dauerte nicht lange, bis die beiden es zu Lady Ramsay schafften, Brenna immer noch an ihrer Seite.

Als sie ankamen, kniete sich Brenna vor den Hund, kraulte ihm die Ohren und sagte: „Du bist ein guter Hund, Growley."

Torrian schlang seine Arme um Growley und verkündete: „Ich liebe mein neues Haustier."

Brenna stand auf und lächelte Lady Ramsay an.

„Siehst du, Oma, ich kann jetzt allein gehen", sagte der Junge. „Ich möchte zurückgehen. Darf ich es noch einmal versuchen, Brenna?"

Brenna zeigte ihm, wie man den Hund dazu brachte, sich umzudrehen, als Quade gerade durch die Tür kam und am Fuß der Treppe stehenblieb.

Torrian rief ihm begeistert zu: „Papa, schau mir beim Gehen zu." Er packte das dicke Fell seines Haustieres und sagte: „Geh, Growley."

Der Hund führte ihn zu Quade. Torrian geriet nur zweimal ins Straucheln, aber der Hund hielt ihn beide Male auf den Beinen. Irgendwie wusste das Tier genau, wann es langsamer und wann es schneller werden musste. Brenna strahlte, als sie Quades stolzes Gesicht sah. Tränen liefen Lady Ramsay über die Wangen, als auch sie die Szene betrachtete. Dann zog sie Brenna in ihre Arme und sagte: „Du bist solch ein Segen. Dem Herrn sei Dank, dass du zu uns gekommen bist."

Quades Blick traf Brennas und sein Gesichtsausdruck rührte sie fast zu Tränen. Aber sie war zu glücklich darüber, den kleinen Burschen und seinen neuen Freund zusammen zu sehen, um zu weinen. Als er es zu seinem Vater schaffte, hob Quade ihn mit einem Jubelruf hoch und schwang ihn im Kreis.

Lily rannte zu ihm hinüber und rief: „Ich will auch, Papa! Ich auch!"

Kapitel Dreiundzwanzig

Das Gelübde überdauerte Jahrzehnte—Logan und Brenna, manchmal waren sie Antagonisten, aber sie waren Verbündete bis in alle Ewigkeit…

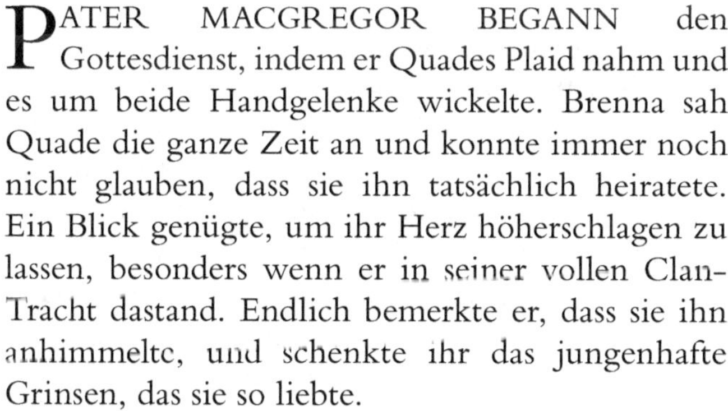

PATER MACGREGOR BEGANN den Gottesdienst, indem er Quades Plaid nahm und es um beide Handgelenke wickelte. Brenna sah Quade die ganze Zeit an und konnte immer noch nicht glauben, dass sie ihn tatsächlich heiratete. Ein Blick genügte, um ihr Herz höherschlagen zu lassen, besonders wenn er in seiner vollen Clan-Tracht dastand. Endlich bemerkte er, dass sie ihn anhimmelte, und schenkte ihr das jungenhafte Grinsen, das sie so liebte.

Als die Zeremonie zu Ende war, trug Quade sie nach draußen und setzte sie auf sein Pferd. Er stieg unter dem Jubel der Menge hinter ihr auf und drehte ein paar Runden im Hof, bevor er sie in den großen Saal brachte. Nach dem, was geschehen war, wollte er es nicht riskieren, sie außerhalb der Burgmauern zu bringen.

Er stand auf den Steinstufen zu seiner Burg und hielt ihre Hand hoch, damit alle sie sehen konnten. „Heißt meine Frau, Lady Brenna Ramsay, willkommen.“ Sie errötete unter dem Jubel und Applaus der versammelten Menge. Getreu der Tradition stellten sich seine Wachen auf, um ihr ihre Treue zu schwören. Quade brachte einen Stuhl herbei, auf dem sie sitzen konnte, und schickte die Kleinen für die Dauer der Zeremonie nach drinnen.

Fast eine Stunde verging, bis sie fertig waren. Als die letzte Wache sich vor ihr erhob, brach neuer Jubel in der Menge auf. Quade half seiner Frau aufzustehen, aber eine seltsame Stille machte sich unter den Versammelten breit.

Brenna flüsterte ihrem Mann zu: „Quade, was ist los? Ich dachte, die Wachen wären fertig damit, mir ihre Treue zu schwören.“

„Warte, meine Liebe. Ich weiß nicht, was passiert. Ich werde nachsehen lassen.“ Er nickte Micheil zu, der mit zwei Wachen bei sich in die Menge trat und sich bis zum hinteren Teil durcharbeitete. Ein paar Minuten später trennte sich die Menge wieder und Micheil und seine Wachen marschierten zurück zu ihrem Laird, gefolgt von einem einsamen Mann in vollem Ramsay-Plaid. Die Leute flüsterten aufgeregt, als sich die Männer ihren Weg bahnten.

Micheil grinste leicht, als er den Mann die Stufen zu seinem Laird hinaufführte. Der Mann blieb vor ihnen stehen, legte sein Schwert vor Brenna auf den Boden und kniete nieder. Nach einer langen Pause sprach er endlich so laut, dass alle es hören konnten. „Ich, Logan Ramsay, schwöre, mein Leben für den Rest meiner Tage für dich, Lady Brenna Grant Ramsay, zu riskieren. Ich werde dein Leben beschützen, als wäre es mein eigenes. Ich bin jetzt und für immer dankbar für alles, was du für meinen

Clan und für meine Familie getan hast, besonders für meinen Bruder und seine Kinder."

Brenna sah mit Tränen in den Augen zu ihrem Ehemann auf, als Logan seinem Laird seinen Treueschwur erneuerte. Als er fertig war, umarmten sich die Brüder und die Menge jubelte wild. Nach einem langen Moment löste sich Logan von Quade und drehte sich zu ihr um. Er griff in einen Sack, holte ein vertrautes Buch heraus und reichte es ihr. „Mylady, ich glaube, das gehört dir. Ich entschuldige mich dafür, dass ich es ohne deine Erlaubnis genommen habe." Er zwinkerte ihr zu. „Ich stehe für meine Verfehlung in deiner Schuld."

Tränen liefen Brenna über die Wangen, als sie das Buch ihrer Mutter erblickte. Vorsichtig strich sie über die Seiten und sah dann zu Logan auf. „Danke, dass du so gut auf meinen Schatz aufgepasst hast."

KAPITEL FÜNFUNDZWANZIG

Oh, Lily…

ALS SIE AM nächsten Morgen den großen Saal betraten, errötete Brenna zunächst angesichts der Jubelrufe und Pfiffe, aber als sie das Glück in den Augen ihres Mannes sah, stimmte sie in das allgemeine Lachen ein. Sie hatte nicht gezählt, wie oft sie sich geliebt hatten, und es war Quade gewesen, der ihre Annäherungsversuche schließlich abgeblockt und behauptet hatte, der einzig Vernünftige im Raum zu sein. Er überzeugte sie davon, dass sie am nächsten Tag nicht mehr gehen können würde, wenn sie nicht aufhörten, und dass das peinlicher wäre als alles, was sie bisher erlebt hatte.

Als sie den großen Saal durchquerte, um ihre Familie zu begrüßen, war sie Quade dankbar, dass er sie überzeugt hatte, aufzuhören. Sie musste zugeben, dass sie an einer Stelle, der sie bisher keine Aufmerksamkeit geschenkt hatte, etwas wund war. Nun, jeder Moment der Ekstase war es wert gewesen.

„Es ist ein bisschen spät, Bruder. Warst du zu

beschäftigt, um deine Gäste zu begrüßen?" Micheil grinste von einem Ohr zum anderen.

Quade starrte seinen Bruder an. „Ich muss zugeben, dass das, was ich in meinem Gemach gesehen habe, ansprechender war als dein trauriges Gesicht." Er beugte sich vor und küsste seine Frau auf die Wange.

Brenna sah sich nach Torrian und Lily um, fand sie aber nicht. „Guten Morgen zusammen." Die Tür flog auf und herein kam Logan mit der kleinen Lily auf seinen Schultern und Torrian an seiner Seite. Der Junge hielt sich mit einer Hand an Growleys Fell fest. Logan musste sich ducken, um durch die Öffnung zu kommen, und sein Gesicht strahlte vor Vergnügen. Es war offensichtlich, dass er es genoss, Zeit mit seiner Nichte und seinem Neffen zu verbringen.

„Papa!", rief Torrian und rannte mit seinem geliebten Haustier so schnell er konnte auf sie zu.

Logan setzte Lily ab. Sie lief ebenfalls los, um ihren Vater zu umarmen, und schlang dann ihre Arme um Brennas unverletztes Bein.

„Vorsicht, Mädchen. Denk an Lady Brennas Verletzung." Quade half Brenna, sich zu ihrer Familie an den Tisch zu setzen.

Lily folgte ihr zu ihrem Platz und beugte sich vor, um ihre Verletzung zu küssen. „So! Jetzt wird sie schneller heilen." Sie kicherte und ging hinüber, um an Alex' Arm zu ziehen. Er hob sie hoch und setzte sie auf seine kräftigen Oberschenkel. „Oh, wartet, Laird Grant, ich muss Lady Brenna noch etwas fragen." Sie rutschte von seinem Schoß und rannte zu Brenna hinüber. Dann zupfte sie an ihrem

Ärmel, bis diese sich zu ihr beugte und Lily in ihr Ohr flüstern konnte.

Alle verstummten vor Neugier, weil sie hören wollten, was Lily fragte. Das kleine Mädchen schien es nicht zu bemerken.

„Lady Brenna", sagte sie in einem Flüsterton, der im ganzen Raum zu hören war, „da du jetzt meine neue Mutter bist, darf ich dich Mama nennen?"

Brenna wusste nicht genau, wie sie darauf antworten sollte. Sie starrte das goldhaarige Mädchen an, das sie so liebte. „Oh, mein Gott, Lily. Ich denke, das muss dein Papa entscheiden."

Sie kämpfte gegen die Tränen an, die ihr Gesicht zu benetzen drohten, als sie sich umdrehte, um ihren neuen Ehemann anzusehen. Quade lächelte, sagte aber nichts. Sie wusste, dass er seine Antwort sorgfältig formulieren würde, da die Gefühle des Mädchens so zart waren. Was würde er von der Bitte seiner Tochter denken? Würde er Einwände erheben? Würde es ihn jedes Mal an seine erste Frau erinnern, wenn Lily mit ihr sprach? Wenn ja, dann war es vielleicht keine gute Idee. Sie wartete auf seine Antwort, ebenso wie alle am Tisch.

Torrian sprach zuerst. „Papa?"

Quade legte seine Hand auf den Rücken seines Sohnes. „Aye?"

„Wenn es dir nichts ausmacht, wollen wir sie beide Mama nennen ... wenn Lady Brenna einverstanden ist."

„Bist du dir sicher, Torrian? Ich möchte nicht, dass du deine Mama vergisst."

„Aye, ich weiß. Aber ich denke, wir sollten es tun, weil Lily noch nie jemanden Mama nennen konnte. Es ist nur richtig, dass sie auch eine Mama hat. Unsere Mutter wäre damit einverstanden. Sie hat es mir gesagt“, flüsterte er seinem Vater zu. „Sie macht sich Sorgen um Lily.“

Alle saßen mit angehaltenem Atem da. Brenna bemerkte, dass Madeline Tränen über die Wangen liefen, als sie sah, wie der kleine Engel ihren Vater anstarrte und fest Brennas Hand umklammerte. Das einzige Geräusch im Saal war ein leises Schluchzen von Lady Ramsay.

Quade wandte sich an seine Tochter. „Aye, Lily, wenn Lady Brenna einverstanden ist, dann bin ich es auch.“

Das Engelsgesicht drehte sich zu ihr um. Brenna nickte und sagte: „Das würde mir gefallen, meine Kleine. Es würde mir sogar sehr gefallen.“

Lily sprang auf ihren Schoß und nahm ihr Gesicht zwischen ihre winzigen Hände. „Ich hab dich lieb, Mama.“ Dann hüpfte sie von ihrem Schoß, rannte zu Alex und zog an seinem Arm, bis er sie wieder auf seinen Schoß nahm. Sie tippte auf den Arm des großen Lairds und sagte: „Ihr könnt mir meine Mama nicht wegnehmen, richtig?“

„Nay, Mädchen. Ich werde dir deine neue Mama nicht nehmen.“ Alex richtete seinen Blick kurz ins Dachgebälk, obwohl Brenna nicht erraten konnte, worauf er da starrte. Hatte Lily ihren Bruder erneut erweicht?

Lily kletterte über Alex’ lange Beine und rutschte auf Lady Ramsays Schoß. „Siehst du, Oma“, sagte sie, „du brauchst nicht mehr zu weinen. Wir sind alle glücklich.“ Dann zeigte sie auf ihren Bauch. „Sogar mein Bauch.“

Sie sprang wieder auf den Boden und rannte zu Logan. „Darf ich rauf, Onkel Logan?“ Sobald sie bequem auf Logans Schoß saß, überflog sie den Raum und verkündete: „Ich liebe alle in meiner neuen Familie.“

AUFSTIEG IN DIE HIGHLANDS

Buch 4

Robbie Grant rettet eine Frau, die um ein Haar von einem nordischen Galeerenschiff gefangengenommen worden wäre. Er ahnt allerdings nicht, dass ihre kleinen Töchter sich hinter den Felsen am Strand verstecken.

KAPITEL NEUNUNDDREISSIG

Brenna hilft Robbie dabei, Caralyns Schwierigkeiten zu verstehen, ihr Glück zu akzeptieren. Ihre Einsicht schimmert durch.

ROBBIE SASS AUF den Eingangsstufen des Hauptturmes, und hatte den Kopf in die Hände gestützt, als Brenna, Quade, Brodie, Celestina und Tomas zu ihm herauskamen.

Er sah zu seiner Schwester auf. »Ist eine Veränderung eingetreten?«

»Nein, Caralyn hat sie in ihre Kammer hinaufgebracht. Das ist nicht dein Fehler, Robbie.«

»Wie kannst du so etwas sagen, Brenna? All dies ist mein Verschulden. Das wäre alles nie passiert, wenn ich Caralyn nicht dazu gebracht hätte, mit mir im Häuschen zu leben.«

»Ich dachte, sie hätte freiwillig mit dir dort gelebt«, meinte Brodie.

»Ach, es ist kompliziert. Ich hoffte, ihr mit meinem Plan zu zeigen, dass sie etwas wert ist. Sie konnte es nicht selbst sehen, während sie mit allen anderen in der Festung wohnte. Ihrer Meinung nach könnte sie sich nie mit den anderen messen. Das war ganz klar ein lausiger Plan. Jetzt wird sie mir nie verzeihen und Gracie in diesem Zustand anzuschauen bricht mir das Herz.« Abermals barg er den Kopf in den Händen. »Was für ein Dummkopf ich doch bin.«

Celestina meinte: »Das klingt für mich, als hätte es perfekt funktioniert.«

Robbie hob den Kopf und starrte sie an. »Was? Wie hat dies funktioniert? Ihre Tochter ist in einem desolaten Zustand.«

Brenna ergriff das Wort. »Weil ihre Tochter nicht lange, nachdem sie gegangen war, sich in sich zurückgezogen hat. Caralyn hat immer verloren auf mich gewirkt, als ob sie glaubte, unerwünscht zu sein. Es hat ihr nicht geholfen, dass Gracie sich von Beginn an hier so gut entfaltet hat. Die kleine Gracie hatte angefangen zu sprechen, als ihre Mutter nicht bei ihr war und dann hatte sie, ohne ihr Beisein, zu lachen angefangen. Es war die Reaktion des Mädchens darauf, sich von diesen verdorbenen Männern sicher und frei zu fühlen, aber ich verstehe, wieso Caralyn das nicht auf diese Weise sehen würde. Sie konnte die Sache leicht so interpretieren, dass ihre Töchter ohne sie besser dran wären. Doch jetzt lernt sie, wie viel sie ihren Kindern bedeutet.«

Tomas kam herüber und fasste Robbie an der Schulter. »Hoffen wir, dass Caralyn es so sieht, aye?«

Das Knistern der Highlands

Buch 5

Logan trifft eine Frau, die die perfekte Partnerin für ihn ist. Allerdings verliebt sie sich nicht wie er.

KAPITEL ACHT

Brenna gibt Gwyneth das Gefühl, im Grant Clan willkommen zu sein.

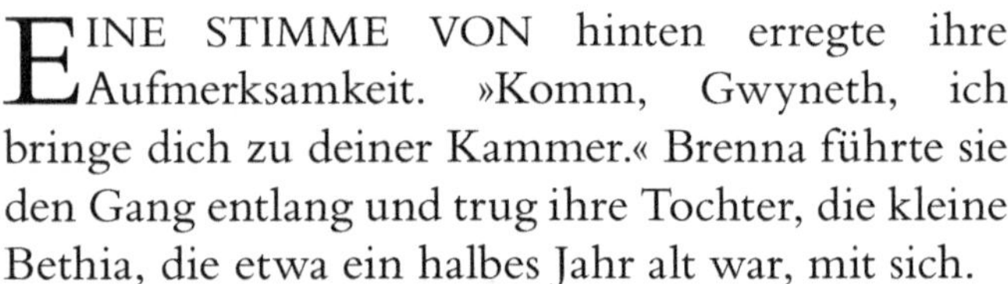

EINE STIMME VON hinten erregte ihre Aufmerksamkeit. »Komm, Gwyneth, ich bringe dich zu deiner Kammer.« Brenna führte sie den Gang entlang und trug ihre Tochter, die kleine Bethia, die etwa ein halbes Jahr alt war, mit sich.

»Wie war eure Reise?«

»Nicht allzu schlimm, obwohl es ein bisschen kalt für die Kinder war.«

Brenna trat in das Zimmer und hielt Gwyneth die Tür auf. Im Kamin loderte ein Feuer und das Bett war mit warmen Fellen bedeckt. »Passt dir diese Kammer?«

Gwyneth nickte, rieb sich die Arme gegen die Kälte und bewegte sich auf die Flammen im Kamin zu. Sie musste zugeben, dass das Bett sehr einladend aussah, auch wenn es ihr normalerweise nichts ausmachte, auf dem Boden zu schlafen.

»Hat dich die Kälte nicht gestört, als du draußen geschlafen hast?«

»Nay, ich ziehe es vor, draußen zu sein.« Sie

zeigte auf ihre Kleidung. »Deshalb kleide ich mich meistens so.«

»Logan ist der Bruder meines Mannes. Ich hoffe er war nicht zu anstrengend auf der Reise.« Brenna deutete ihr den Weg zu einem Stuhl in der Nähe.

»Nay, er war hilfsbereit, aber er kann manchmal ein bisschen stur sein.«

Brenna setzte sich neben sie vor den Kamin und ließ Bethia auf ihrem Schoß Platz nehmen »Wie habt ihr beide euch kennengelernt?«

»Wir lernten uns kennen als …« Gwyneth traf die schnelle Entscheidung, Brenna zu vertrauen. »Nun, er war mit Robbie zusammen, als sie nach Ayr kamen, um eine Gruppe von uns nach Glasgow zu eskortieren.«

»Ich will nicht neugierig sein, aber du siehst nicht wie jemand aus, die eine Begleitung irgendwohin braucht. Du wirkst auf mich wie eine unabhängige Frau.« Ihre Augen funkelten und ein schiefes Grinsen breitete sich auf ihrem Gesicht aus. Die Kleine auf ihrem Schoß schenkte Gwyneth ebenfalls ein Lächeln, als ob sie die gute Laune ihrer Mutter spüren konnte.

»Das bin ich auch, aber wir wurden von den Wikingern angegriffen. Die meisten von uns wurden verwundet.«

Brennas Stirn runzelte sich. »Es tut mir so leid. Das muss schrecklich gewesen sein. Ich bin eine Heilerin. Wenn du jemals meine Hilfe brauchst, sag es mir bitte. Geht es dir jetzt gut?«

»Aye. Ich sage Logan immer wieder, dass es mir gut geht und ich auf mich aufpassen kann, aber er glaubt mir nicht.«

»Dann müssen auf der Reise zwischen euch beiden die Fetzen geflogen sein. Er ist ein willensstarker Mann, und ich kann sehen, dass du eine willensstarke Frau bist. Mir ist nicht entgangen, dass sein Blick dir gefolgt ist. Ich bin sicher, dass du nach deiner Tortur Männern gegenüber misstrauisch bist, aber du kannst Logan vertrauen.«

»Aye, er ist stur, aber ich halte ihn für vertrauenswürdig.«

»Eine Frage noch, wenn es dir nichts ausmacht. Ich habe meinen Bruder schon eine Weile nicht mehr gesehen. Hat Robbie Interesse an Caralyn? Hat er deshalb ihre Töchter hergeschickt?«

»Aye, ich denke das Gefühl beruht auf Gegenseitigkeit, aber Caralyns Situation ist außergewöhnlich. Ich lasse sie es dir selbst erzählen. Caralyn ist wirklich eine sehr gute Freundin für mich.« Gwyneth faltete die Hände in ihrem Schoß, unsicher, was sie noch sagen sollte. »Captain Grant war sehr hilfreich.«

»Nochmals, herzlich willkommen beim Clan Grant. Niemand von uns hier wird etwas dagegen haben, dass du die Kleidung eines Kriegers trägst.« Brenna lächelte sie an, während sie Bethia auf ihrem Schoß schaukelte. »Es kann nie zu viele Krieger geben. Normalerweise halten wir uns in Lothian auf, aber mein Mann und mein Bruder wollten uns für die Dauer der Kämpfe mit den Wikingern hier haben. Lass es mich einfach wissen, wenn du etwas brauchst.«

»Meinen Dank.« Gwyneth nickte und warf dann einen Blick auf die Tür. »Bin ich in der Lage, die Tür von innen zu verriegeln?«

»Aye.« Brenna hielt einen Moment inne. »Hast du irgendwelche Schwestern oder Familie?«

»Nay, nur einen Bruder.«

»Du bist es also nicht gewohnt, mit so vielen Frauen zusammen zu sein?«

Gwyneth schüttelte ihren Kopf.

»Ich würde dir gerne saubere Kleidung bringen, aber ich weiß nicht, ob wir Kleidung für Krieger haben, die dir passt. Am Ende des Ganges gibt es eine Waschkammer, die du gerne benutzen kannst.« Sie stand auf und ging zur Tür hinüber, Bethia auf der Hüfte haltend. »Wenn du irgendetwas brauchst oder einfach nur reden willst, kannst du jederzeit zu mir kommen.« Sie fuhr fort zu erklären, wo ihr Zimmer war.

Irgendwie mochte Gwyneth Brenna Grant. »Mir geht es gut, und ich danke dir für deine Gastfreundschaft. Ich werde nicht sehr lange bleiben, nur bis Caralyn und Robbie eintreffen.«

Sobald Brenna weg war, verriegelte sie die Tür. Sie hofftc, dass die anderen bald kommen würden. Sie war es gewohnt, Zeit allein zu verbringen und wusste nicht, wie sie in diesem riesigen Bergfried mit all diesen Menschen zurechtkommen sollte.

Meine verzweifelte Highlanderin

Buch 6

Micheil und Diana

EPILOG

Brenna bringt ihren ersten Drummond Erben zur Welt

DRAUSSEN TOBTE DER Sturm weiter, pfeifender Wind zusammen mit Donner und Blitzen, die den düsteren Mittagshimmel erhellten. Diana schrie, als sie zum letzten Mal presste, um ihren Wehen endlich ein Ende zu setzen. Ein schwerer Seufzer entkam ihr, als das Kind aus ihrem Körper in Brennas fähige Hände glitt. Lady Ramsay saß auf dem Stuhl neben ihr, wischte ihr über die Stirn und beruhigte sie auf jede erdenkliche Weise.

»Was ist es? Ist es gesund? Ist es kränklich?« Diana starrte auf das rötlich-violette Bündel in Brennas Händen.

Brenna beugte sich über das Gesicht des Babys, säuberte es mit einem feuchten Tuch, Dianas Zofe und Avelina schauten ihr erwartungsvoll über die Schulter. Das Kind gab einen lauten Schrei von sich, gefolgt von einem langen gutturalen Weinen. »Es ist ein Junge. Glückwunsch, Diana. Du und Micheil habt einen starken Sohn.«

Diana setzte sich auf, während ihr die Tränen über das Gesicht liefen. »Haben wir? Ein Bursche? Och, wo ist Micheil? Ich will ihn sehen. Darf ich ihn halten?«

Brenna säuberte ihn ein wenig, bevor sie ihr ihren Sohn auf ihren Bauch legte, seine Nabelschnur noch immer intakt. Sie griff nach ihrer Klemme, dann sagte sie: »Avelina, warum holst du Micheil nicht für uns? Aber sag ihm nicht, dass es ein Junge ist, bis er reinkommt. Wir werden es ihm sagen. Diana, sobald dein Dienstmädchen und ich ihn noch ein bisschen sauber gemacht haben und ich seine Lebensschnur durchgeschnitten habe, kannst du ihn halten. Aber du musst so bleiben, wie du jetzt bist, es gibt noch mehr zu tun.«

Diana starrte auf ihren Sohn hinunter, während Brenna die Nabelschnur durchtrennte, ihn dann säuberte und ihn fest in ein Plaid wickelte. Sie streckte ihre Arme aus, und Brenna legte das Baby in ihre Arme, während es noch damit beschäftigt war, schreiend seiner Unzufriedenheit darüber Luft zu machen, aus der behütenden Wärme seiner Mutter gerissen worden zu sein.

Die Tür flog auf, und Micheil erschien. »Diana, ist alles in Ordnung?«

»Micheil, komm und sieh dir unseren Sohn an.«

»Unseren Sohn? Wir haben einen Jungen?« Er eilte an ihre Seite und starrte auf das Bündel in ihren Armen. Seine Mutter erhob sich von ihrem Platz, küsste ihn auf die Wange und trat hinaus. Er küsste seine Frau, ließ sich auf einem Schemel neben ihr nieder und starrte auf das Kind, das sie eng an ihr Herz geschmiegt hatte.

»Micheil, sieh nur, wie schön er ist. Findest du nicht auch?«

Er nickte, ein Blick voller Staunen und Ehrfurcht. »Aye, das ist er.« Die kleine Faust des Jungen reckte sich aus dem Plaid, und er griff mit ausgestreckten Fingern nach seinem Vater. Micheil drückte ihm den Finger in die Handfläche, und er hielt ihn fest umklammert.

Er wimmerte weiter, sodass Brenna sagte: »Warum legst du ihn nicht an deine Brust, Diana? Das wird ihn beruhigen.«

Diana starrte Brenna an. Sie hatte keine Ahnung, wie sie es anstellen sollte. Ja, sie hatte es schon oft gesehen, aber wie machte man so etwas?

Brenna setzte ihr Werkzeug ab und sagte: »Hier. Ich werde dir assistieren.« Sie half Diana, ihr Kleid zurechtzurücken, um ihre Brust freizulegen, dann führte sie den Burschen nahe an ihre Brustwarze heran und streichelte seine Backe.

Diana sah erstaunt zu, wie er seinen Mund suchend öffnete und sich mit ein bisschen Unterstützung von Brenna an ihrer Brustwarze festhielt und saugte. Sie schaute zu ihrem Mann auf, als ihr Sohn ruhig wurde und seine Hand immer noch den Finger seines Vaters umklammerte.

Keiner von beiden sprach, während sie beobachteten, wie ihr Neugeborener seine Mama und seinen Papa untersuchte. Ein paar Augenblicke später schickte Brenna Avelina und das Dienstmädchen aus dem Zimmer.

Micheil küsste Dianas Stirn. »Ich liebe dich.«

Diana umklammerte seine Hand. »Es tut mir so leid, dass ich dich angeschrien habe. Du weißt, wie sehr ich dich liebe.« Tränen liefen ihr über die Wangen. Egal, wie sehr sie versuchte, sie aufzuhalten, sie konnte es nicht.

»Habt ihr euch schon einen Namen überlegt?«, fragte Brenna.

Mutter und Vater schüttelten beide den Kopf und starrten sich an.

»Micheil, ich weiß, wie ich ihn nennen möchte.«

Ein Licht blitzte in seinen Augen auf, und er nickte. »David«, sagte er. »David, nach deinem Vater.«

Diana schluchzte: »Das ist genau das, was ich wollte. David Micheil Ramsay Drummond.«

Micheil lächelte und küsste ihre feuchte Wange, bevor er sich vorbeugte, um den Kopf seines Sohnes zu küssen. »David Micheil also.«

Sie flüsterte, ihr Blick war hoffnungsvoll: »Glaubst du, er weiß es? Glaubst du, Papa kann seinen Enkel sehen?«

»Aye, ich glaube, sowohl deine Mama als auch dein Papa schauen gerade auf uns herab, vielleicht zusammen mit meinem Sire. Und ich bin mir noch über etwas anderes sehr sicher.«

»Was?«

»Es gibt nichts, was du tun könntest, um sie noch stolzer zu machen, als sie es in diesem Moment sind.«

Diana vergrub ihr Gesicht in der Schulter ihres Mannes und schluchzte, während sie den kleinen David an ihre Brust drückte, doch dann richtete sie sich auf und deutete gerührt aus dem Fenster. Brenna ging hinüber, zog das Fell zurück und stellte sich mit einem Lächeln daneben, um den Blick nach draußen freizugeben.

Die Sonne schien hell und strahlte auf den schönsten Regenbogen, den sie je gesehen hatten.

HIGHLAND HARMONIE

Buch 8

Avelina Ramsay, Drew Menzie, und eine Fee namens Erena.

KAPITEL DREIZEHN

Eine meiner Lieblingsstellen. Oh, ich habe geweint …

BRENNA KROCH AUS der Höhle hinter dem Wasserfall hervor, die Arme um ihren schlafenden Sohn geschlungen. Dem Blick nach zu urteilen, den sie Avelina zuwarf, hatte sie alles mitgehört.

„Ich schwöre, Lina, jetzt erzähl mir schon, worum es hier wirklich geht." Logan fuhr sich mit der Hand durchs Haar und wischte sich den Schweiß von der Stirn.

„Die Feen. Die Königin der Harmonie kam zweimal zu mir. Es geht Böses im Land der Schotten um, und die Feen haben mich um Hilfe gebeten. Sie wollten, dass ich das Schwert finde. Aber die Königin hat mir noch nicht gesagt, was ich damit machen soll." Die Worte sprudelten nur so aus ihr heraus, aber niemand hielt sie auf.

Keiner rührte sich, nachdem sie ihre Erklärung beendet hatte. Lina sah nacheinander von einem zum anderen, um sich zu vergewissern, ob sie ihr glaubten. Den Ausdruck auf dem Gesicht ihres Bruders hatte sie noch nie zuvor gesehen. War es Angst? Verwirrung? Gwyneth war näher an ihren

Mann herangetreten und hatte ihre Finger mit seinen verschränkt, worauf Logan mit einem zärtlichen Druck antwortete.

Obwohl Lina Angst davor hatte, Drew anzusehen, musste sie unbedingt wissen, was er dachte. Als sie ihn endlich ansah, trafen sich ihre Blicke. Seine Augen waren weit aufgerissen, aber sie glaubte auch, Stolz darin zu erkennen. Sie klammerte sich an diesen Gedanken und hoffte, dass die anderen genauso denken würden.

Dann trat Brenna mit ausgestreckten Armen auf Lina zu. Gregor bewegte sich noch immer nicht, und seine Haut war fahl. „Halte ihn", sagte sie.

Lina starrte die Frau ihres Bruders verwirrt an. „Was?"

„Ich sagte, halte ihn."

Lina sah sie an, verwirrt von ihrem grimmigen Gesichtsausdruck und ihrem strengen Ton. „Ich verstehe nicht, Brenna. Du machst mir Angst."

„Nimm ihn, Lina. Er ist dem Tod nahe. In weniger als einer Stunde wird er tot sein. Ich kann es an seinem Atem erkennen. Bitte nimm ihn." Ihre Stimme ging beim Sprechen eine Oktave höher und wurde fast schrill. „Nimm ihn. Er braucht deine Umarmung."

„Brenna, nay." Tränen liefen über Linas Wangen. „Er ist dein Sohn. Du musst ihn halten, wenn er stirbt."

„Nay, das musst du tun, Lina. Verstehst du denn nicht? Das ist der Grund, warum du diesen Traum hattest. Er hat nach dir gerufen. Bitte, ich flehe dich an."

Lina tat ihr Bestes, um zu verstehen, was Brenna

ihr zu erklären versuchte, aber sie hatte zu viel im Kopf.

„Gregor weiß es, verstehst du denn nicht? Er hat nach dir gerufen, weil er wusste, dass du die Einzige bist, die ihn retten kann. Kinder wissen Dinge, die wir nicht begreifen.“ Brenna trat noch zwei Schritte vor und drückte ihr Gregor in die Arme. „Halte ihn oder er wird sterben.“

„Ich verstehe nicht.“ Lina nahm Gregor in die Arme und kuschelte ihn an ihr Herz.

„Du bist es. Du“, flüsterte Brenna.

„Was?“ bellte Logan, als er endlich Worte fand. „Brenna, was redest du da?“

Brenna zeigte auf Avelina und wandte den Blick nicht von ihr ab. „Sie ist eine Auserwählte.“ Dann wirbelte sie herum, um Lina anzusehen. „Du bist eine Auserwählte. Meine Mutter erzählte Jennie und mir von der Feenkönigin, die sich bei Bedarf einen Menschen aussucht, der ihr bei der Rettung der Schotten hilft. Sie sagte uns, dass jeder von den Feen Auserwählte eine besondere Kraft ausstrahlt. Du bist eine dieser Auserwählten, und nur du kannst meinen Sohn heilen. Bitte, Lina. Konzentriere deine Kraft auf ihn. Ich flehe dich an.“

Linas Arme zitterten, als sie Gregor festhielt und ihre Wange an seine Stirn schmiegte, um ihre Aufmerksamkeit und Liebe in ihren Neffen strömen zu lassen, den sie vergötterte. Oh, wie sehr sie diesen Jungen liebte, und sie hasste es, seine Lippen so wächsern und trocken zu sehen. Wärme durchströmte ihren Körper, und sie schloss die Augen und sprach ein Gebet für den kleinen Gregor. Sie hörte ein leichtes Flattern, und als sie die

Augen öffnete, war die Farbe ihres kleinen Neffen von aschfahl zu hellrosa übergegangen.

Logan keuchte und flüsterte, „Bei allen Heiligen, es ist wahr.“ Er legte seinen Arm um seine Frau und zog sie an sich.

Lina sah zu Brenna und war froh, dass diese ein hoffnungsvolles Gesicht machte. Dann richtete sie ihre Aufmerksamkeit auf Drew, dessen Gesicht vor Staunen leuchtete. Sie sahen sich an, und er nickte ihr fast unmerklich zu, offensichtlich erfreut über ihr neu entdecktes Talent.

Die anderen hatten sich alle von ihr zurückgezogen, bemerkte Lina, wahrscheinlich wegen des goldhellen Lichts, das sie umgab. Sie hörte ein Flattern neben ihrem Ohr, und ein goldener Schmetterling flog auf Gregors Brust herab.

Erena. Lina lächelte, als der Schmetterling ein paarmal mit den Flügeln schlug, bevor er wieder abhob und für einen Moment auf ihrer Schulter landete, als wollte er sie streicheln.

Gregor öffnete die Augen und legte seine Hand auf Linas Arm. „Tante Lina, ist meine Mama hier? Ich dachte, sie wäre bei mir.“ Lina nickte, denn sie brachte vor Freude in ihrem Herzen und den Tränen, die ihr in der Kehle brannten, keinen Ton heraus.

Brenna trat zu ihnen und nahm ihren Sohn mit tränennassen Wangen in die Arme.

„Du bist hier, Mama, ich habe dich lieb. Ich habe Hunger.“

Brenna beugte sich vor, küsste Linas Wange und flüsterte: „Tausend Dank.“ Dann antwortete sie ihrem Sohn. „Komm, ich hole dir ein Stück Brot.“

KAPITEL VIERUNDZWANZIG

Lina erkennt endlich, dass sie nicht die Ursache für Brennas und Quades Verlust ist …

ALS SIE SCHLIESSLICH das Land der Ramsays erreichten, wollte Lina am liebsten den Hügel hinauflaufen, nur um allen so schnell wie möglich zu erzählen, wie glücklich sie in ihrer Ehe war.

„Drew, niemand erwartet von dir, dass du am ersten Tag alle Namen lernst." Sie grinste ihn an, als er ihr half, in der Nähe des Stalls abzusteigen.

Er warf ihr einen verwirrten Blick zu. „Sind es so viele?"

„Aye, die Grants werden wahrscheinlich noch da sein."

„Und wie bist du mit ihnen verwandt?"

„Mein Bruder Quade ist mit Brenna, der ältesten Schwester von Alex, verheiratet. Jennie kennst du ja bereits. Du wirst sehen, es gibt hier viele Kinder. Einige von ihnen hast du bei den Camerons schon kennengelernt."

Augenblicke später stürmte eine Horde von Kindern durch den Hof auf sie zu. An der Spitze waren Gavin und Gregor, obwohl sie vermutete, dass sich alle anderen zurückhielten, damit sie sie zuerst begrüßen konnten.

„Gavin, schau! Tante Lina ist hier."

Gregor warf sich in ihre Arme, Gavin direkt hinter ihm.

Sie hob die beiden hoch und gab jedem einen dicken Kuss. „Ihr beide seht überhaupt nicht krank aus. Geht es euch besser?"

„Aye, wir sind nicht krank", antwortete Gavin. „Warum sollten wir krank sein?"

„Sie haben ein äußerst kurzes Gedächtnis", flüsterte sie Drew zu.

„Abby", rief Gregor, „komm und begrüße Tante Lina."

Der Welpe kam herbeigesprungen, um Avelina zu begrüßen. Sie hob Abby hoch und küsste ihre Nase. „Warst du ein gutes Mädchen für Gavin und Gregor?"

Als sie den Hund absetzte, bildeten Jennie, Aedan, Micheil, Diana, Logan und Gwyneth einen Halbkreis um sie, um das neue Paar zu begrüßen. Hinter ihnen standen Brenna und Quade.

Lina trat einen Schritt zurück und Tränen stiegen ihr in die Augen. „Brenna, es tut mir so leid." Alles, woran sie denken konnte, war der Schmerz, mit dem Quade und Brenna zu kämpfen hatten. Sie umarmte die beiden.

Brenna sagte: „Ich danke dir, aber wir werden unser Kind eines Tages wiedersehen." Sie drückte Quades Hand und sah ihm in die Augen. „Es war nicht deine Schuld."

„Inzwischen weiß ich, dass das wahr ist, aber vorher war ich mir nicht sicher. Ich hatte gehofft, dass du nicht glaubst, dass ich etwas damit zu tun habe.“ Lina sah zu Boden.

Brenna hob Linas Kinn. „Wir sind uns dessen ganz sicher. Außerdem hast du unseren Sohn gerettet. Ich habe deinem Bruder erzählt, was du für Gregor getan hast.“

Quade beugte sich vor, um ihre Wange zu küssen. „Ich bin froh, dass ich nicht dabei war. Ich glaube nicht, dass ich es hätte verkraften können. Ich danke dir, dass du auf deine Träume gehört hast.“

Drews Hände drückten von hinten ihre Schultern.

Brenna strich Linas lose Haare aus dem Gesicht. „Ich freue mich einfach, dich verheiratet und glücklich zu sehen. Du bist doch glücklich, nicht wahr?“

„Aye, das bin ich. Ich hätte nicht gedacht, dass ich jemals so glücklich sein könnte.“ Sie umarmte Drew und stellte ihn ihrer Familie vor. Dann machten sich alle auf den Weg in den Saal, um den Rest der Familie zu begrüßen.

Am Fuß der Stufen blieb Avelina stehen und blickte auf. Ihre Mutter stand oben auf der Treppe, und Tränen liefen ihr über die Wangen. „Oh, Lina. Du siehst so wunderschön aus. Das Eheleben tut dir gut.“ Sie umarmte ihre Tochter herzlich, als sie sich endlich gegenüberstanden. „Du warst immer mein auserwähltes Mädchen. Ich bin sehr stolz auf dich. Du musst mir alles erzählen, wenn du dich eingerichtet hast.“ Arlene Ramsay drehte sich zu Drew um und nahm seine Hände in ihre. „Endlich ist mein Clan komplett. Willkommen bei den Ramsays, Drew Menzie. Vielen Dank, dass du dich um meine Tochter gekümmert hast.“

Erena hatte recht gehabt, erkannte Lina voller Glückseligkeit. Es war, als ob sie sich erhoben hätte und nun über dem Boden schwebte.

KAPITEL FÜNFUNDZWANZIG

Alex und Quade messen sich weiter und Brenna findet Trost in der Freude ihrer Familie.

ALEX UMKLAMMERTE QUADES Schulter, als sie ein paar Tage später aus Quades Arbeitszimmer kamen. Plötzlich blieben die beiden mitten im großen Saal der Ramsays verwundert stehen.

„Wo sind denn alle?“, fragte Alex und sah sich im leeren Raum um.

Quades Mutter kam gerade mit mehreren Plaids über dem Arm die Treppe herunter. „Sie sind mit den Kindern an den See gegangen, damit sich die Kleinen austoben können. Brenna ist stolz auf die Verbesserungen, die Quade vorgenommen hat, um sich mit dem berühmten See der Grants messen zu können. Ich habe viel davon gehört, obwohl ich ihn noch nicht gesehen habe. Kommt mit mir mit. Ich bringe frische Plaids für die Kinder, wenn sie aus dem Wasser kommen. Es ist ein schöner Tag.“

Alex folgte Quade und seiner Mutter aus der Tür und den Hügel hinunter zum See. „Hat es viel Arbeit gekostet, euren See für die Kinder anzupassen?“

Quade nahm seiner Mutter die Plaids ab, wobei er die Augen verdrehte. „Nay, es war nicht so schwer, ihn eurem See ähnlich zu machen, aber es brauchte ein bisschen mehr, bis meine Frau zufrieden war. Es war nicht schwer, an einem Ende einen sanften Hang für die Kleinen zu schaffen und das Gras zu entfernen, und wir hatten Glück, weichen Sand zu finden, der sich mit den Steinen vermischte. Aber Brenna hat sich noch ein paar andere Dinge einfallen lassen, und meine Brüder hatten ebenfalls eigene Ideen." Quade umfasste seine Schulter. „Du wirst gleich sehen, was ich meine. Deine Schwester ist dir in vielerlei Hinsicht ähnlich. Und ich bin mir sicher, dass sie mir nach deiner Abreise neue Ideen vorlegen wird."

Alex lächelte. Der Laird der Ramsays und er hatten schon immer gern gewetteifert, und er konnte es kaum erwarten zu sehen, wie sich der See der Ramsays im Vergleich zum See der Grants herausbildete. Es war nicht schwierig gewesen, am anderen Ende des Sees, wo Robbie und Caralyn wohnten, einen gemütlichen Bereich zu schaffen, und der Badeplatz war tatsächlich zu einem Lieblingsort des Clans geworden. Viele Clanmitglieder mochten es, die wärmsten Sommertage draußen am See zu verbringen.

Quade fuhr fort, als sie näher kamen. „Wie du siehst, mussten meine Männer Sitzbänke aus Stein bauen, und wir haben jetzt auch eine Anlegestelle in der Mitte des Sees errichtet, wie bei euch. Diese Insel ist bei den älteren Kindern sehr beliebt. Aber das hat Brenna noch nicht gereicht."

Alex bemerkte eine Stelle, an der die Kleinen

plantschten. „Warum habt ihr Seile über den See gespannt?“

„Ach, das war die Ideen deiner Schwester. Das Seil ist die Grenze für die kleinen Kinder. Sie dürfen nicht darüber hinausgehen, bis sie schwimmen lernen. Und Molly ist sehr begabt darin, den Jüngsten das Schwimmen beizubringen.“

Alex nickte. „Ich vermute, Maddie wird mir das Gleiche ans Herz legen, sobald wir wieder zu Hause sind.“

Mitten im See ragte eine riesige alte Eiche anmutig über dem Wasser auf. An deren Ästen hingen einige Seile. Alex blieb wie angewurzelt stehen und drehte den Kopf zur Seite. „Und was zum Teufel ist das?“

Quade lachte. „Wie ich sehe, hast du Logans Beitrag entdeckt. Nachdem ich beobachtet hatte, wie er versuchte, meinen Sohn und meine Tochter von den unteren Ästen der großen Eiche zu werfen, stimmte ich stattdessen dieser Idee zu. Aber das ist alles Logans Schöpfung. Wie du siehst, haben vor allem die Älteren ihren Spaß daran.“

Während Quades Erklärung sah Alex, wie Loki das verknotete Seil packte, das am höchsten Ast der Eiche hing und es so weit wie möglich zurück zog. Dann rannte er den grasbewachsenen Hang hinunter, der zum See führte, sprang auf das Seil auf und schlang seine Füße im letzten Moment über dem Seilknoten fest. Sobald er über dem Wasser schwang, warf sich Loki in die Luft und machte eine Rolle, bevor er mit einem riesigen Klatschen im Wasser landete.

Alex applaudierte Loki und sah zu, wie sich alle Mädchen kichernd um den Jungen versammelten, als er mit vor Stolz aufgeblähter Brust aus dem Wasser stieg.

„Mach eine doppelte Rolle, Loki“, schrie Torrian.

Lily rief: „Nein, mach eine Rückwärtsrolle.“

Aber noch bevor er auf einen dieser Vorschläge eingehen konnte, stürmte Logan auf den Baum zu, packte das Seil, nahm so weit Anlauf, wie er konnte, und blieb mit einem breiten Grinsen im Gesicht oben am Hang stehen. „Seid ihr alle bereit? Ich werde euch herausfordern. Dies wird der größte Spritzer aller Zeiten werden. Dann werden wir sehen, ob all die kleinen Küken –“ er zeigte auf Loki, Torrian, Lily, Ashlyn, Molly, Jake und Jamie, die alle beim See standen und zuschauten, „– mich schlagen können.“

Logan flog den Hang hinunter, sprang in die Luft und ließ das Seil in letzter Minute los, um über das Wasser zu fliegen. Er fiel in einem seltsamen Winkel in den See und erzeugte damit einen riesigen Spritzer, der wie ein Springbrunnen sprudelte und alle, die unmittelbar am Rand des Sees standen, nass machte. Die Zuschauer kreischten, aber alle lachten und klatschten in die Hände, als Logan aus dem Wasser stieg.

Alex blieb an der Seite stehen, und Brodie kam mit einem Grinsen im Gesicht vom Ende des Sees an ihm vorbeigerannt. „Ich nehme die Herausforderung an“, rief er und griff nach dem Seil. „Wir werden sehen, wer den größten Arschknaller von allen machen kann.“

Brodie tat sein Bestes, um Logan zu übertreffen, aber er schaffte es nicht ganz. Micheil folgte ihm mit einem triumphierenden Schrei.

Maddie lief zu Alex, der immer noch das Schauspiel beobachtete, und schlang ihre Arme um seine Hüfte. „Alex, ist es nicht wunderbar hier draußen? Hast du die Schaukel gesehen? Und sieh nur, wie Quade einen Baum gefällt und den Stamm in Scheiben geschnitten hat, die als Sitzgelegenheiten rund um den See dienen. Wir brauchen auch ein Seil, um unseren flachen Bereich abzugrenzen, genau wie Brenna es hier gemacht hat."

Quade lachte, als Alex ihm einen spitzen Blick über Maddies Kopf hinweg zuwarf. „Ramsay, als Nächstes wird sie mich damit beauftragen, eine Eiche neben unserem See zu pflanzen."

„Aber das würde viel zu lange dauern, Alex", flehte Maddie. „Ich bin sicher, die Männer könnten einen ausgewachsenen Baum von einem anderen Ort ans Ufer verpflanzen. Wähle einfach deine stärksten Männer für diese Aufgabe." Sie schenkte ihm ein süßes Lächeln, und Quade musste lachen.

Alex küsste Maddies Stirn, gerade als ihre Tochter Eliza klatschnass zu ihnen taumelte und ihre Arme hob. „Papa, hoch?"

Alex hob sie hoch, küsste sie mit einem lauten Schmatzer auf die Wange und setzte sie dann auf seine Schultern.

„Übrigens", sagte Maddie, „warten die kleinen Jungs darauf, dass du das Baumspiel spielst, Alex. Ich habe es ihnen versprochen." Sie umarmte ihren Mann, und Alex rieb mit dem Daumen über ihre Wange.

„Hm, du hast es ihnen versprochen? So so… das könnte dich später teuer zu stehen kommen, mein Schatz."

Quade sagte: „Das Baumspiel? Das würde ich gern sehen.“

Alex übergab Eliza an ihre errötende Mutter und ging dann zum seichten Ende des Sees, wo die Kinder im Wasser plantschten. Sobald sie ihn erspähten, rannten die Kleinen alle auf ihn los und riefen: „Baum, Onkel Alex. Bitte spiel den Baum.“ Celestina hielt ihre Jüngste, Catriona, während Caralyn ihren kleinen Jungen Padraig hielt.

Maddie lächelte zu ihrem Mann hinüber. „Siehst du, wie sie dich lieben, Alex?“

Alex watete bis zu den Knien ins Wasser, streckte beide Arme seitlich aus und rief mit tiefer Stimme: „Vorsicht, ein Sturm braut sich zusammen.“ Die Kinder kicherten, rannten auf ihn zu und griffen nach seinen riesigen Armen.

Gregor war der Letzte, der die Älteren ins Wasser jagte. „Gavin, warte auf mich!“

Als sie alle an Alex‘ Armen hingen, begann er sie hin und her zu schwingen: „Hier kommt der Wind.“

Die Kinder begannen zu schwingen und zu quietschen, einige von ihnen landeten mit einem Spritzer im Wasser, andere klammerten sich an ihn, als ging es um ihr Leben.

Maddie schrie: „Sei vorsichtig, Alex. Verletze sie nicht. Es hängen so viele an deinen Armen.“

Als alle Kinder im Wasser gelandet waren, kam er ans Ufer zurück und ging zu seiner Schwester Brenna, die abseits auf dem Hügel stand und über den See sah.

„Ist alles gut, Brenna? Ist es nicht zu schwer für dich, all die Kinder zu beobachten?“

Brennas Augen wurden feucht. „Nay, es ist wunderbar. Du weißt gar nicht, wie glücklich du mich gemacht hast, indem du die Familie mitgebracht hast, um mich zu unterstützen. Alex, sieh dir unseren Clan an und alles, was daraus geworden ist."

Während Alex über den See blickte, traten auch Jennie und Aedan zu ihnen. „Ich weiß", sagte er. „Es ist kaum zu glauben, dass sie alle zu unserem Clan gehören. Ich wünschte, Mama und Papa könnten sehen, wie stark wir gewachsen sind." Er legte seinen Arm um Jennies Schulter und küsste sie auf die Wange.

„Ich weiß, aber ich glaube, sie sehen uns." Brenna wischte eine Träne weg, als Brodie und Celestina sich zu ihnen gesellten, und Maddie kam ebenfalls herüber, um ihren Mann zu umarmen. „Wie könnte ich traurig sein, ein Kind zu verlieren, wenn wir so viele starke Kinder haben?"

„Du wirst eines Tages ein weiteres Kind haben", flüsterte Maddie. „Alex und ich haben auch ein Kind verloren, bevor wir Eliza bekommen haben."

Stille legte sich über die Geschwister, aber der feierliche Moment wurde unterbrochen, als Logan vom Baum auf sie zugerannt kam, gefolgt von Robbie. Bevor er sie erreichte, jagte Logan zuerst noch zu Gwyneth, die sich auf ihrem Plaid sonnte, und spritzte sie mit Wasser nass.

„Logan, das wirst du mir büßen!" Sie sprang auf und jagte ihn zurück zum Baum.

Alle älteren Kinder rannten den beiden neugierig hinterher, um zu sehen, was sie als Nächstes tun würden.

Logan warf sich von der Schaukel ins Wasser und schrie: „Komm und fang mich, Gwynie." Er landete mit einem großen Klatschen, das fast so laut war wie sein erstes. Gwyneth benutzte die Schaukel als nächstes, und nachdem sie sich in der Luft gedreht hatte, streckte sie die Beine gerade nach oben und landete mit dem Kopf zuerst im Wasser, nicht weit von Logan entfernt. Mit ihrer engen Hose und einer ärmellosen Tunika schlug sie kaum Wellen im Wasser.

„Wie hat sie das gemacht?" flüsterte Robbie, der neben Caralyn stand, die ihr Kleines auf der Hüfte trug.

„Sind die beiden immer so verspielt?", fragte Celestina.

Micheil und Diana kamen herüber und hielten ihre beiden Jungs, David und Daniel, die beide ein wenig überwältigt von dem Trubel waren, in den Armen. „Aye, Logan liebt es, Gwyneth zu ärgern", antwortete Micheil.

„Aber Gwyneth genießt es auch", fügte Diana hinzu.

Celestina sagte: „Ich finde es herrlich, wie gut sich die Cousins miteinander angefreundet haben. Seht euch Bethia und Kyla und Gracie und Sorcha an. Roddy und Braden sind unzertrennlich, bis sie hierherkommen. Hier verbringen sie so viel Zeit wie möglich mit Gavin und Gregor. Diese vier Jungs sind alle kein Jahr auseinander, nicht wahr? Und seht euch Molly und Ashlyn an, sie sind so lieb zueinander!"

Augenblicke später kletterten Logan und Gwyneth lachend aus dem Wasser, die Arme umeinander geschlungen.

DER HIGHLAND CLAN

1280

Torrian

Buch 2

KAPITEL SECHS

Brenna ist in schwierigen Zeiten die Stimme der Vernunft …

SPÄTER IN DER Nacht ging Torrian mit langsamen Schritten durch den Innenhof zurück und er wurde noch langsamer durch seinen Wunsch, nicht wieder mit Davina zusammenzutreffen. Es war spät, aber er hatte nicht schlafen können, also war er auf die Suche nach seinem Freund gegangen. Er und Kyle hatten lange über diese Verlobung gesprochen und sein Verstand war jetzt nicht klarer als vorher. Die Frau schien überall zu sein und Torrian wollte nichts mehr mit ihr zu tun haben. Er öffnete die Tür zum Hauptturm so leise wie möglich und schloss sie ebenso sorgfältig, damit er die Stufen hinaufschleichen konnte, ohne gesehen zu werden.

Er war eine ganze Weile draußen herumgelaufen, in der Hoffnung, seine Gedanken zu klären und in einer logischen und methodischen Weise über seine Möglichkeiten nachzudenken, wobei er seine Emotionen aus dem Spiel ließ, wenn das möglich war. Er hatte keine andere Antwort, als dass sein Herz sich zu einer anderen hingezogen fühlte.

Sein Vater und Onkel Logan hatten den Gedanken an eine Eheschließung nicht aufgegeben, obwohl sie beide akzeptierten, dass die Buchans und MacNivens beobachtet werden mussten. Zu dritt hatten sie die Möglichkeit besprochen, dass ihre Gastgeber etwas anderes – und viel Finstereres – als eine Hochzeit planten, aber es gab nur wenig Beweise. Sie würden Geduld haben müssen, um den Zielen der Buchans und ihrer Anhänger auf den Grund zu gehen. Also würde diese Scharade weitergehen, sehr zu Torrians Missfallen. Es bescherte ihm Kopfschmerzen von der Art, wie er sie nie zuvor erlebt hatte.

Onkel Logan und Brenna hatten seit ihrer Ankunft alles strategisch durchdacht und analysiert, womit sie seinen Vater beschäftigt hielten. Nicht einmal hatte sein Vater ihn gefragt, wie er sich fühlte, und es als Teil seiner Pflichterfüllung erachtet, dies fortzusetzen.

Er wünschte sich nichts *mehr*, als seinem Vater genau zu schildern, wie er sich fühlte.

Doch er würde riskieren, den Respekt seines Vaters mit diesem Akt zu verlieren, und das war eine Sache, die er sein gesamtes Leben lang gefürchtet hatte. Er ging den Durchgang entlang und begegnete glücklicherweise niemandem. Er nahm die Fackel aus der Halterung vor seiner Tür, um diejenige anzuzünden, die sich direkt auf der Innenseite befand, aber als er sich durch die Tür schob, erkannte er überrascht, dass das Zimmer bereits von einer Fackel beleuchtet war.

Dort auf dem Bett mit nichts am Leib als einem Lächeln, lag Davina von Buchan. Torrian erstarrte

– mehr vor Schock als Verlockung – und dann handelte er geschwind.

»Ihr werdet mich nicht auf diese Weise in die Falle locken, Mylady.« Er trat in den Korridor zurück und schloss die Tür hinter sich, bevor er auf direktem Wege zum Zimmer seines Vaters ging. Sobald er dort angelangt war, klopfte er grob an die alte Holztür.

Die Tür wurde aufgerissen und Brenna stand dort mit überraschtem Blick. »Torrian? Ist etwas nicht in Ordnung?«

»Darf ich hereinkommen?« Als sie einen Augenblick mit ihrer Antwort zögerte, fügte er hinzu. »Bitte Brenna. Ich muss hereinkommen.« Sie konnte nicht wissen, wie sehr er dem Wahnsinn der Buchan Festung entkommen musste.

Brenna trat beiseite und antwortete: »Natürlich.«

Er ließ die Fackel in einer Halterung an der Tür und betrat das Zimmer, wobei er die Tür hinter sich schloss.

Sein Vater saß in einem der Stühle, die beim Kamin aufgestellt waren. »Was ist los, Sohn?«

»Du siehst aus, als wärst du einem Geist begegnet«, fügte Brenna hinzu. »Setz dich, Torrian, bevor du zusammenbrichst. Du bist furchtbar blass.«

Torrian ließ sich auf einem Stuhl neben seinem Vater nieder und die Ellbogen auf die Knie gestützt, ließ er den Kopf in die Hände sinken.

»Torrian?«, fragte Quade. »Was ist los?«

Nach einer langen Pause hob er den Blick zu seinem Vater, und dessen Besorgnis wahrnehmend, sprach er: »Sie versucht, mich in die Falle zu locken.«

»Was? Sei bitte etwas genauer. Wer?« Quade sah von Torrian zu Brenna und dann wieder zurück.

Was für Torrian am meisten hervorstach, war nicht der Ausdruck des Schocks oder Unglaubens auf dem Gesicht seines Vaters, sondern der wissende Blick, den seine Stiefmutter nun aufgesetzt hatte. Torrian drehte sich zurück, um seinen Vater anzuschauen. »Ich bin allein zu einem Spaziergang hinausgegangen, um zu überlegen, was das Beste für mich ist. Ich kehrte zu meinem Zimmer zurück und fand Davina auf meinem Bett liegend, ohne einen einzigen Faden Kleidung am Leib.«

Sein Vater starrte ihn ungläubig an.

Brenna fragte: »Und was war deine Reaktion?« Brenna wirkte sehr gefasst, als ob er ihr etwas erzählte, was sie seit Jahren gewusst hatte.

»Ich habe die Tür zugemacht und bin hergekommen.«

»Hast du etwas zu ihr gesagt?«

»Aye, ich habe ihr gesagt, dass sie mich nicht in die Falle locken würde.«

»Hat sie geantwortet?«, fragte Brenna. Sein Vater starrte ihn einfach weiterhin in offensichtlichem Unglauben an.

»Nein, ich bin weggegangen. Ich hatte Angst zu bleiben. Was, wenn noch jemand vorbeigekommen wäre? Hätte ihr Vater mich in dieser Position gefunden, wäre ich gezwungen gewesen, sie zu heiraten.«

Endlich ergriff sein Vater das Wort. »Willst du mir sagen, Davina von Buchan hat nackt auf deinem Bett gelegen, als würde sie auf dich warten?«

»Aye, Vater. Das ist die Wahrheit. Ich würde in solch einer Sache nicht lügen.«

»Ich kann es kaum glauben. Sie wirkt nicht verschlagen auf mich.«

»Hinterhältig ist das Wort, das ich benutzen würde, Ehemann, und du musst dies außerordentlich ernst nehmen. Dieser eine Schritt zeigt mir, dass sie um jeden Preis Torrians Ehefrau werden will.« Während Brenna noch sprach, hatte sie angefangen, im Zimmer umherzugehen.

»Wäre ich nicht fortgegangen, hätte ich gezwungen werden können, sie zu heiraten, bevor wir abreisen.« Der Gedanke ließ ihn vor Entsetzen erschaudern. Er konnte sich nicht vorstellen, sein Leben in einer Ehe mit solch einer Frau zu verbringen.

»Torrian«, sagte Brenna mit einer ruhigen Stimme, die er nur allzu gut kannte, »du musst die Möglichkeit erwägen, dass sie lügen wird und behauptet, es sei passiert, ob dem nun so ist oder nicht.«

Quade sprang von seinem Stuhl auf. »Du suggerierst, dass sie darüber lügt, nur um meinen Sohn in die Falle zu locken?«

»Aye, das tue ich. Du musst die Möglichkeit erwägen und ich denke, wir müssen entscheiden, was wir sagen sollen, wenn sie versucht, ihn der Ungehörigkeit zu bezichtigen.« Brenna sah Quade in die Augen, als sie sprach. »Das sagt mir, dass wir am Morgen abreisen müssen, bevor sie die Gelegenheit bekommt, etwas Teuflischeres zu planen.«

»Du glaubst, das wird sie? Du glaubst, sie würde es wagen, solch eine Grausamkeit auszuführen?«

Wegen seines lädierten Knies humpelte sein Vater ein bisschen, aber er hörte nicht auf, umherzugehen.

»Aye, das tue ich. Wenn sie zu dem Versuch imstande ist, ihn zu verführen, ist sie noch zu viel, viel mehr fähig. Wir müssen das Angriffsziel minimieren, indem wir ihn entfernen. Die beiden haben sich kennengelernt. Entweder du schickst ihn nach Hause oder du bleibst dicht an seiner Seite. Diese Maid hat Pläne für deinen Sohn und wir können ihr nicht gestatten, sein Leben zu leiten oder es zu ruinieren, wie es vielleicht der Fall sein könnte.« Sie legte den Kopf schief, um auf die Antwort ihres Ehemannes zu warten, doch dann fügte sie hinzu. »Und du brauchst mehr Salbe auf deinem Knie.«

Torrians Bedenken keimten zu furchterregenden Möglichkeiten auf. »Ich schlafe heute Nacht nicht dort. Ich werde hier auf dem Fußboden nächtigen. Was, wenn sie zurückkehrt und einen Zeugen mitbringt? Ich möchte nicht das Opfer ihrer Gerissenheit werden.«

»Wir werden nicht davonlaufen. Das wäre unhöflich. Wenn wir gehen, werde ich Buchan den Grund dafür nennen.« Quade sprach zu ihnen beiden, mit einer Hand in die Hüfte gestemmt, während er sich mit der anderen über den Kiefer strich.

»Ehemann, ich würde niemanden von unseren Plänen unterrichten. Wenn alle wissen, dass wir abreisen, könntest du die junge Frau vielleicht zu schnellem Handeln zwingen. Wir dürfen ihr keine Chance geben.«

»Das ist ein guter Standpunkt, Brenna. Schlaf

heute Nacht hier, Torrian und wir werden im Morgengrauen aufbrechen. Ich wollte vor unserem Aufbruch mit dir sprechen, und dies gewährt uns einen Augenblick, uns über deine Gedanken bezüglich der Verlobung auszutauschen. Glenn von Buchan möchte diese Verbindung vorantreiben, und bis zu diesem Moment sah ich keinen Grund, ihm das abzuschlagen. Doch nach den Unterhaltungen, die ich mit deinem Onkel geführt habe, bin ich in dieser Sache besorgt. Wenn dies ihr Plan ist, dann ist sie weder die richtige Frau für dich, noch würde ich sie in unserem Clan willkommen heißen. Allerdings müssen wir unseren König respektieren. Ich fürchte, er wird die Heirat weiterhin unterstützen. Die Tatsache ist, dass jegliche Schwierigkeiten seitens der Buchans diese Verbindung noch wünschenswerter machen. Alexander hat sich auf die Vorstellung versteift, dass diese Heirat uns die Wahrung eines Mindestmaßes an Kontrolle ermöglichen wird. Was waren deine Gedanken, bevor dies passiert ist?«

Quade kehrte zu seinem Platz am Feuer zurück und wartete auf Torrians Antwort. Torrian dachte an die vielen verschiedenen Antworten, die er vielleicht geben könnte, doch er rechnete damit, dass die meisten darunter Enttäuschung in seines Vaters Blick auslösen würden. Er beschloss, einen Vorstoß zu wagen.

»Pa, ich glaube nicht, dass unsere Persönlichkeiten zusammenpassen. Davina ist liebreizend, aber sie ist eine überaus forsche Maid und das stellt das genaue Gegenteil meiner eigenen Natur dar.«

Quade antwortete: »Ihr gebt ein schönes Paar

ab. Sie wird dir hübsche Kinder schenken und eine Frau mit einem starken Willen ist derjenigen mit einer schwachen, schüchternen Persönlichkeit vorzuziehen. Eines Tages wirst du Oberhaupt und deine Frau muss in der Lage sein, die Burg zu hüten, falls du in den Kampf ziehen solltest oder an den Hof musst. Sie muss stark und unabhängig sein. Das waren meine Gedanken vor dieser neuen Entwicklung.«

»Ich werde dir nicht widersprechen, Pa, aber dass wir zusammenpassen, glaube ich dennoch nicht. Die Vorstellung, mit solch einer arglistigen Maid zu leben, behagt mir gar nicht. Was für eine Art von Leben hätten wir zusammen, wenn ich alles in Frage stellen müsste, was sie tut und sagt?«

Quade fuhr sich mit den Händen durchs Haar, das nach all den vielen Jahren immer noch voll war. »Ich kann deine Argumentation nicht bestreiten, Torrian. Dir ist klar, dass der König diese Verbindung per Dekret veranlassen kann. Wenn dem so sein sollte, könnte es als Hochverrat betrachtet werde, abzulehnen oder zumindest einen Grund für die Buchans darstellen, uns anzugreifen, um ihre Ehre zu wahren. Es ist eine Beleidigung, eine Verlobung auszuschlagen, die vom König angeordnet wurde.«

»Ich würde gern mit unserem König sprechen, ehe ich meine Einwilligung gebe.«

»Ich wünschte ebenso wie du mit unserem König zu sprechen, aber er ist nicht hier. Und abgesehen davon, wie du dich heute fühlst, solltest du Davina nicht abweisen, bevor wir am Morgen aufbrechen. Die Buchans reden, als ob der König ihnen versprochen hätte, dass diese Heirat stattfindet.

Wenn du die Verbindung jetzt trennst, könntest du damit Auswirkungen verursachen, die für mich und den Rest des Clans Folgen haben. Nach allem, was wir gesehen und gehört haben, ist der König möglicherweise auf unsere Hilfe angewiesen, um den Frieden zu bewahren. Dein Onkel glaubt, dass der König diese Eheschließung vielleicht mit der Absicht anordnen könnte, diese Clans zu kontrollieren, obwohl ich nicht überzeugt bin, dass dies so funktionieren wird, wie er sich das wünscht. Logan glaubt, dies sei der Fall und er findet die Umstände hier weniger als günstig.«

Torrian rang die Hände, als die Worte auf ihn einwirkten. Entweder heiratete er sie oder er verärgerte den König und würde damit seinen Clan in Verlegenheit bringen. Mit anderen Worten hatte er in dieser Angelegenheit keine Wahl.

Brenna tat ihr Bestes, um diesen Hieb abzuschwächen. »Ich stimme deinem Vater zu, dass dies nicht die Zeit ist, abzulehnen, und auch nicht der richtige Ort dafür. Wir sind in ihrer Burg und von Buchans Wachen umzingelt. Die sicherste Antwort besteht darin, der Verbindung zuzustimmen und die Vermählung dann so lange wie möglich hinauszuschieben. Wir alle müssen die Auswirkungen genauer betrachten, die deine Ablehnung mit sich bringt, ehe du deine Entscheidung triffst. Möglicherweise kann Onkel Logan in deinem Namen mit dem König sprechen. Oder vielleicht wird er dich nach Edinburgh begleiten, damit du dich direkt an den König wenden kannst.«

Torrian stieß die Luft zwischen seine geschürzten Lippen hervor.

Es sah ganz so aus, als würde er am Morgen offiziell verlobt sein.

KAPITEL ZEHN

Brenna hilft Nellie und Heather.

AM FOLGENDEN TAG brachte Heather Nellie in das spezielle Gebäude der Heilerin, wo Brenna einen Großteil ihrer Arbeit für den Clan erledigte. Ihr war daran gelegen, dass Brenna das Kind noch einmal in Augenschein nahm und bestätigte, was Heather im Herzen fühlte – die Kleine erholte sich. Und da war noch eine Sache, die sie gern mit Brenna besprechen wollte … eine, die sie mehr in Verlegenheit brachte, als ihr recht war.

»Ich habe noch nie davon gehört, dass Heiler ein separates Gebäude haben«, bemerkte sie erstaunt, als Brenna an der Eingangstür erschien. Der Bau war aus Stein errichtet, doch sie konnte Lady Brennas wärmenden Einfluss an der Außenseite erkennen. Es gab einen kleinen Steinpfad zu der Tür und zur Seitenwand, mit Blumen, die seine Kanten säumten. Auf der rechten Seite des Gebäudes lag ein sorgfältig gepflegter Steingarten mit Kräutern und Blumen, die dazwischen blühten und einer Steinbank etwas abseits.

»Mein Ehemann hat es für mich bauen lassen«, antwortete Brenna. »Würdet Ihr gern hereinkommen?« Als Antwort auf Heathers Nicken führte sie die beiden durch die Eingangstür. »Ich nehme im Hauptturm oft zu viel Platz in Anspruch, also hielt er es für das Beste, mir meinen eigenen Bereich zu gewähren. Auf diese Weise« – sie schwenkte den Arm, um den Raum zu erfassen – »kann ich so viele Patienten behandeln, wie nötig. Ich habe Platz für fünf Krankenlager und kann noch mehr unterbringen, falls erforderlich.«

»Aye, das war eine kluge Entscheidung. Es ist sehr sauber hier. Das muss sehr wohltuend für die Kranken sein. Ich weiß, das wäre es für mich, Lady Brenna.« In der Mitte war ein kleiner Raum mit mehreren Schemeln, der vielleicht als Wartebereich fungierte. Eine Tür im hinteren Teil führte zu einem Zimmer voller Gerätschaften und auf beiden Seiten waren Türöffnungen zu Zimmern mit einer Vielzahl von Pritschen eingelassen.

»Meine Mutter bestand auf Sauberkeit, obwohl es laut Aussage aller anderen Heiler nicht von Belang ist. Sie hat uns in einem anderen Glauben aufgezogen. Selbst wenn es für die Behandlung eines Kranken keinen Unterschied macht, fühle ich mich stets wohler, wenn es sauber ist.«

»Warum habt Ihr Nellie im Hauptturm untergebracht?« Sie hielt die Hand ihrer Tochter, als sie Brenna zu einem Zimmer folgten, das von dem Vorratsraum abzweigte.

»Die Kinder können sich hier draußen fürchten, besonders, wenn alle anderen im Gebäude sich wie sie von Krankheiten erholen. Ich behandele sie lieber im Haus. Nellie hatte es dort bequemer und ich glaube, es war auch für Euch besser.«

Heather nickte, tief in Gedanken. Brenna war in der Tat begnadet. Nur jemand mit einem klaren, scharfen Verstand konnte Menschen heilen, ganz zu schweigen davon, diesen Ort zu erschaffen. Sie folgte Brenna zu den Zimmern an der Rückseite.

»Ich habe zwei Zimmer im hinteren Bereich, einen für Vorräte und einen für meine Operationen. Seid Ihr zimperlich?«

»Das bin ich nicht«, gab Heather zurück, »aber bei Nellie bin ich mir nicht sicher.« Als sie sich dem Türbogen näherten, nahm Heather einen kräftigen Geruch wahr. Sie sah zu Nellie und anhand ihrer gerunzelten Stirn nahm sie an, dass sie das Gleiche bemerkte.

Brenna stand zögerlich in der Tür und dann stieß sie dagegen. »Ich habe ein kleines bisschen für Jennet operiert. Sie ist überaus wissbegierig, also übe ich manchmal mit ihr, nachdem die Männer ein Tier geschlachtet haben, bevor sie es für das Fleisch zerlegen. Es hilft mir, unsere Körper zu verstehen, wenn ich hineinschneiden muss und sie liebt es, zuzusehen. Ihr könnt gern hereinkommen und es sehen, wenn Ihr wollt.«

Heather sah zu Nellie, die begierig nickte. »Aye, Mama. Ich würde gern in das Zimmer gehen, wo Jennet ist.«

»Aber da wird Blut von einem Tier sein.«

»Sorge dich nicht. Ich möchte es gern sehen.« Nellie drückte ihrer Mutter die Hand, um sie zu überzeugen, doch Heather glaubte, dass ihre wahre Absicht darin bestand, Jennet zu sehen.

Sie zögerte und Brenna fügte hinzu. »Jennet liebt es, aber manchmal ist dies zu viel für Brigid. Ich kann nicht für Euch entscheiden.«

»Wir werden es versuchen. Sie hat mich früher schon Fische ausnehmen und jagen gesehen.«

Sie traten ein und wurden sofort von einer Welle des Blutgeruchs empfangen. Jennet stand auf einem Schemel und spähte über den Kadaver des Lamms, mit einem Werkzeug in ihrer Hand, das sie in eine offene Wunde stieß. »Mama, ich denke, hier kommt das Blut her.« Sie zeigte auf eine Stelle und ihre Augen strahlten vor Aufregung.

Heathers Magen begehrte auf und gleichzeitig sagte Nellie: »Mama, es riecht hier drin. Müssen wir bleiben?«

»Nein.« Heather riss ihre Tochter herum und stieß die Tür auf.

Brenna folgte ihnen nach draußen. »Fühlt Euch nicht schlecht. Ich verstehe das. Sehr wenige Menschen verstehen unsere Wissbegier. Jennet folgt in unserer familiären Neigung zum Heilen. Meine Schwester Jennie und ich waren genauso und wir haben immer gern zugesehen, wenn unser Großvater und unsere Mutter Operationen durchführten. Ich vermisse Jennie schmerzlich und ich habe Jennet nach ihr benannt. Es scheint angemessen, dass sie die gleiche Wissbegier besitzt.«

Heather hustete zweimal und lehnte sich an die Wand, um sich wieder zu fangen.

»Ist Euch wohl?«

»Aye. Ich werde mich erholen. Nellie?« Sie sah auf ihre Tochter hinab. »Besser?«

Nellie kniff das Gesicht zusammen. »Aye, aber es gefällt mir nicht dort drin. Es ist viel besser hier.«

Brenna lachte und dann fuhr sie mit der Hand durch Nellies dichte blonde Locken. »Ich freue mich, zu sehen, dass die Kleine sich so gut macht, aber gibt es einen besonderen Grund für Euren Besuch?«

»Aye.« Heather räusperte sich wieder und dann sah sie mit einem gezielten Blick zu ihrer Tochter, die an ihr lehnte und ihre Röcke umklammerte. »Sie erscheint Euch jetzt gesünder? Sollte ich sie von irgendetwas abhalten?«

»Nein. Lasst sie tun, was sie möchte, und achtet einfach darauf, dass sie genügend trinkt. Ziegenmilch ist sehr gut. Isst du ordentlich, Nellie?«, fragte Brenna und ging in die Hocke, um mit ihr zu sprechen.

»Aye. Die Köchin hat mir gebackene Äpfel und Porridge mit Honig gemacht. Ich mag das warme Essen für meinen Hals.«

»Gut. Da bin ich froh.« Brenna richtete sich auf und blickte Heather abwartend in die Augen, dass diese den wahren Grund ihres Besuchs offenbarte.

Tränen traten Heather in die Augen. Sie dachte an Torrian und wie liebevoll er gewesen war, doch ihr brach das Herz entzwei, wann immer sie an seine bevorstehende Vermählung mit einer anderen dachte. Es schien eine Situation ohne angenehme Schlussfolgerung. »Was soll ich tun?«

»Ich denke, Ihr solltet hierbleiben. Nellie ist jetzt außer Gefahr, doch da sie diese Krankheit zweimal hatte, würde ich Euch raten, sie hierzubehalten, wo sie nachts im Warmen bleiben kann. Dieses Mal hat mir der Klang ihres Hustens nicht gefallen. Ich würde Euch raten, hierzubleiben, bis die Luft wieder wärmer wird. Die Nächte sind zu kalt für sie.«

»Aber mit der Hochzeit und allem ...«

Jennet kam aus dem Operationszimmer gestürmt. »Mama? Darf ich mit Nellie spielen? Ich kann sie auf die Pritsche legen und wir können so tun als ob, nicht wahr?«

Brenna verschränkte die Arme vor der Brust. »Natürlich, wenn Nellie und ihre Mama es gern möchten.«

Nellie nickte und schielte mit einem erwartungsvollen Blick zu ihrer Mutter auf.

»Gewiss darfst du das. Geh mit Jennet spielen.«

»Jennet, wasch zuerst deine Hände, Mädchen«, erinnerte Brenna sie. »Entschuldigt Heather, es ist ein kleiner Streitpunkt für mich. Ich muss darauf bestehen.«

Während das Mädchen sich an ihre Aufgabe machte, wartete Brenna, dass Heather fortfuhr.

Heather musste die Augen zusammenkneifen, um die Tränen zurückzuhalten. »Ich weiß nicht, ob ich die Hochzeit mitansehen kann. Wir haben einige Zeit miteinander verbracht, und ich habe festgestellt, was für ein wundervoller Mann er ist.«

Brenna nahm ihre Hand und schloss sie in ihre beiden. »Heather, einige unter uns tun alles, was in unserer Macht steht, um diese törichte Vermählung zu verhindern. Wenn ich an Eurer Stelle wäre, würde ich aus zwei Gründen bleiben.«

Heather wartete in der Hoffnung, dass die Antwort

ihr die Bestätigung geben würde, nach der sie sich sehnte.

Brenna fuhr fort. »Erstens müsst Ihr bleiben, um Eure Tochter davor zu bewahren, wieder krank zu werden. Eine wiederkehrende Erkrankung kann die Kraft eines Kindes wirklich erschöpfen. Zweitens solltet Ihr bleiben und abwarten, was geschieht, wenn Ihr Gefühle für Torrian habt. Er möchte Davina nicht heiraten und er wird alles in seiner Möglichkeit Stehende tun, um dies zu verhindern. Es sind noch viele andere dabei, die ihn unterstützen werden. Es gibt andere Aspekte, über die ich nicht frei sprechen kann, aber wir haben dieser Verlobung aufgrund eben dieser Aspekte zugestimmt. Gebt die Hoffnung noch nicht auf. Wir alle hoffen noch immer auf ein Ende für diese Verbindung.«

»Ich würde gern im Verborgenen bleiben, wenn dies überhaupt möglich ist. Ich möchte nicht in der großen Halle sein und ihre Ankunft miterleben. In Menschenmengen fühle ich mich nicht wohl und Nellie ist nicht an sie gewöhnt. Wäre das akzeptabel?«

»Natürlich. Ihr könnt in Nellies Krankenzimmer bleiben. Eure Tochter kann bei Euch schlafen oder bei den Mädchen. Sie schlafen alle in einem großen Bett, das Quade für sie gebaut hat. Ich werde Fiona bitten, sich um Eure Bedürfnisse zu kümmern, wenn die große Gesellschaft eintrifft. Bis dahin könnt Ihr die Küchen aufsuchen, wann immer Ihr Euch verpflegen wollt. Wir haben die Hintertreppe.«

»Wenn das für alle annehmbar ist, würde ich gern akzeptieren. Ich möchte Nellies Gesundheit nicht riskieren.« Sie sah zu den beiden Mädchen hinüber, die nun auf einer Pritsche spielten. Jennet hatte Nellie eine Stoffpuppe gegeben, die ihr Kind in ihrem Spiel darstellen sollte. Nellie beobachtete jede von Jennets Bewegungen mit einer Art Ehrfurcht.

Jennet tätschelte der Puppe den Arm. »Du wirst wieder gesund. Ich muss deine Wunde nähen und dann werde ich dich mit Salbe einreiben. Sobald ich fertig bin, werde ich die Stelle mit Tüchern verbinden, bis es heilt.«

Nellie beugte sich zu der Puppe hinab und raunte: »Weine nicht, kleines Kind. Jennet wird dir nicht wehtun und ich werde dich halten.« Sie küsste die Puppe aufs Haupt, als Jennet den Faden in ihre Nadel fädelte und sich auf das Nähen der Wunde vorbereitete.

»Ich bin froh, dass wir hier sind«, flüsterte Heather, die spürte, wie ihr die Tränen kamen. »Sie musste Mädchen in ihrem Alter kennenlernen. Schaut, wie sehr sie Jennets Gesellschaft genießt.«

Brenna lächelte voller Liebe zu ihrer Tochter. »Jennet liebt es, so zu tun, als sei sie ich, wann immer sie die Möglichkeit hat. Lily hat versucht, sie zu traditionelleren Spielen zu ermuntern, aber sie ist nicht interessiert. Brigid wird tun, was immer ihre Freundinnen tun. Sie sind so entzückend zusammen.« Sie drehte sich, um Heather anzuschauen. »Also werdet Ihr bleiben?«

»Aye, und vielen Dank für alles, was Ihr für uns beide getan habt, Lady Brenna.« Sie umarmte Brenna, doch nur ein einziger Gedanke beherrschte ihren Verstand.

Bitte, lieber Gott, lass dies kein Fehler sein.

KAPITEL ZWANZIG

Jennet und Brigid retten den Tag …

ALS DER KÖNIG seine Bereitschaft zur Verkündung seiner Entscheidung bekanntgab, füllte sich die große Halle schnell bis an den Rand ihres Fassungsvermögens. Der König saß mit seinen Beratern auf dem Podest, und die Buchans, die auf der einen Seite standen, starrten die Ramsays auf der gegenüberliegenden Seite an. Falls der Regent seine Ankündigung nicht bald machte, befürchtete Torrian, die Krieger könnten sich über die Distanz hinweg aufeinander stürzen.

Der König beugte sich vor, um mit dem Oberhaupt seiner Wachen zu sprechen, und der Mann pfiff. Eine weitere Abteilung Wachen kam herein und nahm neben jeder der Gruppen Aufstellung. Torrian starrte auf seine Füße, um nicht zu lachen. Offenbar hatte der König denselben Gedanken. Das konnte gewalttätig werden, wenn man die Mienen der Buchans als Hinweis gelten lassen konnte.

Einige andere aus der Burg traten ein, um sich einen Platz im hinteren Teil des Raumes zu suchen, da sie an allen wichtigen Vorgängen auf Burg Edinburgh interessiert waren. Ein leises Geraune war zu hören, bis der König die Hand erhob und Ruhe gebot. Er winkte zu Quade und Glenn von Buchan und beide Gruppen traten vor. Torrian stand direkt vor dem König, und Quade, Brenna, Logan, Gwyneth und Micheil hatten sich hinter ihm postiert. Die Kinder standen versammelt hinter ihren Eltern.

Auf der anderen Seite schlenderte Davina von Buchan heran und sehr zur Freude der Burschen im Raum wiegte sie sich dabei in den Hüften, doch Torrian ignorierte sie. Ihr Vater, ihre Brüder Dugald und Cormag sowie Ranulf standen hinter ihr.

Einzig Lily, deren Wangen bereits von Tränen überströmt waren, schien ihre Gefühle nicht unter Kontrolle zu haben. Ihr Schluchzen war das einzige Geräusch, das zu hören war.

Eine Wache trat vor. »Der König wird jetzt seine Entscheidung bekanntmachen. Alle Untertanen haben sich ruhig zu verhalten, bis er den Raum verlässt.«

Der König stand auf und rieb sich den Verband an seiner linken Hand. Torrian konnte nur vermuten, dass Jennet seine Hand wie versprochen gepflegt hatte. Er warf einen Blick über die Schulter und bemerkte, dass Molly Jennet fest an der Hand hatte, während Maggie Brigid hielt.

Torrians Magen zog sich zusammen, als er wartete. Der Schweiß brach ihm auf der Stirn aus, aber er zwang sich, an Heather zu denken, an ihr schönes Gesicht, ihr liebes Lächeln und ihre schimmernden Augen, das eine blau und das andere grün.

Der König sprach. »Ich habe beide Seiten sorgfältig abgewogen, und ich habe keinen Grund gefunden, der zwingend genug wäre, um meine ursprüngliche Entscheidung zu ändern. Meines Erachtens ist es im besten Interesse dieses Königreichs, wenn Davina Buchan Torrian Ramsay heiratet und eine Allianz zwischen den beiden Clans eingeht. Die Hochzeit wird morgen hier stattfinden. Sollte irgendjemand sich dagegen weigern, wird er in meinem Kerker in Ketten gelegt.«

Die Abordnung der Buchans brach in Jubel aus, ebenso wie viele der Zuschauer. Torrian wandte den Blick zu seinem Vater, denn er wollte seine Reaktion sehen. Quades Augen zeigten unverkennbar Enttäuschung, und Brenna schien den Tränen nahe. Torrians Vater legte den Arm um Brennas Taille, um sie an sich zu ziehen, und sie vergrub ihr Gesicht in seinem Hemd.

Deshalb bemerkte auch keiner, als ein kleines Mädchen mit braunem Haar und wachen braunen Augen nach vorne auf das Podest zuging und dann zu Ranulf MacNiven hinübermarschierte. Sie blieb mit ausgestrecktem Arm vor ihm stehen, doch er ignorierte sie.

Die übrige Menge reagierte noch immer auf den Erlass des Königs, indem sie untereinander redeten und sich gegenseitig trösteten, wobei einige sogar weinten, aber Jennet stand fest vor Ranulf und allen anderen Buchans.

Torrian beobachtete, wie Ranulf versuchte, ihre Hand wegzuschieben, aber Jennet blieb standhaft. Mit einem finsteren Gesichtsausdruck fuhr sie fort, ihm etwas entgegenzuschieben. Dann offenbarte er seine wahre Natur.

»Genug, du kleine Hexe. Geh zurück zu deinesgleichen.« Sein Schrei hallte durch die Halle.

Sie ließ den Arm sinken, doch dieses kleine Mädchen war zu willensstark, um sich von einer brüllenden Stimme einschüchtern zu lassen. Anstatt zurückzuweichen, starrte sie ihn weiterhin konfus an. Beinahe wäre Torrian an ihre Seite geeilt, doch sein Bauchgefühl sagte ihm, noch zu warten.

Der Raum verstummte bei Ranulfs Gebrüll, aber er griff sie weiter mit seinen Worten an, da sie sich noch nicht gerührt hatte. Schließlich packte er sie, wirbelte sie herum und schob sie zu den Ramsays zurück. »Geh fort von mir, du Biest!«

Der gesamte Raum erstarrte. Brenna und Quade bemerkten endlich, dass Jennet sich von ihrer Gruppe entfernt hatte, und sie führten sie zu ihnen hinüber. »Ich bitte um Verzeihung, mein König«, entschuldigte Brenna sich.

Der König stand auf und hob die Arme. »Ruhe!«

Die Einzige, die einen Pieps von sich gab, war Jennet, die mit großen Augen zu ihrer Mutter hinaufstarrte. »Aber Mama, ich muss ihm noch eine geben.«

»Lady Brenna, bringt das Mädchen nach vorne«, sagte der König. Er trat vom Podest herunter, um mehr auf ihrer Höhe zu sein. »Sie hat sich heute Morgen so gut um mich gekümmert, dass ich gerne hören möchte, was sie zu sagen hat.«

»Das ist absurd, mein König«, rief Ranulf. »Warum verschwendet Ihr Eure Zeit mit einem kleinen Kind?«

König Alexander blickte ihn finster an. »Ich sagte, alle sollen schweigen, auch Ihr, MacNiven.

Manchmal sind es eben nur die kleinen Kinder, die Wahres sprechen.«

Jennet hielt noch immer einen geheimnisvollen Gegenstand fest, während sie zum König aufblickte.

Der König richtete seine Aufmerksamkeit wieder auf Jennet. »Nun, mein kleines Mädchen, was ist das in deiner Hand?«

Jennet antwortete: »Zuerst, mein König, muss ich nach Eurer Hand fragen. Hat die Salbe überhaupt geholfen?«

Ranulf machte Anstalten, auf Jennet zuzugehen, aber er wurde von zwei Wachen gepackt und festgehalten.

Der König warf den Kopf zurück und lachte. »Aye, nun du wirst den Schotten eine gute Heilerin sein, genau wie deine Mama und Tante Jennie vor dir. Meiner Hand geht es viel besser, und das habe ich dir zu verdanken. Und jetzt sag mir, warum du mit Ranulf hier zu sprechen wünschst.« Er winkte mit der Hand in Richtung der Buchans.

»Ich habe nur getan, was er verlangt hat. Als er auf unserer Burg war, fand er Brigid und mich, als wir eine Operation an einem toten Huhn durchführten. Er verlangte zwei Ampullen Blut, aber ich hatte nur genug Blut, um ihm eine Ampulle zu geben.« Sie hielt die Glasampulle in ihrer Hand hoch, damit er sie begutachten konnte. »Versteht Ihr nicht? Ich habe ihm seine zweite Ampulle gebracht, wie er es verlangt hat. Er sagte, er braucht sie sofort, also habe ich ihm meine aufrichtige Entschuldigung angeboten. Er scheint nicht sehr glücklich darüber, dass es so lange gedauert hat.«

Torrian konnte nicht glauben, was er da hörte.

Das erklärte also, woher Davina das Blut bekommen hatte. Dass es nicht von ihr gewesen war, wusste er, es sei denn, sie hätte sich gestochen, aber das wäre zu leicht zu erkennen gewesen. Er warf einen Blick auf Onkel Logan, Onkel Micheil und Tante Gwyneth, und ihr Grinsen ließ die Hoffnung in seinem Herzen aufkeimen. War sein Glück wirklich im Begriff, sich zu wenden?

Der König nahm Jennet die Ampulle ab und sagte: »Ich kümmere mich darum, mein Liebes. Du kannst zu deiner Familie zurückkehren.«

Er hielt das Glas gegen das Licht, das durch das Fenster drang und an dem dunklen Rotton und der Art, wie es am Glas klebte, konnte Torrian erkennen, dass es tatsächlich eine Ampulle mit Blut war. Sein König marschierte zu Davina hinüber und flüsterte: »Ist das wahr, Mädchen? Hast du ein Fläschchen mit Hühnerblut benutzt, um mich zu täuschen, damit ich glauben sollte, dieser Junge hätte deine Jungfräulichkeit gestohlen?«

Davina starrte mit zitternder Unterlippe zu ihrem König auf. Sie brach in Tränen aus, streckte den Arm aus und zeigte mit dem Finger auf ihren Vater. »Er hat mich dazu gezwungen, das haben sie beide. Ich wollte ihn nur heiraten, um meinen Vater glücklich zu machen.« Ihre Tränen wandelten sich in Schluchzen und sie vergrub den Kopf vor Scham in den Händen.

Mit loderndem Blick kehrte der König zu seinem Podest zurück. Niemand sagte ein Wort, aber das Geräusch von Davinas Weinen schallte durch die ganze Halle. Sobald er seinen Platz erreicht hatte, erklärte er: »Die Hochzeit ist wegen dieses Betrugs abgesagt! Ramsays, ihr seid alle frei und könnt gehen. Buchans und MacNivens, ich will Euch in meiner Kabinettstube sehen ... *jetzt*!

Lily sprang in die Luft und rannte zu Torrian, den sie in ihre Arme schloss und an seiner Schulter weinte. Dann drehte sie sich zu ihrer kleinen Schwester, hob sie in die Luft und küsste sie auf beide Wangen. »Du bist anders, Jennet, aber ich liebe dich so sehr.«

Jennet runzelte die Stirn, als ihre Familie sich um sie scharte. »Ich verstehe diese ganze Aufregung um die Ampulle mit Blut nicht, aber offensichtlich ist es eine gute Sache.«

Einer der Berater des Königs kam zu ihnen herüber und verkündete: »Der König hat ein Festmahl für Euren Clan in der Osthalle angeordnet. Bitte leistet uns dort Gesellschaft.«

Während die Umarmungen und Glückwünsche andauerten, beobachtete Torrian, wie die Buchans davongingen und sprach ein kurzes Dankgebet. Glenn von Buchan kam zu Micheil hinüber, der an der Außenseite des Raumes stand, und Torrian hörte ihn sagen: »Das ist noch nicht vorbei. Wir werden das zu Ende bringen.«

Micheil antwortete auf eine betont gedehnte Weise: »Ich freue mich schon darauf.«

Sobald die Familie sich ungestört in der Osthalle versammelt hatte, und viele unter ihnen bereits an dem riesigen, stabil gezimmerten Tisch saßen, riefen Brenna und Quade die kleine Jennet zu sich. Alle verstummten, um Brenna zuzuhören. »Nun, ich weiß, ihr alle wollt Jennet danken und ihr auf die

Schulter klopfen«, sagte sie, »aber ich habe ihr noch etwas zu sagen.«

Jennet ließ den Kopf hängen. »Ich weiß, Mama. Ich entschuldige mich. Es war falsch, gegen deine Wünsche zu handeln.«

Auf ihrem Platz neben Logan brach Brigid in Tränen aus. Er hob sie hoch und umarmte sie. »Und jetzt sag deiner Tante Brenna, was du zu sagen hast.« Logan setzte sie neben Jennet hin. Die beiden kleinen Mädchen wirkten fast wie Zwillinge, so ähnlich sahen sie sich. Ihr Haar war beinahe von der gleichen Farbe, einem Kastanienbraun, und beide trugen es in einem Knoten zurückgebunden, so wie Tante Avelina es ihnen beigebracht hatte. Sie trugen helle, zueinander passende Kleider, die mit breiten Bändern verziert waren. Allerdings waren Jennets Augen braun, während Brigids grün waren, und Letztere war ein kleines bisschen kleiner als ihre ältere Cousine.

Gwyneth forderte sie auf: »Na los, Brigid. Sprich lauter.«

»Es tut mir leid, Tante Brenna, dass ich die Operation ohne dich gemacht habe.«

Jennet fügte hinzu. »Sei nicht böse auf sie, Mama. Es war meine Idee. Ich weiß allerdings nicht, warum der König die Ampulle behalten wollte. Es war der andere, der sie verlangt hatte.«

Torrian tauchte hinter den beiden auf und hob jeweils eine mit jedem Arm, um sie hoch in die Luft zu halten. »Ich muss euch meinen Dank aussprechen, ihr kleinen Unruhestifter. Ihr habt mich gerettet.« Mit lautem Schmatzen küsste er sie beide auf die Wangen, bis sie kicherten.

Brenna trat neben ihn und gab zu: »Verdammt, ich muss ihm dieses Mal zustimmen, Mädchen. Trotzdem dürft ihr das nie wieder tun!« Sie küsste beide Mädchen und brachte sie sogar noch mehr zum Kichern.

»Mama, du hast ein schlimmes Wort gesagt«, Jennet blickte sie an.

»Aye, das stimmt, aber es war auch ein besonders nervenaufreibender Tag. Lass dir aber nicht einfallen, es zu wiederholen. Ich werde dir dieses eine Mal vergeben, dass du die Operation gemacht hast, aber du musst in deinen Entscheidungen klüger sein.«

Sie alle kehrten zu ihren Plätzen am Tisch zurück und schon bald trugen die Diener Tabletts mit Fasan, Schwein und Fleischpasteten auf und dazu brachten sie eine riesige Schüssel Erbsen und eine weitere, die von Karotten und Lilys Lieblingsgemüse, den Rüben, überquoll. Dann wurden mehrere Laibe knuspriges Brot gebracht, die noch warm aus den Öfen kamen, obschon Torrian und Lily diese natürlich nicht anrühren konnten.

Als Nächstes wurden Schüsseln mit Brombeeren und Walnüssen sowie ein Plumpudding und ein Apfelkuchen gebracht, doch die letzte Speise wurde vor Jennet abgestellt.

Ena sagte: »Dies ist ein besonderes Gericht vom König nur für dich, Mädchen.«

Jennets Augen leuchteten bei der Schüssel voller Orangenscheiben auf, die vor ihr abgestellt wurde. Noch nie zuvor hatte sie welche gesehen. Sie biss in eine und der Saft spritzte überall hin und dann teilte sie den Inhalt der Schüssel mit allen anderen am Tisch.

Sobald alle ihre Teller gefüllt hatten, hielt Logan eine Hand hoch und gebot ihnen allen zu schweigen. »Ich habe immer noch eine Frage. Es ist in meinen Augen nicht ganz schlüssig. Brenna, sei nicht beleidigt, deine Tochter ist blitzgescheit, aber ich muss mich wundern. Jennet, warum hast du die Ampulle heute mitgebracht? Warum hast du nicht bis später gewartet?«

Torrian hatte sich das Gleiche gefragt. Es war schwierig zu glauben, dass ein Mädchen in diesem Alter, insbesondere eines, das die Bedeutung ihrer Handlung nicht verstand, ihren Schritt so gut zeitlich abgepasst hatte.

Jennet hob den Kopf und zeigte auf jemanden, der in der Nähe saß.

Ein Kopf voller dunkler Locken senkte sich, und der Blick des Mädchens war auf ihren Schoß geheftet, während sich ihre Wangen tief-rosa färbten.

»Molly?«, fragte Logan.

Sie hob den Kopf, straffte die Schultern und antwortete. »Ich habe die Ampulle gestern Abend in ihrem Beutel gefunden und sie danach gefragt. Nachdem sie mir die Sache erklärt hatte, behielt ich die Ampulle in meiner Tasche, bis die Zeit reif war, und dann gab ich sie ihr und sagte ihr, sie solle sie zu dem Mann bringen.«

Gwyneth, die neben ihrer Tochter saß, beugte sich vor und küsste sie auf die Wange. »Perfekt, du bist einfach perfekt, und das bist du immer gewesen.«

Molly grinste vor Wonne.

»Du hast recht, Gwynie«, fügte Logan hinzu. »Sie wird eine großartige Spionin für die Krone abgeben.«

LILY

Buch 3

Lily, das unbekümmerte Mädchen kann nicht damit fertigwerden, ihren Bruder an die sein Amt als Laird zu verlieren.

KAPITEL DREI

Brenna hilft Lily als diese sich verloren fühlt, nachdem ihr Bruder Laird geworden ist.

ALS LILY DIE Kabinettstube betrat, saßen dort ihr Vater Quade, ihre Stiefmutter Brenna und ihr Bruder Torrian und warteten auf sie. Mit hängenden Schultern ging sie zu dem freien Stuhl hinüber und ließ sich darauf plumpsen, um dann mit großem Getue ihre Röcke glattzustreichen.

Ihr Vater richtete das Wort an sie: »Lily, du weißt, wir sehr wir dich lieben und uns Sorgen um dich machen.«

»Es besteht kein Grund, sich zu sorgen«, entgegnete sie rundweg. »Mir geht es gut.« Sie zwirbelte ihre Röcke in den Händen, nicht imstande, sich gänzlich auf den gegenwärtigen Augenblick zu konzentrieren, da ein Bursche mit langen dunklen Haaren ein Monopol auf ihre Gedanken innehatte. Oder war es der Kuss, der ihr nicht aus dem Sinn wollte? Sie leckte sich die Lippen, in der Hoffnung, seinen Geschmack voll auszukosten. Dann fiel ihr Blick auf das Schwert, das hinter ihrem Vater an der Wand hing, und ihre Gedanken verloren sich in der wunderbaren Erinnerung an Kyle.

»Lily? Du musst mir zuhören«, blaffte ihr Vater.

Oh, er musste etwas gesagt haben, während sie ihren Gedanken nachgehangen hatte. Sie schenkte ihrem Vater ihr schönstes Lächeln und schob Kyle in den Hintergrund ihres Verstandes. Wie sehr sie ihren Papa liebte.

»Es ist uns allen bewusst, dass du dich derzeit ein bisschen verloren fühlst, wo Torrian das Amt des Oberhaupts übernommen hat und seine Frau deine Pflichten.«

»Was? Wie kommst du auf so eine verrückte Idee?« Sie betete um Vergebung für ihre Lügen.

»Lily«, setzte Torrian hinzu. »Du weißt, dass sich zwischen dir und mir nichts geändert hat, und Heather wollte nur helfen, indem sie diese Aufgaben übernommen hat. Sie möchte als neue Herrin der Festung ihren Beitrag leisten.«

»Du sagtest, du wärst erfreut darüber, dass sie deine Aufgaben übernimmt«, fügte Brenna hinzu.

»Ich weiß, Mama. Ich freue mich, und ich bete meine neueste Schwester an, wie du weißt.« Während Torrian wieder dazu übergegangen war, ihre Stiefmutter bei ihrem Vornamen zu nennen, hatte Lily das nicht getan. Sie war die einzige Mutter, die sie je gekannt hatte, und Brenna würde immer Mama für sie sein.

Brenna rückte ihren Stuhl dichter an Lilys heran und fasste ihre Hände. »Ich glaube, du musst dir neue Interessen suchen. Hättest du nicht Lust, mich auf meinen Reisen zu begleiten und mir bei meinen Aufgaben als Heilerin zur Seite zu stehen? Gelegentlich könnte ich ein paar zusätzliche Hände gebrauchen.«

Sie erwog dies eingehend, denn sie stattete den Angehörigen des Clans gern Besuche ab, insbesondere den jüngsten unter ihnen. »Ich könnte bei einigen Dingen helfen«, antwortete sie schließlich, »aber du weißt, dass ich mit großen Mengen Blut nicht klarkomme. Bethia und die kleine Jennet sind für deine Arbeit weit besser geeignet.« Bethia und Jennet waren die Heilerinnen, nicht Lily. Jennet war die Jüngste in der Familie, doch sie besaß die rascheste Auffassungsgabe von allen. Sie liebte es, all ihre Zeit mit Mama zu verbringen, und in der Operationsstube oder als Heilerin zu arbeiten. So sehr sie es auch wollte, hatte Brenna noch nicht angefangen, Jennet zu Geburten mitzunehmen. Sehr zu Jennets Bestürzung hatte Brenna ihr mitgeteilt, dass sie dafür noch zu jung war.

»Warum fängst du nicht zusammen mit deinen Cousins und Cousinen mit dem Bogenschießen an?«, schlug Quade vor. »Sorcha, Maggie und Molly gehen jeden Tag zum Üben hinaus. Sie würden sich freuen, dich zu unterrichten.«

»Oh, Papa. Nie könnte ich ein Tier jagen oder meinen Cousinen beim Töten zusehen. Das ist nichts für mich.«

»Aber es würde bedeuten, dass du an unseren jährlichen Wettkämpfen mit den Grants teilnehmen könntest.«

»Ich werde es mir überlegen.« Sie hatte absolut kein Interesse daran, Pfeile abzuschießen. Es lag vollkommen außerhalb ihrer Möglichkeiten, jemals absichtlich ein Tier zu verletzten, und was kümmerte es sie, wenn ein Pfeil ein Ziel traf?

Kein Vorschlag ihrer Eltern sagte ihr zu, aber sie

antwortete: »Ich werde eure Vorschläge natürlich gern ausprobieren. Mama, bitte lass es mich wissen, wenn du der Meinung bist, dass ich dir behilflich sein kann.« Sie nickte nachdrücklich, als könnte sie ihre Familie mit dieser Geste von ihrer Aufrichtigkeit überzeugen. »Darf ich jetzt gehen, da dieses Problem gelöst ist?« Wie viele Lügen waren es gewesen? Ganz gewiss würde sie Buße tun müssen.

Torrian runzelte die Stirn, als er seine Schwester betrachtete. »Ach, ich kenne deine Schliche, Schwester. Bis jetzt ist noch gar nichts gelöst, aber ich gestatte dir zu denken, dass dem so ist. Du kannst es mit diesen beiden Aufgaben versuchen, aber ich glaube nicht, dass dir eine davon zusagen wird.«

Lily schaute ihren geliebten Bruder an und gab sich alle Mühe, dabei finster dreinzuschauen – er hatte recht, aber sie wollte nicht, dass ihre Eltern es wussten –, doch sie brachte es nicht fertig. Sie liebte Torrian zu sehr, um sich über ihn ärgern. »Torrian, habe ich dir schon gesagt, was für eine gute Arbeit du als unser neues Oberhaupt leistest?«

»Ja, das hast du, Lily, und ich weiß das sehr zu würdigen, aber ich kann erkennen, dass du versuchst, mich abzulenken. Wir sind immer noch dabei, über dich zu sprechen.«

Oh verflixt. Warum kannte er sie nur so gut?

»Erzähl uns von dem Mann, den du auf der Wiese angetroffen hast. Warum hast du keinem von uns etwas davon gesagt? Kyle hat es uns erzählt.«

Kyle, dieser Petzer. Und sie hatte ihn gebeten, den Mund zu halten. Jetzt steckte sie ganz bestimmt in Schwierigkeiten. »Als ich im Wald war, habe ich ein Rascheln hinter mir gehört. Ich dachte, es sei ein Tier, aber ich habe nichts gesehen. Aber als es näher kam, habe ich es mit der Angst bekommen. Ich rannte dorthin zurück, wo ich in den Wald eingedrungen war, und da entdeckte ich, dass mein liebes Pferd fort war.« Sie starrte auf ihre Hände und wünschte, dass dieses Gespräch schon vorbei wäre.

Quade sagte: »Lily, wie oft hat man dir schon gesagt, dass die Tochter des Oberhaupts nicht alleine loszieht?«

Ihre Stimme nahm einen sonderbaren Tonfall an und klang fast wie ein Schrei. »Aber ich bin nicht mehr die Tochter des Oberhaupts.« Sie erschrak, denn sie war selbst über ihre eigene Vehemenz überrascht. Nach den Mienen der drei Menschen zu urteilen, die vor ihr versammelt waren, hatten sie offenbar die gleiche Schärfe in ihrer Stimme bemerkt. »Verzeih mir, aber ich bin jetzt die Schwester des Oberhaupts, wie ich dich erinnern muss.«

Quade war im Begriff, etwas zu sagen, aber Lilys Mama griff zu ihm hinüber und barg seine Hand in ihrer, womit sie ihn abrupt verstummen ließ, ehe er seinen nächsten Satz sagen konnte.

»Hast du einen guten Blick auf diesen Mann erhascht?«, fragte Brenna.

Tränen verschleierten ihre Augen, denn jede Antwort, die sie ihnen gab, ließ sie verrückter klingen, wenn dies an dieser Stelle tatsächlich noch möglich war. »Nein, er war mit einer Rüstung bekleidet. Ich konnte nicht unter seinen Helm sehen.« Sie wandte den Blick ab, um ihrem Vater nicht in die Augen sehen zu müssen. Ihre Befürchtung, dass er glauben könnte, sie hätte diese Geschichte erfunden, würde ihr mit Gewissheit das Herz brechen.

»Von welcher Farbe war sein Haar?«, fragte Torrian.

»Ich glaube, es war braun, aber ich bin mir vielleicht nicht ganz sicher.« Sie starrte auf die Hände in ihrem Schoß. »Er war zu weit entfernt.«

Quade spähte zu Torrian. »Hat irgendjemand die Gegend kontrolliert?«

»Aye«, antwortete Torrian. »Kyle hat die Umgebung abgesucht, nachdem er Lily zurückgebracht hatte, und obwohl offensichtlich Gras zertrampelt war …«

»Siehst du? Ich bin nicht verrückt. Kyle hat es gesehen.« Lily beugte sich in ihrem Stuhl vor und hoffte, dies würde genügen, damit sie ihr glaubten.

»… es könnte von unseren eigenen Männern beim Jagen stammen. Das ist eine beliebte Gegend.«

»Ich möchte, dass ein weiterer Trupp Krieger heute noch einmal die Gegend absucht. Du schickst sie in alle vier Himmelsrichtungen. Ich muss wissen, wer auf unserem Land war.«

Lily tat ihr Bestes, um ihnen nicht allzu viel Aufmerksamkeit zu schenken, denn sie wusste, dass sie sich keine Sorgen um sie machten. Torrian und ihr Vater waren immer so logisch und geradeheraus, das genaue Gegenteil von ihr. Sie kam nicht umhin, sich zu fragen, ob ihre Mutter, Lilias, eher wie sie selbst von leichtherziger Natur gewesen war. Letztendlich musste sie dies irgendwoher haben. Mit ihrem Bruder und ihrem Vater hatte sie absolut nichts gemeinsam. Sie schnaubte.

So, wie ihr Vater und ihr Bruder sie anstarrten,

hatte sie das offenbar entsprechend laut getan, dass alle sie hatten hören können. Sie lächelte ihren Vater an, ohne sich erklären zu wollen und verschränkte die Hände im Schoß.

Von der Tür her war ein leises Klopfen zu hören und Torrian blaffte: »Herein.«

Eine Magd trat ein und brachte hervor: »Verzeiht mir, meine Lairds, aber Lady Brenna wird in Marys Häuschen verlangt. Eine Heilerin ist vonnöten.«

Brenna erhob sich sofort. »Sag Bescheid, dass wir gleich kommen werden.«

Wir? Konnte dieses Wort etwa bedeuten, was es Lilys Vermutung nach bedeutete? Sie musste sich nicht lange wundern. Die Magd ging rasch hinaus und Brenna drehte sich zu Lily um. »Bist du bereit?«

Lily zuckte zusammen. »Wofür Mama?«

»Nun, dies ist eine Geburt. Ich könnte deine Hilfe gebrauchen, wenn du Zeit hast. Bethia fühlt sich heute nicht wohl. Du weißt, wie sie es liebt, mir zu helfen, aber es wäre mir lieber, wenn sie hierbliebe.«

Was für ein alberner Kommentar. Natürlich war sie frei. Verspürte sie den Wunsch, zu gehen? Nein.

»Natürlich Mama, ich würde dir gern bei der Geburt behilflich sein.« Das war die Lüge Nummer … liebe Güte, wie sollte sie über all ihre schrecklichen Lügen nur den Überblick behalten? Sie dachte, dass es weniger als fünf gewesen sein mussten, doch dann musste sie sich eingestehen, dass sie es nicht richtig wusste.

Lily folgte ihrer Mama zur Tür der Kabinettstube hinaus und Lady Brenna nahm ihren Heilbeutel von der Magd entgegen, ehe sie zur Tür der großen

Halle hinauseilte. »Nun Tochter«, sagte sie mit einem Blick zu Lily zurück, »du musst bei der Geburt nicht zuschauen, wenn das Blut dir Probleme macht. Du kannst mir helfen, Tücher vorzubereiten, Wasser heiß zu machen oder die arme Mary trösten, während sie dieses Kind zur Welt bringt. Sie hat schon drei andere, um die du dich kümmern kannst, während wir beschäftigt sind. Was immer du dir wünschst, ist akzeptabel für mich.«

Meine Güte, so lernte sie über das Problem mit dem Lügen. Lily verspürte nicht den geringsten Wunsch, bei der Geburt dabei zu sein. All das Blut und die Schreie … Sie war sicher, dass sie ohnmächtig zu Boden sinken würde.

Als sie hinter ihrer Mutter herlief, lächelte sie allen Clanmitgliedern zu, die für Lady Brenna beiseite traten. Sie wussten, wie wichtig ihre Arbeit war, wann immer sie ihren Beutel trug. Lily fragte sich, ob die Leute ihr jemals den gleichen Respekt entgegenbringen würden. Nein, sie starrten Lily lieber an und taten so, als trüge sie zwei Köpfe auf ihren Schultern. Sie kicherte bei dem Bild, das in ihrer Fantasie Gestalt annahm.

Ihre Mama bedachte sie mit einem merkwürdigen Blick, doch sie setzte ihren eiligen Lauf, auf das Häuschen zu, fort. »Du wirst deinen eigenen Weg finden, Mädchen«, meinte sie, während sie sich beim Sprechen noch immer schnell vorwärts bewegte. »Dessen bin ich sicher. Du bist eine begabte und liebenswerte junge Frau.«

»Mama, bist du gut darin, Dinge aufzufangen?« Lily rieb sich den Kopf. Je mehr sie darüber nachdachte, desto sicherer war sie, dass sie während der Geburt in Ohnmacht fallen würde. Wie sehr sie doch hoffte, dass ihre liebe Stiefmutter in der Lage wäre, sie aufzufangen, ehe sie sich den Kopf auf dem Steinboden aufschlug.

»Was meinst du nur, Lily?« Brenna sah sie mit einem verdutzten Blick an, aber es blieb keine Zeit für Erklärungen. Sie hatten Marys Häuschen erreicht, und der Vater der jungen Frau stand mit großen Augen vor der Tür. »Bitte helft ihr. Und wenn Ihr könnt …«, flüsterte er. »Könnt Ihr ihrem Ehemann auch helfen? Der Mann ist bei diesen Dingen recht unbeholfen.«

Lily und Brenna traten in das Häuschen. Lilys erste Reaktion bestand darin, sich die Ohren zuzuhalten. Alle schrien. Brenna strebte direkt in die angrenzende Kammer hinüber, woher die lautesten Schreie zu kommen schienen, um sich um Mary zu kümmern, doch Lily blieb wie angewurzelt im Vorderteil des Häuschens stehen. Ein großer Mann mit gequältem Gesichtsausdruck saß mit einem schreienden Kind, einem etwa einjährigen Mädchen, auf dem Schoß in der Ecke. Zwei weitere Mädchen saßen weinend auf dem Fußboden, wenngleich Lily keine Ahnung hatte, warum sie weinten. Sie sah zu dem Mann, der sie daraufhin bat: »Helft mir, bitte? Ich weiß nicht, was ich ohne meine Mary machen soll. Die Kleine hat Hunger und sie kann sie nicht stillen.«

Lily ging zum Tisch neben der Feuerstelle hinüber und durchsuchte die Körbe mit den Lebensmitteln, bis sie eine Karotte und einen Kanten Brot fand. Sie nahm dem Vater das kleine Mädchen aus den Armen und setzte es auf einen Stuhl neben der Feuerstelle an der gegenüberliegenden Wand. Der Vater war eindeutig dankbar und als er aufstand, sagte er: »Ich bitte um Entschuldigung, aber so sind sie gewesen, seit Mary gestern Abend mit dem Baby angefangen hat. Ich brauche nur einen Moment, junge Frau. Bitte?« Als sie zur Antwort nickte, schlüpfte er zur Tür hinaus.

Lily setzte sich das kleine Mädchen auf den Schoß und gab ihm eine Karotte, damit sie etwas hatte, woran sie knabbern konnte, und dann winkte sie die anderen beiden heulenden Mädchen zu einer Stelle neben sich. Alle drei Mädchen weinten immer noch, aber das kleine hörte immer wieder auf, um für ein paar Sekunden an der Karotte zu knabbern. Nicht sicher, wie sie die Kinder beruhigen konnte, tat sie das Einzige, was ihr einfiel, um ihre eigene geistige Gesundheit zu bewahren.

Lily begann zu singen. Sie fing zu summen an, doch sobald die beiden Kleinkinder auf dem Boden anfingen, ihr zuzuhören – und ihre Tränen sich in Schniefen wandelten –, sang sie mit aller Inbrunst von ihrem Pferd, den Regenbogen und Blumen und all den Dingen, die ihr lieb waren. Die Singerei trug sie fort und sie hätte beinahe den Anblick verpasst, als die Mädchen auf dem Fußboden sich vorbeugten und aneinander kuschelten, wobei das eine den Daumen in den Mund schob. Keines der Mädchen schniefte jetzt noch.

Mit ihrem kleinen Erfolg zufrieden, fuhr Lily fort, sogar noch lauter zu singen. Endlich rollten sich die älteren Mädchen auf dem Boden zusammen und schlossen die Augen. Innerhalb von wenigen Augenblicken schliefen sie so tief wie ein neugeborenes Baby. Das kleine Mädchen in Lilys

Armen kaute weiter auf seiner Karotte und ihr Mund färbte sich orange, während ihre Kinderaugen auf Lilys Lippen geheftet waren, als diese weitersang. Schließlich zog die Kleine die Karotte aus dem Mund und machte die Augen zu, wobei sie den Kopf in Lilys Armbeuge legte.

Sobald das Gebrüll der Kleinen verstummt war, bemerkte Lily, dass auch Mary nicht mehr schrie. Ohne es zu wagen, mit dem Singen aufzuhören, weil es so friedlich war, machte sie weiter, bis sich die Tür zu dem inneren Zimmer öffnete. Ihre Mama stand dort und hielt ein schreiendes Baby auf dem Arm, wenngleich das Gebrüll des Kindes nicht einmal annähernd an das herankam, was die anderen drei von sich gegeben hatten. Brenna trug den Säugling näher zu Lily, wobei sie ihr bedeutete, weiter zu singen, und das Kind hörte zu schreien auf, um die Augen zu schließen und sich in Brennas Arme zu kuscheln.

Beim Geräusch des Säuglings flog die Vordertür auf und Marys Ehemann kehrte zurück. Sein Blick fiel zuerst auf Lily, und Marys Vater, der hinter ihm eingetreten war, starrte Lily ebenfalls an. Obschon die viele Aufmerksamkeit Lily verwirrte, setzte sie ihr Lied fort, da sie fürchtete, die Kinder könnten aufwachen und wieder zu weinen anfangen, wenn sie aufhörte.

Marys Ehemann drehte sich dann zu Brenna und sah sie an. »Mylady?«

»Herzlichen Glückwunsch, Sorley. Deine Frau hat dir einen Sohn geschenkt.« Sie hielt den Jungen zu Sorley hoch und der Mann sank auf einen Stuhl. Die Tränen brachen aus seinen Augen hervor, als er sich aufrappelte und seinen Sohn von ihr nahm, ehe er in die Kammer rannte. »Mary, wir haben einen Sohn. Endlich einen kleinen Jungen.«

Brenna trat zur Tür und machte sie zu, um dem Paar etwas Privatsphäre mit ihrem neuen Baby zu gewähren und dann drehte sie sich zu Lily. »Gut gemacht. Ich habe noch nie jemanden erlebt, der die Kinder so wie du beruhigen konnte.« Brenna fand eine Decke auf einem Stuhl und steckte sie um die beiden Mädchen fest, die zusammengekuschelt fest auf dem Boden schliefen. Dann nahm sie Lily das schlafende Kleinkind aus den Armen und legte es in die gepolsterte Schublade einer nahestehenden Kommode.

Marys Vater sah Lily an und meinte: »Gott segne Euch, Maid. Ihr seid ein wahres Gottesgeschenk.«

Er ließ sich auf einem Stuhl an der Feuerstelle nieder und stieß ein tiefes Seufzen aus, als er sich zurücklehnte und die Augen schloss.

Lily hatte keine Ahnung, wie der Mann sie als Gottesgeschenk erachten konnte.

Das würde er nicht sagen, wenn er über all die Lügen Bescheid wüsste, die sie erzählte.

EPILOG

Brenna bringt ein weiteres Kind oder zwei zur Welt …

KYLE SCHRITT IN der große Halle auf und ab.

Die Liebe seines Lebens war mit Lady Brenna in einer Kammer die Treppe hoch und gebar gerade ihren ersten Sohn oder ihre erste Tochter. Er fuhr sich mit der Hand über das Gesicht und durchschritt die Halle zum hundertsten Mal. »Wie lange dauert diese Prozedur? Muss sie mich so quälen?« Zur Unterstreichung seiner Worte riss er die Arme in die Luft, in der Hoffnung, die über seiner Frau wachenden Engel würden auf seine Frustration aufmerksam und sich seiner erbarmen.

Logan und Quade saßen vor dem Kamin und tranken Ale. Quade meinte: »Ich kann mich auf eine junge Frau besinnen, die für die Geburt ihres Kindes zwei Tage gebraucht hatte. Ich dachte schon, meine Frau würde nie wieder heimkehren.«

»Zwei Tage? Wahrhaftig? Ich werde es nicht überleben, wenn Lily so lange braucht. Kannst du sie nicht schreien hören? Sie wird im Endeffekt mein Tod sein.«

Logan lachte. »Sie schreit gar nicht so viel.

Gwyneth hatte so laut geschrien, als sie Gavin herausgepresst hat, dass Seamus vom Turnierplatz hereingerannt kam.«

Gwyneth gab ihrem Mann einen Klaps auf den Arm, als sie gerade auf ihrem Weg aus der Küche an ihm vorbeiging, wo sie einige Stück Obst geholt hatte. »Wenn du dich erinnerst, habe ich dich angeschrien. Ich sagte, du würdest mich nie wieder anfassen. Hör auf, dem Jungen Angst zu machen.«

Logan sprang von seinem Stuhl auf und stürzte sich auf seine Frau. Er knabberte an ihrem Hals und fasste sie an den Hüften. »Es hat ganz den Anschein, als ob meine Berührung dir wieder gefällt, nicht wahr?«

Sie lachte und schubste ihn. »Aye, aber seitdem haben wir kein weiteres Kind mehr bekommen, oder?«

»Doch, das haben wir. Erinnerst du dich nicht daran, wie wir Brigid gezeugt haben?«

Gwyneth blieb oben auf dem Treppenabsatz stehen. »Es scheint, als hättest du recht. Das ist eine wundervolle Tochter, die wir da gemacht haben.«

Logan knurrte, als er ihr hinterher die Treppe hinaufjagte. »Da du in die richtige Richtung gehst, werde ich dir folgen. Wir können noch eine fabrizieren.«

Gwyneth wirbelte herum und stemmte am oberen Ende der Treppe die Hände in die Hüften. »Dass das je wieder passieren wird, möchte ich bezweifeln. Wir sind beide zu alt. Geh jetzt wieder die Treppe hinunter und tröste deinen Neffen. Ich werde von unserer lieben Nichte gebraucht.«

Logan kehrte in die Halle zurück und blieb

stehen, um Kyle im Vorbeigehen auf die Schulter zu klopfen. »Lily ist ein starkes Mädchen. Sie wird es schaffen. Ihre Mutter ist im Himmel und wacht über sie. Komm, setz dich ein bisschen.« Er führte ihn zu einem Stuhl hinüber.

Kyle setzte sich und fuhr mit den Händen an seinen Beinen auf und ab. Er hatte zu viele Schreckensgeschichten über Frauen gehört, die bei der Geburt eines Kindes starben, oder ein Kind zur Welt brachten, mit dem etwas nicht stimmte, oder ein totes Kind zur Welt brachten, oder …

Quade ermahnte ihn: »Hör auf, das Schlimmste anzunehmen, Kyle. Du wirst noch die Fähigkeiten meiner Frau beleidigen, das Kind sicher zu entbinden.«

Kyle blickte seinen Schwiegervater an, doch er konnte die Kraft nicht aufbringen, ihn anzulügen, also sagte er nichts. Lily war seit mindestens sechs Stunden dort drin. »Aber wie kann sie weitermachen? Sie muss ermattet sein. Wird sie die Kraft haben, das Kind herauszupressen, nachdem sie so lange in den Wehen gelegen hat? Ich verstehe nicht, wie das gehen kann. Wie kann eine Frau all diese Schmerzen durchstehen? Es ist furchtbar, ihnen zuzuhören.«

Seine Füße trappelten auf dem Boden und es schüttelte ihn am ganzen Körper.

Quade richtete den Blick an die Decke. »Um ehrlich zu sein, habe ich nie verstanden, wie der Herrgott eine Frau so quälen kann. Doch mitanzusehen, wie ein geliebter Mensch ein Kind zur Welt bringt, ist auch verdammt schmerzvoll. Das kann den mächtigsten Mann in die Knie zwingen.«

Kyle dachte über diesen Gedanken nach, bevor er seinen Schwiegervater anschaute. »Mein Laird?«

»Du bist in unserem Haus, Kyle. Nenne mich bitte bei meinem Vornamen.«

»Wie Ihr wünscht. Quade, darf ich Euch eine persönliche Frage stellen?«

»Aye, ich werde sie beantworten, wenn ich das kann.«

»Lilys Mutter. Sie ist bei Lilys Geburt gestorben, nicht wahr?»

»Nicht ganz. Sie starb nicht durch den Akt der Geburt. Nach Lilys Geburt war irgendetwas schiefgelaufen. Sie ist erst einige Zeit später gestorben.«

»Wie könnt Ihr nur so passiv dasitzen? Warum hämmert Ihr nicht an die Tür, um Euch zu vergewissern, ob es Eurer Tochter gut geht? Habt Ihr keine Angst, dass ihr das Gleiche widerfährt?«

»Nun, der Gedanke ist mir in Wahrheit ein paar Mal durch den Kopf gegangen, aber meiner Tochter steht eine weitaus befähigtere Hebamme zur Seite, die sich um sie kümmert, als diejenige, die Lilias hatte. Ich habe großes Vertrauen in Brenna. Es ist ihre Tochter, die sie dort in ihren Händen hat. Sie wird sie durchbringen.«

Kyle blickte starr auf den Boden vor sich.

»Junge, du wirst sehen, dass der Herr auf eigentümliche Weise waltet. Er hat mir eine Frau genommen und mir eine andere gegeben. Ich liebe sie beide. Brenna war ein Gottesgeschenk für meinen Clan, und deshalb stelle ich sein Vorgehen nicht in Frage. Ein Teil von mir ist sich sicher, dass Brenna von Lilias zu uns geschickt wurde. Brenna hat Lilias Sohn und Tochter von ihrem Leiden geheilt. Nein, ich stelle nichts mehr in Frage, Sohn. Ich habe zu viel gesehen.«

Die Tür zur großen Halle ging auf und Kyles Mutter trat mit Seamus ein. »Kyle? Ist mit Lily alles in Ordnung? Hat sie das Kind schon zur Welt gebracht?«

Kyle führte seine Mutter zu einem Stuhl am Kamin. »Nein, Mama. Sie ist oben im Zimmer.«

Quade fügte hinzu: »Sie quält deinen Sohn. Er wartet schon eine ganze Weile.«

»Kyle, das erste Kind braucht immer eine lange Zeit. Ich kann es fast nicht abwarten, zu erfahren, ob ihr einen Jungen oder ein Mädchen habt.« Sie verschränkte die Hände in ihrem Schoß. »Seamus und ich werden mit dir warten, egal, wie lange es dauert.«

»Ich danke dir, Mama. Ich wünsche mir nichts weiter, als dass sie beide gesund und munter sind.«

Logan bemerkte: »Ich glaube fest, dass sie wohlauf sein werden. Lily ist eine starke Frau. Erinnere dich, wie sie eine Lösung gefunden hatte, einem törichten Mann ganz auf sich gestellt zu entrinnen. Deine Frau ist stark.«

Plötzlich schreckte Kyle auf seinem Platz hoch. »Was geschieht gerade?«

Logan sah ihn mit einem merkwürdigen Blick an und legte den Kopf schief. »Kyle? Ich höre überhaupt nichts. Was hörst du denn?«

»Ich kann gar nichts hören, und das ist nicht richtig. Sie hat versprochen, immer wieder einmal zu singen, damit ich weiß, dass sie gesund ist. Ich habe zu lange nichts mehr gehört.« Er stürmte die

Treppe hinauf, wobei er drei Stufen auf einmal nahm. »Lily?«

Eine kratzige, schiefe Stimme drang an seine Ohren. »Ramsay Land ist …«

Kyle wartete, doch es wurde wieder still im Raum. »Lily, Ramsay Land ist was?«

Ein lauter Schrei drang aus der Kammer. »Ist gelobtes Land. Geh nach unten, Kyle!«

Finster dreinblickend kehrte er wieder nach unten in die Halle zurück und nahm seine Wanderung wieder auf.

Nicht lange danach kamen Torrian und Heather durch die Eingangstür – mit ihrem erstgeborenen Sohn, der vor Torrians Brust geschnallt war. Nellie kam hinter ihnen herein. »Wo ist das Neugeborene?«

Unfähig zu antworten, sah Kyle die drei nur an und ging weiter auf und ab.

Die Gruppe begann zu plaudern, und das Getöse war laut genug, dass ihm die Stille aus der Kammer oben gar nicht auffiel, bis sich die Tür öffnete.

»Kyle?«, rief Gwyneth über das Geländer. »Willst du hochkommen?«

Er flog die Stufen hinauf und zwängte sich an Gwyneth vorbei, so verzweifelt war er, endlich seine schöne Frau wiederzusehen. »Lily?«

Lily, mit einem breiten Lächeln im Gesicht und einem kleinen Bündel in den Armen, setzte sich im Bett auf. »Komm näher, Kyle. Darf ich dir unsere Tochter vorstellen?«

Kyle ergriff einen Schemel und schob ihn neben das Bett, über das er sich beugte, um seine Frau zu küssen, ehe er sich auf dem Schemel niederließ. »Wir haben ein kleines Mädchen?«

Sie nickte und zog das Plaid zurück, damit Kyle einen Blick auf das Kind werfen konnte. »Ist sie nicht wunderschön, Kyle? Schau, sie hat dein dunkles Haar.«

Kyle musste lächeln, sobald er ihre Tochter erblickte. Ihr Gesicht war in Vorbereitung zum Schreien ganz zerknautscht, und sie fuchtelte mit ihren kleinen Fäustchen herum, als sie die Augen in ihrer neuen Welt aufschlug. »Lily, sie ist wunderschön. Du wirst mir doch jetzt nicht wegsterben, oder?«

Lily lächelte. »Nein, alles war perfekt, nicht wahr, Mama?«

Brenna stand lächelnd am Fußende des Bettes und hantierte mit ihren Gerätschaften herum. »Ja, Lily hat es wunderbar überstanden. Wir hatten allerdings eine Überraschung.«

Noch ganz betört von dem Neugeborenen lenkte Kyle seinen Blick zu ihrer Tochter zurück. Er nahm ihr Händchen, und das Mädchen klammerte sich an seinen Finger, wobei es den Mund auf- und wieder zumachte. »Sie sieht aus, als würde sie gleich, wegen irgendetwas zu schreien anfangen.«

Ein Schrei hallte durch den Raum, der aber nicht von dem Kind vor ihm stammte. Mit einem Ruck riss er den Kopf zu einer Stelle in der Ecke herum. In einem Korb lag ein weiteres Bündel - der Verursacher des zweiten Schreis.

Die Augen weit aufgerissen setzte Kyle sich auf und schaute zuerst Brenna, dann Gwyneth und schließlich seine Frau an. Alle trugen ein breites Lächeln auf ihren Gesichtern, doch keine der drei sagte ein Wort.

»Was?«, flüsterte er und drückte Lilys Hand.

Es klopfte an der Tür als Gwyneth nach dem Korb griff. Quade machte die Tür auf und spähte herein, während alle anderen Familienmitglieder hinter ihm warteten. Im gleichen Moment hob Gwyneth das zweite Bündel hoch.

»Begrüße deine andere Tochter, Kyle. Du hast zwei kleine Mädchen.«

Quade stieß einen Pfiff aus und klatschte in die Hände. »Zwillinge! Lieber Gott, du hast uns heute gesegnet!«

Logan vollführte einen Satz in die Luft und verkündete: »Zwei kleine Lilys! Wir danken dem Herrn dort oben. Was könnten wir uns mehr wünschen?«

Nellie weinte vor Freude: »Ich hatte so gehofft, dass es Mädchen sind.«

Kyle sah von einem Bündel zum anderen, und dann kippte er in Ohnmacht fallend rücklings von seinem Schemel.

JAMIE AND GRACIE

Buch 6

Der Grant Clan kämpft mit einem Baron, der Gracie heiraten will. Alex wird verletzt und Gracie kann mit alldem nicht fertig werden, das sich ereignet.

KAPITEL ZWEIUNDZWANZIG

Brenna wird gerufen, um ihren Bruder zu heilen …

SOBALD ER GEGANGEN war, fragte Onkel Robbie: »Mein Bruder? Wie geht es ihm?«

»Tante Jennie untersucht ihn jetzt«, antwortete Jamie, während er sich mit der Hand durchs Haar fuhr. »Es sieht nicht gut aus. Er ist blass und geschwächt. Er ist nur aufgewacht, als Tante Jenny ihn angeschrien hat. Sag mir, welchem Pfad ihr gefolgt seid. Ich werde wieder hinaus auf die Suche nach Gracie gehen.«

»Ich werde dich begleiten.« Finlay stand vom Tisch auf und sagte: »Sie muss irgendwo auftauchen.«

Sie strebten auf die Kammer zu, als die Tür ein zweites Mal aufflog. Tante Brenna stürmte mit einem kurzen Gruß an allen vorbei: »Seid alle gegrüßt. Ich muss zur Heilkammer meiner Schwester.« Onkel Quade, Onkel Logan und Tante Gwyneth folgten ihr. Die Ramsays waren eingetroffen. Das Rumoren in seinem Bauch legte sich bei ihrer Anwesenheit. Tante Brenna genoss noch immer einen Ruf als eine der besten Heilerinnen im ganzen Land und sie hatte Tante Jennie ausgebildet. Die Zusammenarbeit der Tanten flößte ihm neue Hoffnung ein. Sie gab ihnen allen Hoffnung.

Onkel Robbie sagte: »Gute Arbeit, Logan. Das war schnell.«

Onkel Logan wischte sich mit seinem Plaid den Schmutz aus dem Gesicht. Logans Blick erfasste jeden in der Halle, und er registrierte das langsame Nicken ohne jeden Enthusiasmus. »Es geht ihm immer noch so schlecht?«

Darauf folgte bedächtiges Nicken.

Onkel Robbie sagte: »Ich freue mich, dass du mit meiner Schwester gekommen bist, Quade. Wie geht es deinen Gelenken?«

»Zu Pferd zu reisen ist kein Problem. Ich weiß, wie sie ihren Bruder liebt, und nachdem wir gehört haben, wie schlecht es ihm geht, hatte ich kommen müssen. Bringt mich auf den neuesten Stand, während die beiden ihn behandeln.«

Jamie meinte: »Finlay, ich werde nach meiner Mutter sehen und dann werden wir aufbrechen.«

Seine Schritte wurden langsamer, als er den Raum erreichte, der als Krankenkammer bezeichnet wurde. Aedan Cameron trat aus der Kammer, als er sich näherte. »Jamie, geh hinein. Ich muss Quade und Logan begrüßen. Habt Vertrauen in eure Tanten. Ich habe es.«

Jamie betrat die Kammer, und bei dem Geruch wollte er am liebsten in die andere Richtung laufen. Er hatte keine Ahnung, wie Heiler ihr Werk verrichten konnten. Seine Mutter eilte herbei, und fasste seine Hand.

Er flüsterte: »Irgendwelche Veränderungen?«

»Still, hör Tante Brenna für einen Moment zu.«

Tante Brenna und Tante Jennie spähten in die Wunde auf Alex´ rechter Bauchseite.

»Nach dem Buch, das Aedan mir gegeben hat, glaube ich, dass es die Leber ist«, meinte Jennie, »und es sieht aus, als ob dort der größte Schaden sitzt. Das war ein sauberer Stich. Er ist nicht durch das ganze Organ in seinen Rücken gedrungen.«

Tante Brenna nickte. »Ich frage mich, ob er genügend zurückbehalten wird, wenn wir den kleinen Teil herausschneiden würden, der zerstört ist. Es ist ein sehr großes Organ und er hätte immer noch das meiste davon. Quade hat nie irgendwelche Nachwirkungen von dem Organ gehabt, nachdem ich es ihm entfernt hatte. Freilich war es vergleichsweise klein, aber anhand dessen, was ich gelernt habe, hat die Leber keinen inneren Hohlraum, von der Art, wie das Herz oder der Magen. Vielleicht kann er überleben, wenn das meiste davon intakt bleibt. Der Rest davon scheint gesund zu sein.«

»Ich denke, das ist unsere einzige Chance«, entgegnete Tante Jennie leise. »Sonst wird er von all diesen Rissen weiter bluten. Ich denke, wir schneiden hier –«, sie machte eine Bewegung über das Organ, » –und nähen ihn bis zum Ursprung der Blutung. Seine äußere Wunde ist sauber, also werden wir sie nähen. Hoffentlich wird er wach, bevor das Fieber einsetzt. Wir müssen versuchen, ihm genügend Flüssigkeit einzuflößen.«

»Ich denke, wir müssen das so rasch wie möglich tun. Mir gefällt nicht, wie langsam seine Blutgefäße pulsieren.«

»Aye, dies ist Mamas allerwichtigste Heilregel.

Halte die Flüssigkeit im Körper und halte ihn sauber.«

Jamie hatte viele ältere Leute von seiner Großmutter und ihrem Vater reden gehört. Sie beide waren begnadete Heiler gewesen. Jedermann hatte ihren Vater bewundert, aber als seine Mutter heranwuchs, hatten sie zusammen gearbeitet und einige wundervolle Dinge für ihren Clan vollbracht. Es war seine Großmutter gewesen, die alle angehalten hatte, die Wunden sauber zu halten. Obwohl er keine Vorstellung hatte, warum das so war, musste er zustimmen, dass das Risiko für Fieber umso geringer war, je sauberer die Wunde war.

»Dies ist ein guter Zeitpunkt. Ich habe gerade mein gesamtes Operationsbesteck gereinigt, und somit müssen wir keine Zeit dafür opfern. Dieses Mal hat das Wasser gekocht, bevor ich die Instrumente hineingeworfen habe. Es hat mich überrascht, wie leicht sie sich in dem heißen Wasser haben reinigen lassen. Ich habe sie kaum berührt. Ich werde mir die Hände waschen und mein Operationsbesteck holen.«

Tante Brenna sah zu ihnen auf, als Tante Jennie ihre Instrumente holen ging. »Ich habe Hoffnung, Maddie. Der Darm war nicht durchstochen und das ist eine gute Nachricht. Ich denke, wir können seine Leber heilen. Jamie, es ist gut, dass du ihn hergebracht hast. Caralyn operiert nicht viel. Warum bringst du deine Mutter nicht nach unten in die Halle? Dies kann eine Weile dauern, und wenn Alex aufwacht, was ich bezweifle, werden wir ihn wieder in Schlaf versetzen.«

Seine Mutter schüttelte den Kopf, aber Jamie

sagte: »Mama, es wird ihm nicht guttun, wenn du hier auf den Boden sackst. Warum gehst du nicht in die große Halle und besorgst dir etwas zu essen? Du wirst deine Kraft brauchen, um ihm bei seiner Genesung eine Hilfe zu sein.«

Seine Mutter nickte und ihr wunderschönes Lächeln war zurück. »Natürlich, du hast recht, Jamie. Brenna, wenn irgendetwas …«

»Ich weiß. Ich werde nach dir schicken. Du siehst aus, als ob du ebenfalls etwas Ruhe gebrauchen könntest. Dies könnte mehrere Stunden dauern. Wir müssen viele Stiche machen.«

Bethia

Buch 10

KAPITEL ZEHN

Bethia fängt an, ihre Mutter anders zu sehen und sich selbst auch. Dank Brennas Weisheit.

DIE SACHE, DIE sich an Donnan so anders angefühlt hatte, war die Tatsache, dass *er sie wahrgenommen hatte.* Er war ein fürsorglicher, sanfter Mann und er hatte sie bemerkt.

Unglücklicherweise verschmolz Bethia allzu oft mit ihrer Umgebung, wenn sie inmitten der Ramsay Halle zwischen all ihren schönen Schwestern und Cousinen stand. Sie konnte bei einer Zeremonie die gesamte Halle durchqueren, ohne dass sich jemand zweimal nach ihr umgesehen hätte. Ihr Haar war von einem schlichten Braun, wie auch ihre Augen und sie war um die Hüften breiter als die meisten, was sie sehr störte.

Sie besaß nicht die fesselnde Schönheit von Maggie und Lily, das schimmernde Haar und die Rundungen von Sorcha oder das Können und den Mut von Molly. Sie war einfach nur Bethia. Die Burschen schauten sie nie an – bis heute.

Donnan war kaum ein Bursche, sondern ein Mann von mindestens sechsundzwanzig oder siebenundzwanzig Sommern. Er hatte sie bemerkt, sie angeblickt und sie tatsächlich mit einem Ausdruck von … Bewunderung betrachtet, die ihr noch nie zuvor zuteilgeworden war.

Sie hatte gesehen, auf welche Weise ihr Vater ihre Mutter ansah, wie Onkel Logan Tante Gwyneth vergötterte und sogar die schmelzenden Blicke, die Cailean Sorcha zuwarf.

Aber niemand hatte *sie* jemals so angesehen.

Fast fühlte sie sich als etwas Besonderes.

Es war solch eine ungewöhnliche Erfahrung, dass sie entschied, mit ihrer Mutter darüber zu sprechen. Bethia verließ ihre Kammer und tappte die Stufen zu Mutters Heilkammer hinab, in dem Wissen, dass sie so spät am Tag wahrscheinlich noch dort war. Als sie die Tür öffnete, erhob sich die Frau, zu der sie mehr aufsah, als zu irgendjemanden sonst, um sie zu begrüßen. Wieder hatte sie den Tisch geschrubbt.

»Hattest du jemanden mit einer großen Wunde hier, Mama? Viel Blut?«

Ihre Mutter lächelte sie an und legte den Lappen beiseite, den sie zum Schrubben benutzt hatte. »Nein, du weißt, dass ich am Ende des Tages gern saubermache. Einfach so. Ich sehe, dass du alle Zeichen der Strapaze tilgen konntest, die du heute durchgemacht hast. Wie war dein Bad?«

»Wunderbar. Du weißt, dass ich darin schwelgen könnte, bis die letzte Wärme aus dem Wasser gewichen ist. Mein Haar hatte eine Wäsche nötig gehabt und es war mehr Blut an meiner Kleidung, als ich bemerkt hatte. Ich habe es abwaschen müssen, ehe ich in die Wanne gestiegen bin.«

Während des Sprechens wurde ihr bewusst, dass sie ihre Mutter betrachtete. Brenna Grant Ramsay, die Schwester des berühmten Alex Grant war eine der bedeutendsten Heilerinnen in den Highlands. Bethia hatte sie immer als Idol gesehen, doch jetzt ertappte sie sich dabei, dass sie ihre Mutter auf andere Weise betrachtete: als Frau.

Ihre Mutter war von gleichem Typ wie sie – braunes Haar, braune Augen – und dennoch würde niemand sie je unscheinbar nennen.

Konnte Bethia ebenfalls als hübsch betrachtet werden?

»Was bedrückt dich, Tochter?«

Sie zuckte die Schultern.

»Sag es deiner Mama«, drängte Brenna. »Ich kann sehen, dass irgendetwas in deinem intelligenten Verstand hin- und herspringt.« Brenna wusch den Lappen in einem Eimer mit Seifenlauge aus, der bei ihren Füßen stand, ehe sie noch einmal über den Tisch wischte.

Bethia kaute auf der Innenseite ihrer Wange, ehe sie mit der Sprache herausrückte: »Glaubst du, dass ich je heiraten werde? Wird irgendjemand mich wollen?«

Ihre Mutter ließ den Lappen fallen, eilte zu ihr herüber und nahm ihr Gesicht zwischen die Hände. »Natürlich wird jemand dich wollen. Wie kannst du so etwas sagen?«

Bethia gab sich alle Mühe, die Tränen zurückzuhalten, die ihr über die Wange fließen wollten. »Du weißt, dass ich nicht wie die anderen bin. Sorcha, Maggie, Kyla, Gracie … sie sind alle so schön und ich so nichtssagend. Ich bin mit zwanzig weit über mein Heiratsalter hinaus und mein Gewicht …«

»Molly und Ashlyn waren viel älter als du, als sie geheiratet haben. Ich weiß, dass es Brauch für ein Mädchen ist, mit sechzehn zu heiraten, aber nicht in meiner Familie. Und du weißt, wie ich über das andere Wort denke, das du benutzt hast.«

»Gewicht?«

»Aye. Gewicht hat nichts mit deinem Wert zu tun. Habe ich dir das nicht beigebracht?«

Ihre Mutter hatte sie zu überzeugen versucht, dass an ihrer Figur nichts auszusetzen war, aber nachdem sie gesehen hatte, wie die Burschen, besser geformten Mädchen nachsahen … »Aye, ich erinnere mich, Mama.«

»Du wirst jemanden finden.«

»Aber wie werde ich es wissen?«

Ihre Mutter setzte sich auf einen Stuhl und klopfte auf den freien Platz neben sich. »Das kann ich dir nicht beantworten. Aber du wirst dich von einer Person mehr angezogen fühlen als von allen anderen. Je mehr du ihn kennenlernst, umso mehr wirst du dich zu ihm hingezogen fühlen, aber es muss nicht so anfangen. Zu Anfang könntest du verwirrter sein als alles andere. Aber Bethia? Es ist beinahe magisch, wenn es passiert.«

»Papa sagte, er hätte dich von Anfang an geliebt.«

»Als wir uns kennenlernten, war Papa in einem Fieberdelirium. Warum all die Fragen? Möchtest du, dass wir für dich Bewerber zu einem Fest einladen? Ich werde mit deinem Papa reden, wenn du das willst.«

»Glaubst du, dass überhaupt jemand kommen würde?« Egal wie sehr sie es auch versuchte, konnte sie ihre Hände im Schoß nicht stillhalten und sie spielte mit Fäden, die gar nicht vorhanden waren.

»Gewiss. Bethia, du bist hübscher, als du glaubst – dein Herz strahlt von innen. Jeder, der sich die Zeit nimmt, dich kennenzulernen, wird sich in dich verlieben, mit allem, was du darstellst: Mitgefühl, Stärke und Intelligenz. Manche Männer fürchten Frauen mit einem wachen Verstand, doch der Richtige für dich wird das nicht.«

»Ich hoffe, du hast recht. Ich hätte gern meine eigene Familie und meine eigenen Kinder, wie Torrian und Heather, und Lily und Kyle. Lachlan und die Zwillinge sind so süß.«

Ihre Mutter beugte sich vor und umarmte sie. »Ich werde mit Papa reden. Mal sehen, was er meint. Vielleicht hat er jemanden im Sinn.«

»Du würdest doch niemanden für mich aussuchen, Mama, nicht wahr?«

Der entrüstete Ausdruck, der sich kurz auf dem Gesicht ihrer Mutter zeigte, beruhigte ihre Nerven. »Nein. Niemals. Das ist deine Entscheidung. Ich habe meine Brüder versprechen lassen, dass alle Grant Frauen ihre eigenen Ehemänner aussuchen dürfen. Für meine eigenen Töchter und jedes Mädchen der Ramsays würde ich mich nicht mit weniger zufriedengeben.«

Sie antwortete ihrer Mutter mit einem kleinen Nicken.

Gleichzeitig hoffte sie, dass sie nicht die schlimmste Entscheidung ihres Lebens getroffen hatte. Der Gedanke, dass ihre Eltern ihr zu Ehren ein Fest geben wollten und keiner kommen würde, erfüllte sie mit Grauen.

Kapitel Dreizehn

Bethia findet einen weiteren Grund, ihre Eltern anzubeten.

Sie tätschelte ihm die Hand. »Nein Papa. Ich hatte zuhause bleiben wollen, aber dies war eine ganz andere Reise für mich. Bitte setz dich und ich werde alles erzählen.«

Sobald sie alle ihre Plätze eingenommen hatten, legten sich zwei erwartungsvolle Augenpaare von der anderen Seite des Schreibtischs auf sie und ihr Vater griff nach der Hand ihrer Mutter, was er oft tat. »Donnan hatte eine schreckliche Verletzung, und ich muss sagen, dass deine Lektionen mir gute Dienste geleistet haben, Mama. Ich konnte seine Wunde nähen, obwohl ich die Stiche anschließend noch einmal ausbessern musste.«

»Du hast ihn zweimal genäht? Was ist passiert? Ist er gefallen und hat die erste Naht aufgerissen?«

Der Ausdruck ihrer Mutter sagte ihr, dass Onkel Logan ihr Geheimnis tatsächlich bewahrt hatte. »Mama, vielleicht wäre es einfacher, wenn ich einfach erkläre, dass ich Gefühle für Donnan entwickelt habe. Als ich mit ihm allein war, um seinen Verband auszuwechseln, habe ich *ihn* geküsst, und Onkel

Logan hat uns dicht beieinander sitzend hinter einer geschlossenen Tür erwischt. Ich bin sicher, dass es das war, worüber ich Onkel Logans Meinung nach mit euch reden sollte. Er war wütend.«

Ihre Mutter, die sich so weit vorgelehnt hatte, dass Bethia die Befürchtung hegte, sie würde vornüberkippen, lehnte sich zurück und flüsterte. »O du liebe Güte.«

Wie so oft, saß ihr Vater ganz still und erwog seine Worte sorgfältig, ehe er sie aussprach. »Gestatte mir, weiterzuerzählen, was als Nächstes geschah«, meinte er schließlich. »Logan hat die Fassung verloren, ehe er mit irgendjemandem gesprochen hatte und eine Szene verursacht, worauf ihr das Gasthaus verlassen musstet.«

Bethia konnte ein Lächeln nicht unterdrücken. »Nicht ganz, Papa. Wir sind nicht vor die Tür gesetzt worden, aber es war eine beachtliche Szene, und deshalb mussten Donnans Stiche noch einmal ausgebessert werden. Onkel Logan hat gebrüllt und die Fäuste geschwungen. Donnan hat sich zur Wehr gesetzt und Torrian hat versucht, die Sache zu beenden. Cailean und Sorcha waren auch beteiligt. Ich bin nach draußen gerannt und habe geweint. Als ich wieder imstande war, meine Tränen zurückzuhalten, bin ich wieder hineingegangen und habe die Naht ausgebessert, aber nicht, bevor sich alle drei Männer meine Meinung anhören mussten, was sie vorher nicht getan hatten, als sie beschlossen, dass Donnan und ich auf der Stelle heiraten müssten.«

Sie wartete auf ihre Reaktion und wurde

vollkommen verblüfft. Die beiden sahen einander an und brachen in Gelächter aus.

Sobald sie wieder sprechen konnten, meinte ihre Mutter: »Wie gut von dir, Tochter. Du bist zwanzig Jahre alt. Du bist sehr gut in der Lage, deine eigenen Entscheidungen zu treffen. So bist du erzogen worden und deine beiden Großmütter wären stolz auf dich.«

Ihr Vater fügte hinzu: »Vergiss Onkel Logan. Er wird darüber hinwegkommen. Er hat eine sehr schwierige Zeit, euch kleine Mädchen aufwachsen und heiraten zu sehen – Lily, Molly, Sorcha und sogar Kyla. Ich vermute, dass er dachte, du würdest dich niemals für einen Mann interessieren, gleichwohl ich ihm gesagt habe, dass der Tag kommen würde. Er hatte erwartet, du würdest für immer unschuldig bleiben. Ich habe ihm gesagt, dass es nun Zeit wäre sich Lise und Liliana zuzuwenden. Tatsächlich werden wir ihm wohl wieder Fesseln anlegen müssen, wenn Jennet und Brigid heiraten.«

»Was dein Vater zu sagen versucht, ist, dass Onkel Logan nur so rüpelhaft handelt, weil er dich vergöttert.«

»Ich weiß. Ich kann mich besinnen, dass er etwas über meine Unschuld gebrüllt hat und mein Liebreiz zerstört würde.« Erfreut über die Reaktion ihrer Eltern, verdrehte sie die Augen.

Dann ging ihr auf, dass keiner der beiden über ihr Interesse an Donnan überrascht schien. Ihre Mutter setzte sich zurück und meinte: »Warum erzählst du uns jetzt nicht von Donnan und dir?«

Sie konnte ihr Seufzen nicht unterdrücken,

was ihrer Mutter nicht entging, die darauf eine Augenbraue hochzog. »Ich bin sehr verwirrt. Ich habe starke Gefühle für ihn, aber bevor wir nach Edinburgh gereist sind, hat er gesagt, er würde nie wieder heiraten, denn seine erste Ehe sei zu qualvoll gewesen. Trotzdem weist er mich nicht ab, sondern zieht mich noch mehr an, wenn wir uns nahe sind.« Sie hielt die Hand vor ihrem Vater hoch. »Papa, er ist sehr respektvoll, viel mehr als die jungen Burschen.«

»Henson?«

»Aye, Henson.« Sie beließ es dabei, denn sie wollte nicht an den schrecklichen Kuss erinnert werden, zu dem er sie gezwungen hatte. »Es gefällt mir, dass Donnan reifer ist, aber ich habe immer noch meine Zweifel. Ich fürchte, dass er etwas zurückhält.« Sie erklärte den merkwürdigen Vorfall am Ende ihrer Reise, wie sich jemand Donnan genähert hatte und ihn als den Erben des Earls of Panmure bezeichnete.

Sobald sie mit allen Erklärungen abgeschlossen hatte, kam ihre Mutter zu ihr und zog sie hoch, um sie liebevoll in die Arme zu schließen. »Wenn du meinen Rat möchtest …«

»Aye, das würde ich gern. Ich fühle mich, als wüsste ich nichts über Männer und Beziehungen.«

»Du musst eine Unterhaltung unter vier Augen mit Donnan führen, und du musst ihn bitten, ehrlich zu dir zu sein«, sagte sie.

Ihr Vater fügte hinzu: »Und wenn er es nicht ist, werde *ich* es sein, Bethia. Donnan ist ein guter Mann, aber er hat dir nicht alles erzählt, was du wissen musst. Und doch ist das keine Unterhaltung, die du vor Logan führen solltest. Wenn du möchtest, werde ich dich zu seinem Häuschen begleiten und dir Gelegenheit geben, allein mit ihm zu reden. Mit mir vor der Tür wird er nicht unangemessen sein.«

»Das würde ich sehr gern, Papa.«

»Dann werden wir nach dem Mittagsmahl aufbrechen.«

HIGHLAND HEILERINNEN 1292

Die Hexe von Black Isle

Buch 2

Jennet und Ethan

KAPITEL VIERUNDZWANZIG

Jennet versucht, ihren Vater zu heilen, aber sie muss ihre Mutter aus der Heilkammer schicken.

NACH IHRER ANKUNFT, führte Onkel Logan Jennet direkt zur Heilkammer ihrer Mutter. Er klopfte an die Tür, und ihre Mutter öffnete. Sie quietschte vor Freude, sobald sie die beiden sah.

„Ich danke dir, Logan, dass du sie nach Hause gebracht hast." Sie umarmte sie fest, und Jennet hätte beinahe ihre Tränen losgelassen, aber sie musste stark bleiben, um ihren Vater zu heilen.

„Brenna, wir haben Arbeit zu erledigen. Wie geht es Quade?"

Ihre Augen füllten sich mit Tränen. „Es geht ihm schlechter, Logan. Sein Bein verfärbt sich rot, was mir nicht gefällt", flüsterte sie. Ich fürchte, ich muss es amputieren, um ihn zu retten, aber du weißt, wie ungern ich das tun würde."

„Dann werden wir ihn heilen. Jennet glaubt zu wissen, was zu tun ist, also werde ich ihr helfen." Torrian kam aus der großen Halle herein, und Onkel Logan rief ihn zu sich. „Torrian, hol MacAdam,

Gregor und Maule her. Bring auch deine Schwestern mit. Wir treffen uns dann gleich hier."

„Darf ich ihn sehen?", fragte Jennet.

„Ja, aber er wacht selten auf. Ich hoffe, dass er für dich aufwacht, denn er fühlt sich so schuldig, weil er dich angeschrien hat."

Jennet betrat den Raum und war überrascht, dass eine Fackel brannte. Ihr Vater lag zusammengekauert unter der Decke. Er hob den Kopf, um zu sehen, wer gekommen war, und sagte dann: „Jennet?"

„Ja, Papa. Ich bin wieder zu Hause."

Er versuchte sich aufzurichten, aber Onkel Logan musste ihm helfen, damit er es bequem hatte.

„Jennet, entschuldige, dass ich dich angeschrien habe. Das hätte ich nicht tun sollen. Ich weiß, dass du nur das Beste für mich wolltest. Und ich danke Gott für Torrian, der mich davon abgehalten hat, dich zu schlagen. Ich war mir meiner Handlungen nicht bewusst. Du weißt doch, dass ich dich niemals schlagen würde, wenn ich bei klarem Verstand wäre, oder?"

„Ich weiß, Papa. Aber ich werde dich wieder gesund machen. Ich bin mir ziemlich sicher, dass ein Erlebnis, das ich in der letzten Woche erlebt habe, endlich der entscheidende Schritt zur Heilung sein wird. Es könnte wehtun"

„Überall, nur nicht an dieser einen Stelle."

Jennet dachte angestrengt nach und beschloss, ihren Vater nicht direkt anzulügen, also wich sie mit einer Frage aus. „Papa, geht es dir besser?" Denn schließlich ging es genau um die Stelle, die sie behandeln musste.

„Nein. Das Fieber hält an. Ich habe keinen

Appetit, deine Mutter zwingt mich zum Essen, und ich verbringe die meiste Zeit mit Schlafen. Was ist los in der Welt, Logan?“

„Nichts, was dich interessieren sollte, also trink bitte.“ Logan reichte ihm den Kelch mit dem Lebenselixier.

Ihr Vater sah ihn an und sagte: „Gerne. Ich danke dir.“

Erfreut darüber, dass seine Aufmerksamkeit von ihr abgelenkt war, beschloss sie, die notwendigen Utensilien zusammenzusuchen, während die Brüder sich unterhielten, damit das *uisge beatha* Zeit hatte, zu wirken. Zwei Waschschüsseln, mehrere Leinenstreifen, Leinenquadrate, der Wundverband ihrer Mutter für die Wunde danach und Seife. Und sie brauchte ein spezielles Werkzeug, um etwas Feines aus der Wunde zu entfernen. Sie fand zwei Möglichkeiten und legte die Utensilien auf der nahegelegene Truhe bereit. Glücklicherweise kamen und gingen viele Leute, was ihren Vater erneut davon abhielt, an sie zu denken.

Bitte, Gott, lass es funktionieren.

Als alle eingetreten waren, sagte Onkel Logan: „Bist du bereit, Jennet? MacAdam, du hältst das Bein, an dem sie arbeitet. Kyle, das andere. Gregor, du auf der anderen Seite von ihm. Halte seinen Arm fest, damit er sie nicht schlägt. Torrian, du springst ein, wo immer du gebraucht wirst. Wir müssen ihn alle festhalten, während Jennet ihre Arbeit macht.“

Ihre Mutter sah von einem zum anderen und dann wieder zu Jennet. „Was genau machst du, Jennet?“

„Mama“, antwortete sie mit leiser Stimme, „das Gleiche wie zuvor, aber ich höre nicht auf, bis ich herausgefunden habe, was in seiner Wunde ist. Da ist etwas, da bin ich mir sicher."

„Mädchen, das wird er niemals zulassen. Ich habe es schon mehrfach versucht. Ich habe dieselbe Stelle immer wieder geschrubbt, besonders als er sich gerade verletzt hatte."

„Aber du hast aufgegeben, genau wie ich. Dieses Mal gebe ich nicht auf."

Onkel Logan bellte: „Jennet, bist du bereit? Lily, Bethia, bringt eure Mutter nach draußen."

„Logan, ich bleibe hier."

„Nein, das tust du nicht. Du wirst deine Tochter ablenken."

Ihre Mutter ging zu ihrem Vater hinüber und setzte sich neben ihn. „Nein, ich bleibe bei ihm."

„Bethia, bring deine Mutter nach draußen."

„Nein, ich bleibe." Ihre Stimme wurde lauter.

Ihr Vater fragte: „Was ist los? Ich verstehe nicht, warum Brenna nicht bleiben kann. Was macht Jennet? Ich konnte das Gespräch nicht hören."

Ihre Mutter drehte sich zu ihr um und packte sie an den Handgelenken. „Jennet, tu ihm nicht weh. Bitte. Ich liebe ihn zu sehr. Ich kann ihn noch nicht verlieren."

„Raus", brüllte Logan wieder. „Brenna, Bethia, Lily, Sorcha. Raus, alle miteinander. Bringt Brenna raus und lasst sie nicht rein. Und öffnet diese Tür nicht, bis wir fertig sind."

Bethia packte den Arm ihrer Mutter und Lily den anderen. „Komm mit nach draußen, Mama. Die Kinder sind alle hier draußen. Wir können ihnen etwas zu essen backen. Lass Jennet tun, was sie tun muss. Ich weiß, dass du ihr vertraust."

Als sie weg waren, zog Jennet einen Stuhl heran und zog die Bettdecke zurück. Dann hob sie den Plaid ihres Vaters an, um seine Beinwunde zu sehen. „Papa, vergib mir, aber ich muss das tun. Ich glaube, es wird funktionieren. Halte es nur ein paar Minuten lang aus, dann sind wir fertig."

„Mach weiter, Jennet. Beeil dich." Er lehnte sich in seinem Bett zurück, warf seinem Bruder einen finsteren Blick zu und bereitete sich darauf vor, sie ihre Arbeit beginnen zu lassen. Zumindest für den Moment.

Onkel Logan nickte den anderen Männern zu, gerade als Sorcha wieder hereinkam. „Ich helfe dir, Jennet, wenn du etwas brauchst."

„Verzeih mir, Papa." Jennet stach in die Wunde und ließ die eitrige Flüssigkeit ablaufen, deren Farben Rot, Weiß, Gelb und Grün sich vermischten, als sie auf die Leinentücher und in die Schüssel tropfte. Nachdem alles abgelaufen war, tupfte sie die Wunde trocken, nahm dann ihr Leinentuch und ein weiteres Instrument, um die Wunde zu untersuchen. Sie schrubbte zum ersten Mal über die schmerzhafteste Stelle, und ihr Vater brüllte, diesmal jedoch seinen Bruder an.

„Logan, lass mich in Ruhe. Lasst mich alle in Ruhe. Wo ist Brenna? Ich will meine Frau. Es reicht, Jennet. Die Schmerzen sind zu stark. Brenna!"

Die Tirade ging weiter, aber Jennet ignorierte ihn. Aus den Augenwinkeln konnte sie sehen, wie die vier Männer versuchten, ihn festzuhalten, obwohl die Flüssigkeit zu wirken begann, denn seine Bewegungen wurden langsamer. Ihr Vater brüllte weiter, aber ihr Onkel sagte: „Ignoriere ihn und verrichte dein Werk, Jennet. Hör auf keinen Fall auf.“

Sie reinigte die Wunde bis auf den Grund, sah aber nichts, was seine Schmerzen verursachen könnte, also schrubbte sie noch einmal, und diesmal blieb das Leinentuch an etwas hängen. Sie legte ihre Hand darauf und spürte einen Stich. Sie griff nach ihrem Werkzeug und beruhigte sich nach einer Welle der Aufregung, dass sie vielleicht den Übeltäter gefunden hatte. Sie tastete die Wunde ab, wo sie den Stich gespürt hatte, und stieß schließlich auf etwas Hartes. Sie bekam es mit dem Werkzeug zu fassen und zog daran, wodurch noch mehr Blut aus der Wunde floss. Ihr Vater schrie lauter denn je, aber sie versuchte es erneut. „Sorcha, hol noch ein Tuch, um das Blut aufzusaugen. Es wäre hilfreich, wenn du die Wunde weiter abtupfen könntest.“

Sorcha tat, wie ihr geheißen, und die beiden machten weiter, ohne auf das Schluchzen ihrer Mutter zu achten, das aus der großen Halle zu hören war. „Ich glaube, ich habe es.“ Sorcha tupfte in der Nähe ihres Werkzeugs, und Jennet drückte und zog. Sie bewegte sich langsam, denn sie wusste, dass sie, wenn sich darin etwas befand, das gesamte Stück herausholen musste, ohne es zu zerbrechen. Schließlich zog sie vorsichtig daran und befreite das Objekt. „Da. Es ist geschafft. Sorcha, tupfe einfach das Blut auf, bis es aufhört, und hol dann meine Mutter.“

Sie hielt das Objekt hoch, damit Onkel Logan und ihr Vater es sehen konnten. „Lasst ihn jetzt los. Ich werde ihm nicht noch einmal wehtun. Papa, ich habe es gefunden. Das ist der Grund für all deine

Schmerzen." Sie untersuchte den schändlichen Übeltäter genauer und lächelte erleichtert.

Torrian fragte: „Was zum Teufel ist das, Jennet?"

„Ein Holzsplitter. Etwas, das seine Haut durchbohrt hat, wie die Spitze eines Schwertes. Es ist sehr scharf, Papa, daher vermute ich, dass es sich bei jeder Bewegung tiefer in sein Fleisch gegraben hat."

Ihr Vater betrachtete das Objekt und rieb sich die Handgelenke, an denen er festgehalten worden war. „Jennet, der Schmerz ist schon fast verschwunden. Es ist noch etwas empfindlich, aber der stechende Schmerz ist weg."

„Im Ernst, Papa?", fragte Gregor. „Jennet, du hast gerade ein Wunder vollbracht."

Die Tür flog auf, und ihre Mutter stand da und schluchzte, ihr Gesicht tränenüberströmt. „Mama, schau, ich habe es gefunden." Jennet hielt den Splitter hoch, der etwa so lang wie ihr großer Zeh war, hoch, damit ihre Mutter ihn sehen konnte. Ihre Mutter kam zu ihr, betrachtete ihn und umarmte sie dann.

„Gott sei Dank bist du zurückgekommen."

„Mama, würdest du ihn fertig versorgen? Legst du den Umschlag auf und verbindest die Wunde? Ich muss kurz nach draußen gehen."

„Natürlich. Geh und tu, was du tun musst."

Die Tür öffnete sich und ihre Schwestern und Cousinen drängten sich herein. Alle waren sie gespannt darauf, was passiert war. Jennet ging zur Tür, aber das Letzte, was sie hörte, war Onkel Logan, der rief: „Verlasse das Land der Ramsays nicht noch einmal."

Sie lächelte und rief zurück: „Diesmal nicht, Onkel."

Jennet durchquerte die Halle und ignorierte alle Fragen und die Menschen, die immer noch hereinkamen, um zu sehen, was mit ihrem alten Laird geschehen würde. Auf dem Land der Ramsays verbreiteten sich Neuigkeiten immer schnell.

„Wie geht es ihm, Jennet?"

„Hast du ihn geheilt?"

„Du musst ihn heilen. Wir können unseren Laird noch nicht verlieren."

Sie ignorierte alle die Angehörigen des Clans und auch ihre Cousins, denn dies war etwas, das sie für sich selbst tun musste, also blieb sie nicht stehen, sondern ging nach draußen, hinüber zu dem wunderschönen Garten ihrer Mutter. Sobald sie sich hinsetzte, kamen ihr die Tränen, und ihre Schultern zuckten vor Erleichterung, denn sie hatte genau das gefunden, was sie hatte finden müssen. Sie betete, dass sie das ganze Stück herausgeholt hatte und dass kein weiteres mehr darin war.

Bethia kam hinzu, setzte sich neben sie und nahm ihre Hand in ihre. „Gut gemacht, Schwester. Jetzt bist du Papas Heldin. Glaubst du, das war die Ursache? Wie bist du darauf gekommen?"

„Ethan. Als wir zurückgingen, wurde er von einem Pfeil in die Schulter getroffen und er zog den Pfeil einfach heraus. Er hat gar nicht gemerkt, dass ein Stück von dem Pfeil noch in seiner Schulter steckte. Er bekam Fieber, dann schreckliche Schmerzen, und ich beschloss, nach der Pfeilspitze zu suchen. Sobald ich sie fand, waren seine Schmerzen schnell verschwunden. Und genau an der Stelle, an der ich die Pfeilspitze gefunden hatte, tat es am meisten weh. Ich dachte, bei Papa könnte es genauso sein, aber weil sein Splitter länger drin war, war die Situation viel schlimmer. Mehr Fieber, mehr Schmerzen, mehr Ausfluss.“

Die Geister von Black Isle

Buch 4

Tara und Shaw

KAPITEL ACHTUNDZWANZIG

Eine Hochzeit für Tara und irgendwo hat es ja ein Einhorn in meiner Geschichte geben müssen ... Zinna.

TARA STAND VOR Cameron Castle und ließ den Blick über die Landschaft schweifen. Jennet stand Hand in Hand neben ihr. Ethan und Shaw waren hinter ihnen. Der Tag war herrlich, es war einer der seltenen sonnigen Tage mit genau dem richtigen Maß an Frische in der Luft.

Tara rannen die Tränen über die Wangen, und Jennet blickte sie entsetzt an. »Du kannst an deinem Hochzeitstag nicht weinen!«

»Ich kann mich nicht beherrschen. Schau dir nur an, wie schön das Meer aus Plaids am Fuße des Hügel aussieht. Ich kann mich nicht entscheiden, welche Farben prächtiger sind, die roten Grants oder die blauen Ramsays. Und sieh dir die neuen lila Plaids meines Papas an, die extra für die Hochzeit angefertigt wurden. Sind sie nicht atemberaubend?«

»Was ist mit den Plaids der Drummonds und Menzies?«

Shaw und Ethan sagten unisono: »Oder den Plaids der Mathesons?«

In ihre prächtigsten Hochzeitsgewänder gekleidet,

traten Aedan Cameron und Jennets Vater, Quade Ramsay, zu ihnen. »Was höre ich da über Plaids?«, fragte ihr Vater. »Diejenigen der Camerons sind die Besten, das weißt du doch?«

»Ich liebe das neue Lila, Papa.«

»Ich glaube, du weißt, welche die prachtvollsten sind«, schnaubte Onkel Quade. »Die blauen Plaids. Immer sind es die blauen.« Seine grünen Augen funkelten von seinem natürlichen Humor. Er beugte sich hinab, um Jennet auf die Wange zu küssen. Dann verkündete er: »Aber wahrhaftig, du bist an diesem Tag die Herrlichste, Tochter. Du und deine Cousine. Ihr beide seid schöner als jedes Meer von Plaids.«

»Danke, Onkel Quade.« Über ihre Schulter warf Tara einen Blick zu Shaw. »Ich finde mein Kleid einfach großartig.« Shaws Brust blähte sich ein wenig auf. Tara trug das lila Kleid, das sie in Inverness anprobiert hatte. Sie hatte nichts von Shaws Rückkehr zu dem Ladenbesitzer geahnt und seiner Bitte, das Kleid noch einmal zu ändern, damit es ihr passte. Es hatte ein violettes Mieder mit goldenen Bändern, die sich über die Vorderseite zogen und die Ärmel säumten. Dazu trug sie passende goldene Bänder, die in ihr Haar geflochten waren. Jennet trug ein hellblaues Kleid, dessen Mieder mit den Farben des Ramsay Plaids harmonierte, und silberne Bänder im Haar.

Als sich hinter ihnen eine Tür öffnete, drehte Tara sich um und stieß einen kleinen Freudenschrei aus. »Mama, du bist so schön. Und du auch, Tante Brenna.«

Die Grant Schwestern waren sich immer ähnlicher

geworden, wenn Tante Brennas Haar auch mehr graue Strähnen aufwies. Im Schein der Sonne waren sie beide wunderschön. Tara labte sich am Anblick ihrer Familie – Mutter, Vater, Tante und Onkel – und sie fühlte sich über alle Maßen gesegnet. Onkel Quade, der wie immer eine gute Figur machte, sah ihrem Vater sehr ähnlich. Neugierig neigte sie den Kopf. Es war ihr vorher nie aufgefallen, doch nun, wo die beiden nebeneinander standen, war es noch offensichtlicher. Sie warf einen Blick auf ihren Onkel, dann auf ihren Vater.

Jennet beugte sich vor und flüsterte: »Sie sehen sich sehr ähnlich, nicht wahr? Mir ist die Ähnlichkeit zwischen unseren Müttern immer aufgefallen, aber bis heute nicht zwischen unseren Vätern. Vielleicht liegt es am Licht.«

Ein rot gekleideter Reiter auf einem schwarzen Hengst kam auf sie zu. Er führte zwei braune Stuten mit sich. Er überquerte die Wiese und blieb vor ihnen stehen.

»Ich bin wegen meiner beiden reizenden Schwestern gekommen. Seid ihr bereit, Brenna und Jennie?«, fragte Onkel Alex mit einer kleinen Verbeugung aus dem Sattel.

Er würde die Mütter der Bräute zur Hochzeit eskortieren.

Die Stallburschen, darunter auch Sammy, der stolz darauf war, bei der Hochzeit dabei sein zu dürfen, führten die anderen Reittiere heran, und sie waren bereit, sich der Prozession anzuschließen. Onkel Alex bildete mit ihren Müttern die Spitze, gefolgt von ihren Vätern. Dann kämen Shaw und sie. Jennet würde mit Ethan die Nachhut bilden.

Die Mütter und Väter ritten an. Die Stallburschen mit den übrigen Pferden traten heran. Als wären alle vier Tiere gleichzeitig von einer Wespe gestochen worden, warfen die Pferde ihre Köpfe hoch, tanzten zurück, zerrten an den Zügeln und weigerten sich, stillzustehen, damit ihre Reiter aufsitzen konnten.

»Ich kann ihn nicht halten«, jammerte Sammy und wurde von dem Tier weggezerrt.

Shaw trat vor, um ihm zur Hilfe zu kommen. »Wir brauchen bei der Hochzeit keine Wildpferde.« Er griff nach den Zügeln, aber das Pferd warf den Kopf herum und riss sich wiehernd los, ehe dann alle vier um die Rückseite der Burg davonstieben.

»Verflixt, Ethan. Was sollen wir jetzt tun? Wir können schlecht zu Fuß zur Abbey laufen – sie würden einen Suchtrupp losschicken, um uns zu finden. Sieh nur, alle sind schon in die Abbey gegangen.«

»Wir holen so schnell wir können neue Pferde«, versprach Sammy und wollte schon losrennen.

Tara lächelte und legte dem Jungen eine Hand auf den Arm. »Das müsst ihr nicht. Ich vermute, unsere Pferde werden bald hier sein.« Jetzt verstand sie, was Riley an diesem Morgen gemeint hatte. Zinna hat ein Geschenk für dich. Sieh es dir an, bevor du zu deiner Hochzeit reitest.

Sie deutete auf eine nicht weit entfernte Stelle zwischen den Bäumen, wo sie eine Bewegung ausmachen konnte. Sie wusste genau, was aus dem Wald auftauchen würde.

Einen Augenblick später trabten vier weiße Pferde auf sie zu.

Shaw griff nach ihrer Hand, um sie fest zu drücken,

und sie tätschelte seinen Arm. »Dies hat sie als Dank für ihre Freiheit tun wollen. Es ist ihr Segen und ihr Geschenk für unseren Tag.«

Shaw versenkte seinen Blick für einen kurzen Moment in ihren, und seine Augen schimmerten vor Tränen. Die weiße Stute vor ihm kam direkt auf ihn zu und liebkoste seine Hand, ehe sie den Kopf neigte, um das viertelmondförmige Zeichen unter ihrem rechten Ohr zu zeigen. Zwischen ihren Augen war heute kein Horn zu sehen.

»Ich hätte es nicht geglaubt, aber es ist wirklich Zinna«, flüsterte Ethan. »Wie kann das sein?«

Riley erschien hinter ihnen aus der Burg. »Stell keine Fragen. Bedanke dich einfach und genieße ihre Anwesenheit. Nach der Zeremonie wird sie fort sein, aber sie sagt, sie sei hier, um euch zum Lächeln zu bringen. Dann wird sie weiterziehen, damit du dich an diesem Tag auf deine neue Frau konzentrieren kannst. Brin und ich sind zurückgeblieben, damit ich dir sagen kann, was Zinna denkt.«

Tara löste sich und umarmte ihre Schwester. Brin kam hinter ihnen hervor und meinte: »Tut uns leid, dass wir zu spät sind. Riley wollte sichergehen, dass du Zinnas Nachricht erhalten hast. Wir reiten vor euch.«

Ethan half Jennet, eines der weißen Pferde zu besteigen, dann schwang er sich in seinen eigenen Sattel und wartete auf Shaw und Tara. Brin und Riley fanden ihre Pferde angebunden und friedlich wartend. Sie ritten voraus, wobei Brin ihnen über die Schulter zurief: »Du siehst wunderschön aus, Schwester.«

Tara nahm abermals Shaws Hand und fragte: »Wünschst du dir ein anderes Pferd?«

Er schloss die Augen, öffnete sie dann langsam und küsste sie fest auf die Lippen.

»Nein, meine Liebe. Ich fühle mich durch ihr Geschenk geehrt. Und ich werde dieses Mal der Seher sein und dir erzählen, was Zinna sagt.«

»Und wie lautet ihre Botschaft?«

»Dass du und ich zusammengehören.«

Das Geschenk von Black Isle

Buch 5

Riley und Torcall

EPILOG

Brenna und Quade, Logan und Gwyneth, heißen ihre ersten Enkelkinder in der gleichen Nacht willkommen …

SCHWEIGEND VERLIESSEN SIE die Schlucht, denn sie waren beide ein wenig benommen von dem gerade Erlebten. Torcall hob Riley auf sein Pferd und saß hinter ihr auf.

»Ich bin froh, dass du mit mir zusammen reitest.«

Sie überstürzten ihre Rückkehr nicht und verweilten bis zur Dämmerung im Wald. Doch als sie sich den Mauern von Eddirdale Castle näherten, fragte Riley sich, ob sie nicht schneller hätten reiten sollen.

»Was zum Teufel ist hier los?«, fragte Torcall.

Es herrschte Chaos, Reiter und Pferde füllten den Innenhof, überall blaue Plaids und flackernde Fackeln.

Sie kamen so nah wie möglich heran, bevor sie abstiegen. Sie spähte durch die sich vertiefende Dunkelheit und fragte: »Onkel Logan? Bist du es wirklich, der diesen ganzen Ärger verursacht?«

»Ja, und ihr solltet besser Platz machen. Wir waren auf halbem Weg von eurer Hochzeit nach Hause, als wir die

Nachricht über Brigid erhielten. Du gehst Gwynie besser aus dem Weg, sonst rennt sie dich nieder.«

Eine Stimme hinter ihm bellte: »O Logan, mach den Mund zu und hol meine Sachen. Sei gegrüßt, Riley. Wir können bald plaudern, aber zuerst müssen wir uns um wichtigere Dinge kümmern.«

Die beiden rannten an ihnen vorbei. Sorcha und Cailean folgten, Sorcha zuckte mit den Schultern. »Tut mir leid, Riley, aber das passiert jedes Mal, wenn ein neues Enkelkind auf die Welt kommt.« Sie verdrehte die Augen, wie nur Sorcha es fertigbrachte. Dann kicherte sie und eilte mit einem Winken zum Hauptturm.

Riley und Torcall folgten ihnen und kamen schließlich drinnen an, wo Padraig sie zum Kamin winkte. »Ihr solltet lieber aus dem Weg gehen. Gisella rennt herum und weiß nicht, was sie als Nächstes tun soll, aber sie ist so aufgeregt wie ihre beiden Brüder. Wo ist deine Mutter?«

»Ein kleines Stückchen hinter uns. Aber warum? Ist Tante Brenna nicht schon da? Sie hat gesagt, sie käme von der Hochzeit her.«

»Das sagte sie, aber wir alle haben eine Überraschung erlebt. Eine zweite Heilerin mit Hebammenkenntnissen wäre willkommen. Jennet und Brigid sind beide so weit, ihre Kinder zur Welt zu bringen.«

»Heute Abend?«

Padraig nickte.

»Ich kehre besser zurück und helfe meiner Mutter, damit sie sich beeilt.«

Ihre Mutter, Tara und Shaw kamen gerade durch die Tür, als Riley hinauswollte. Das bedeutete, dass alle Mathesons hier waren. »Beeil dich, Mama.

Tante Brenna braucht dich. Heute Abend sind zwei Kinder unterwegs!«

Torcall und Riley folgten allen ins Haus, und die beiden ließen sich mit Tara und Shaw an einem Tisch nieder. »Macht es euch bequem«, meinte Tara. »Wenn es so wird wie damals bei Alex Grant, könnte es die ganze Nacht dauern.«

Das Chaos ging weiter, und es dauerte nicht lange, bis Onkel Quade und Onkel Logan in der großen Halle auf und ab liefen und auf Nachrichten von ihren Frauen warteten, die beide oben waren. Marcas schritt auf der Galerie auf und ab. Ab und zu betrat er die Kammer, um nach Brigid zu schauen. Ethan sagte, er würde nicht von Jennets Seite weichen.

Logan fluchte. »Matheson darf reingehen. Aber warum? Nur weil er der Laird des Clans ist?«

»Vielleicht, weil es seine Frau ist?«, schlug Quade gedehnt vor. »Ich habe kein Verlangen, dort drinnen zu sein. Ich will nicht erleben, wie mein Mädchen leidet.«

»Ein Vater sollte mehr Rechte haben als der Ehemann«, verlangte Logan. »Wie viele Töchter haben wir da oben, Quade, und nicht eine kann herauskommen und uns über unsere Babys informieren.«

Ein hoher Heulton ertönte aus einer der Kammern über der Treppe. Riley sah Tara an und flüsterte: »Das klang wie Brigid. Ich hoffe, es geht ihr gut.«

Tara sagte: »Ich bin sicher, es geht ihr gut. Du weißt ja, wie eine Geburt vonstattengeht.«

Riley starrte ihren Onkel Logan an, der mit großen Augen zu der Kammer über ihnen starrte. »Onkel Logan weiß, was sich an diesem Schnittpunkt des Lebens abspielt, aber wenn man seinen Gesichtsausdruck betrachtet, bin ich mir nicht sicher, ob er sich noch daran erinnert.« Die ganze Halle verstummte, als sie Brigids Wehklagen hörten. Marcas war beim ersten Schrei in die Kammer gestürmt.

Onkel Logan drehte sich um und sagte: »Matheson, wo zum Teufel bist du, damit ich dir die Eier abschneiden kann, weil du meinem kleinen Mädchen solche Schmerzen bereitet hast?«

Die Tür zum Hauptturm öffnete sich und Micheil trat zusammen mit Diana ein. »Haben wir es noch rechtzeitig geschafft?«

»Wer ist das?«, fragte Torcall flüsternd.

»Logan und Quades Bruder Micheil und seine Frau. Diana ist Laird der Drummonds.«

»Ein weibliches Oberhaupt?«, Shaw pfiff anerkennend.

»Wo zum Teufel ist Lina, Micheil? Du weißt, dass ich sie hier haben wollte«, gellte Logan, der umhertigerte.

»Sie kommt gleich nach. Sie wurde durch ein Gespräch aufgehalten. Ich konnte es nicht abwarten. Ich wollte keinen Augenblick von euch beiden in eurer Qual verpassen.« Der große Mann kam herüber und legte seinen beiden Brüdern die Hand auf die Schultern. »Das ist wundervoll. Ich denke, das wird heute Abend ein tolles Spektakel, Diana.«

Grinsend schüttelte Diana den Kopf und stieg die Treppe hinauf.

Torcall flüsterte: »Dein Onkel Logan ist der kleinste der Brüder, aber er ist der beste Schwertkämpfer?«

»Aye, und der beste Bogenschütze, Spion und alles andere, was es sonst noch gibt.«

»Der beste Großvater«, bellte Logan. »Das ist überaus wichtig.«

»Und der beste Lauscher«, fügte Riley lachend hinzu.

Eine kurze Weile später kam Rileys Mutter aus einer der Kammern und rief von der Galerie: »Es ist ein Mädchen und sie ist wundervoll.«

Tante Brenna stürzte aus einer anderen Kammer und stand auf dem Balkon. »Ein schönes Mädchen, Quade. Sie sieht genauso aus wie Jennet. Kein einziges Haar auf dem Kopf, genau wie ihre Mutter.« Sie schlug die Hände zusammen, dann drehte sie sich um, als hätte sie gerade erst ihre Schwester bemerkt, die dort stand. »Jennie?«

Ihre Mutter lächelte. »Ein kleines Mädchen.«

»Wie lange ist das her?«

»Nur einen Augenblick?«

»Wirklich? Ist es wieder passiert?« Die beiden Schwestern standen dort und schauten sich an, während die restlichen Anwesenden in der Halle auf jedes ihrer Worte warteten. Die Heilerinnen hatten mit den Enkelkindern ihres Bruders Alex fast das Gleiche erlebt. Sie hatten in einer kalten Winternacht gleich drei Kindern auf die Welt geholfen.

»Ich kann es nicht glauben!«, sagte Jennie, als sie ihre Schwester umarmte.

»Und beide sind gesund?«, rief jemand fragend aus der versammelten Menge in der Halle.

»Ja, gesund und wunderschön«, rief Tante Brenna.

Die Tür öffnete sich, und Avelina schlenderte herein, wobei sie alle ignorierte, als sie die Treppe hinaufstieg. Tante Brenna zog sie in Jennets Kammer.

Onkel Logan fiel vor Freude auf die Knie und stieß den Ramsay Schlachtruf so laut aus, dass sich alle die Ohren zuhielten.

Zwei Mädchen am gleichen Tag zur gleichen Zeit.

»Zwei Ramsay Kriegerinnen!«, brüllte Logan erneut, und Riley lachte über seine Aufregung.

Avelina kam aus der einen Kammer, ging in die andere und schlenderte dann die Treppe hinunter, auf jedem Arm ein Baby. Quade, Logan und Micheil eilten zum Fuße der Treppe.

»Heute sind nicht nur zwei Ramsay Kriegerinnen, sondern auch zwei Kriegerprinzessinnen geboren worden, und ich kann es kaum erwarten, sie zu den starken Mädchen heranwachsen zu sehen, die sie werden sollen«, verkündete Avelina.

Alle drei großen, stämmigen Männer beugten sich vor und begrüßten die neugeborenen Mädchen.

»Brüder, das sind Reyna und Isla.«

HIGHLAND JÄGER 1315

DER KONFLIKT DER SCHOTTEN

Buch 2

Isla und Grif

KAPITEL FÜNF

Isla besucht ihre Großmutter Brenna und ihre Tante Gwyneth.

ALS ISLA DEN Hauptturm der Ramsays betrat, entdeckte sie zuallererst ihre Großmutter. »Großmama?«

Brenna Ramsay drehte sich so schwungvoll um, dass ihr Zopf hinter ihr herflog. »Isla? Bist du das?«

Isla grinste und beim Anblick ihrer Großmutter platzte sie innerlich vor Freude. Dann stürmte sie durch die große Halle der Ramsays. Sie sank in die einladende Umarmung ihrer Großmutter und sog ihren geliebten Duft ein, der unverwechselbar zu ihr gehörte. Dass er von all den Tränken und Salben herrührte, die sie aus dem Kräutergarten mischte, wusste Isla, aber ihre Großmutter hatte einen Duft, wie die süßeste Blume im ganzen Garten.

»Mein liebes Mädchen, sieh nur, wie du gewachsen bist! Du bist wie das größte Unkraut in meinem Garten, das stets in die Höhe schießt, wenn ich nicht hinschaue. Wie war deine Reise, Mädchen? Komm und besorge dir etwas zu essen. Du kannst mir alles über deine Mutter und deine Schwester berichten.«

Ihre Großmutter war etwas Besonderes, das musste Isla gestehen, und bei diesem Besuch erst recht, da Isla ganz sie selbst sein konnte. Sie musste nicht auf ihre Schwester achtgeben, denn normalerweise reisten sie zusammen. Dieses Mal wäre sie zum ersten Mal bei ihrer Großmutter, *ohne* für Charlotte verantwortlich zu sein. Das bescherte Isla eine Freiheit, in deren Genuss sie nur selten kam.

»Wie geht es Charlotte? Berichte mir alles.«

»Charlotte geht es gut und Mama ebenfalls. Aber ich bin besorgt. Ich habe Onkel Logan deutlich gemacht, nicht allzu lange hierbleiben zu wollen und damit meine ich auf dieser Mission ins Grenzland. Mama ist es gewohnt, dass ich ihr mit Charlotte helfe. Das Mädchen braucht ständige Aufsicht.«

Ihre Großmutter schürzte die Lippen. »Tatsächlich?«

»Aber gewiss. Du kennst Charlotte, Großmutter.«

»Ich kenne deine liebe Schwester, und meiner Ansicht nach, ist sie stärker, als du glaubst. Auch wenn sie dich braucht, wird sie besser klarkommen, als du es für möglich hältst.«

»Nein, das wird sie nicht.« Der schroffe Ton ihrer eigenen Stimme überraschte Isla ebenso wie ihre Großmutter. Sie war eindeutig zu viel in Gesellschaft von Onkel Logan gewesen.

»Setz dich, Mädchen. Du warst mit einem Trupp von Männern unterwegs. Beruhige dich und denke erst nach, ehe du den Mund aufmachst. Ich weiß, wie es ist, mit Logan zu reisen, wenn ich ihn auch innig liebe.«

»Und er betet dich an, Großmutter.«

Trotz ihrer kürzlichen Begegnung mit den

Räubern liebte Isla die Geschichte, wie Logan seine Auserwählte Brenna Grant, die jetzt Brenna Ramsay, ihre geliebte Großmutter war, aus dem Castle der Grants entführt hatte, um seinen Bruder zu retten, der von einem Wildschwein aufgespießt worden war. Brenna hatte mehr als ein Familienmitglied geheilt und sich damit von jenem Zeitpunkt an Logans unsterbliche Zuneigung erworben ... Das galt insbesondere, da sie seinen Bruder geheiratet hatte.

»Aye.« Ihre Großmutter legte den Kopf schief. »Ich möchte, dass du etwas bedenkst, Isla. Bist du nicht der Ansicht, Charlotte hätte in all den Jahren, die du mit ihr verbracht hast, von dir gelernt? Du hast ihr das ganze Alphabet beigebracht, also kann sie lesen und schreiben.«

»Das hat sie schneller gelernt als jede andere. Ich hoffe sogar, unterwegs auf eine Schrift zu stoßen, die ich ihr mitbringen kann. Sie liebt es, neue Geschichten zu lesen.«

»Ich habe ein Buch, das ich dir für sie mit nach Hause geben kann. Es ist ein ausgezeichnetes Buch, das ich vor langer Zeit für Jennet gekauft habe. Aber zurück zu unserem Thema. Glaubst du nicht, Charlotte hat noch andere Dinge von dir gelernt? Sie ist Jennets Tochter, und ich kann dir sagen, dass Jennet, als sie noch klein war, jedes Mal alles wie einen Schwamm aufgesaugt hat, wenn sie bei mir war. Das hat sie mir nicht gezeigt, aber ich habe es bemerkt. Wenn ich sie mit Großpapa zusammen sah, konnte ich hören, wie sie viele Dinge wiedergab, die ich ihr beigebracht hatte und von denen ich dachte, sie hätte sie nicht beachtet.

Quade hörte Jennet nur zu gern zu, weil er wusste, woher ihr Wissen stammte. Ich würde wetten, dass Charlotte dein Wissen ebenso aufgenommen hat, wie ihre Mutter das meine.«

»Glaubst du das? Ich hoffe das jedenfalls. Schließlich kann ich nicht ewig bei ihr bleiben.«

»Nein, das kannst du nicht. Und Jennet hat mich auch nicht für immer gebraucht. Beide sind überaus klug, aber auf eine andere Art und Weise. Ich glaube, deine Mutter sieht dich gern mit Charlotte zusammen, also hat sie das so zugelassen. Jetzt denke ich allerdings, Charlotte wird ohne dich zurechtkommen. Darüber hinaus hat sie ihre Mutter und ihren Vater, ihre Tanten und Onkel und auch ihre Cousins und Cousinen.«

Das war wahr. Isla konnte den Argumenten ihrer Großmutter nichts entgegensetzen, und somit entspannte sie sich. Großmutter hatte ein besonderes Talent, sie zu besänftigen und alles ins rechte Licht zu rücken. Allein die Tatsache, hier zu sein, war all die Schwierigkeiten auf dem Weg hierher wert. Sie blickte sich in der Halle um und nahm all die heimeligen Dinge wahr, die sie liebte – Wandteppiche, Trockenblumen, weiche Kissen und duftende Binsen. All die Dinge, die dieses kalte aus Stein errichtete Castle zu einem Zuhause machten.

Die Tür flog auf, und Grif trat mit Lewis und Tevis hindurch, die ihm folgten.

»Warum blickst du plötzlich so finster drein?«, wollte ihre augenzwinkernde Großmutter von Isla wissen.

»Es gibt keinen Grund.«

»Gefällt er dir nicht?«

»Wir haben unsere Differenzen.« Obwohl sie einräumen musste, dass dieser Mann einfach prächtig aussah. Besser als jeder andere, der sich derzeit in der Halle aufhielt.

»Worin genau bestehen diese Differenzen?«, wollte ihre Großmutter wissen.

»Er ist der Ansicht, alle Männer wären klüger als Frauen. Und in allem talentierter, was man sich nur denken kann. In meinen Augen sind alle Menschen unterschiedlich, und jeder hat seine eigenen Talente.«

Großmutter zog bei Islas Bemerkung eine Augenbraue hoch und blickte dann wieder zu Grif. »Falls er diese Überzeugung zu laut geäußert hat, habe ich die Vermutung, dass dein Onkel Logan ihm auf irgendeine Weise das Gegenteil bewiesen und diese Demonstration genossen hat.«

Lächelnd dachte Isla an Grifs Gesichtsausdruck, als Cailean seinen ersten Pfeil abgefeuert hatte. »Aye, das hat er, und zwar erstaunlich eloquent.«

Ihre Großmutter gluckste. »Eloquent ist ein Wort, das ich im Zusammenhang mit Logan nicht verwenden würde. Weit gefehlt.«

Reyna und ihre Großmutter Gwyneth betraten die Halle vom Küchentrakt aus und trugen eine große Platte mit Obst und Käse. Sie stellten sie auf der Anrichte ab und kamen dann zu Isla und ihrer Großmutter.

Isla begrüßte ihre Tante, und Gwyneth beugte sich zu ihr, um ihr einen kurzen Kuss auf die Wange zu geben.

Großmutter erhob sich, um Reyna zu begrüßen und sie zu umarmen. »Sei gegrüßt, liebe Reyna. Du siehst wie immer bezaubernd aus. Ganz wie deine Mutter.«

»Vielen Dank, Tante Brenna.« Reyna errötete über dieses Kompliment.

Gwyneth ließ sich neben Isla nieder. »Wie geht es dir, Mädchen? Ich könnte dich umarmen, aber es wäre glaube ich besser, das nicht zu tun.« Ihre Tante warf ihr einen wissenden Blick zu, der Isla sagen sollte, Großmutter am besten alles zu erzählen, denn andererseits würde sie dies selbst übernehmen.

Großmutter lenkte ihre Aufmerksamkeit wieder auf Isla. »Was stimmt nicht, Isla? Du hast mir nicht berichtet, dass etwas passiert ist.« Sie fasste sie am Kinn und drehte Islas Wange zu ihr hin. »Wer hat dich geschlagen, Mädchen? Ich habe es nicht bemerkt, weil du das Mal vor mir verborgen hast, nehme ich an.«

»Ich wollte dir keine Sorgen machen. Es ist nichts.«

»Zur Hölle«, mischte Reyna sich ein. »Das war keine Kleinigkeit.« Dann wandte sie sich an die älteren Frauen. »Eine Gruppe von Räubern hat einen Versuch unternommen, uns beide zu entführen. Ich bin verschont geblieben, aber Isla haben sie in ihre Gewalt bekommen.«

»Und dann hast du ihn umgebracht, Reyna. Mit einem perfekten Schuss zwischen die Augen.« Isla tippte sich an die Mitte ihrer Stirn, wobei sich ein breites Grinsen auf ihrem Gesicht zeigte.

»Logan berichtete mir, es sei ein guter Schuss gewesen«, meinte Gwyneth. »War es dein erstes Todesopfer?«

Reynas Augen verschleierten sich und dann

nickte sie, ehe sie sich mit einem dumpfen Aufschlag hinsetzte.

Und mit einer Stimme, die deutlich zum Ausdruck brachte, dass man besser nie dagegenhalten sollte, befand Großmutter: »Ich möchte gern die Einzelheiten von Islas Entführung hören.«

Isla schielte zu ihrer Großmutter an und gab klein bei. »In der Nacht, als wir alle schliefen, kamen sechs Männer aus dem Wald. Unsere Männer haben vier von ihnen abgewehrt, aber die anderen beiden packten mich. Einem habe ich in die Hoden getreten, doch der andere schleppte mich durch den Wald zu einer Lichtung, auf der er mich auf sein Pferd zu werfen versuchte. Er hat mich einmal geschlagen, also habe ich ihn geboxt und gekratzt, um Zeit zu gewinnen.«

»Und Reyna hat dich gerettet? Keiner eurer Krieger war euch gefolgt?«

»Ich habe sie in Wahrheit nicht gerettet«, widersprach Reyna. »Ich habe nur einen guten Schuss abgegeben, sobald ich sie eingeholt hatte. Grif war ihr dicht auf den Fersen, während Großpapa ihn die ganze Zeit anschrie. Grif versetzte dem Schurken zur gleichen Zeit einen tödlichen Hieb gegen die Kehle, als mein Pfeil ihn traf.«

Tante Gwyneth nickte nachdenklich. »Es besteht also die Möglichkeit, dass du den Mann nicht getötet hast, Reyna. Nimm das einfach an, Mädchen. Das wird dir leichter fallen.« Sie tätschelte Reyna die Hand. »Und jetzt iss etwas.«

»Entschuldige, wenn ich das falsch verstanden habe«, mischte sich Großmutter blinzelnd ein, »aber sagtest du, der Krieger, der glaubt, alle Männer seien klüger und geschickter als jede Frau, ist derselbe Mann, der dich gerettet hat, Isla?«

»Reyna hat mich gerettet«, beharrte Isla. Aber auf die hochgezogene Augenbraue ihrer Großmutter hin brachte sie einen theatralischen Seufzer zustande und lenkte ein: »Aye, es ist derselbe.«

»Ist das nicht interessant, Gwyneth?«

Tante Gwyneth erwiderte das Lächeln und meinte: »Aye, das ist es.«

Isla verstand nicht. »Was ist so interessant?«

Großmutter strich Isla einige vereinzelte Haare aus dem Gesicht und nahm den blauen Fleck eingehender in Augenschein, während sie antwortete: »Der erste Mann, der einen Angreifer verfolgt, ist normalerweise der, welcher das Opfer beobachtet hat.«

»Und?«

»Also, wenn er dich beobachtet hat, ist er an dir interessiert.«

»Aha«, entfuhr es Reyna. »Grif hat sich in dich verknallt, Isla! Die älteren Frauen des Clans wissen so etwas am besten.«

»Ach, bitte. Ich möchte nur diese Mission hinter mich bringen und heimkehren. Ich habe keine Zeit für solch einen Unsinn«, murrte sie. Allerdings hoffte ein kleiner Teil von ihr, dass ihre Großmutter recht hatte. Immer hatten es die Männer auf Reyna abgesehen, und da wäre es schön, auch einmal bevorzugt zu werden. Nicht, dass sie einen Mann wollte. Für ihren Stolz wäre es jedoch eine Wohltat.

»Ein bisschen Spaß mit einem jungen Burschen zu haben, verbraucht ja keine zusätzliche Zeit, sondern macht die Reise nur interessanter. Bist du nicht auch der Ansicht, Gwyneth?«

Ihre Tante nickte. »Logan hat mich auf unseren Reisen stets mehr umworben üblicherweise. Ich wette, du hast einen Freund, Mädchen«, meinte sie mit einem breiten Lächeln.

Isla verdrehte die Augen und blickte durch die große Halle zu Grif und war überrascht, dass dieser sie auch anstarrte. Dann tat er genau das, was sie mehr als alles andere ärgerte.

Er zwinkerte ihr zu.

Und beide Großmütter kicherten.

Kapitel Zweiundzwanzig

Isla braucht den Trost ihrer Großmutter.

ISLA SPRANG AUF. »Ich danke dir, Onkel Logan«, sagte sie, und dann rannte sie durch die Halle, um ihre Großmutter zu suchen. Sie brauchte Trost. Wenn sie eine Weile mit ihr verbrachte, würde sie sich wieder gestärkt fühlen und zum Aufbruch bereit sein.

Sie fand Großmutter in ihrer Heilkammer am Ende der Halle. Sie saß auf einem hohen Schemel vor ihrem Tresen, holte Gläser heraus und versah einige mit neuen Etiketten – es war eine mühselige Arbeit, die Isla fragen ließ, was mit ihr los war.

Ihre Großmutter drehte sich um, als sie Islas Schritte auf dem Steinboden hörte. »Kind, du bist schon zurück? Erzähl mir alles über deine Reise. Ich könnte deine Hilfe einen Augenblick gebrauchen, wenn es dir nichts ausmacht.«

»Gewiss, Großmutter. Wie kann ich helfen?« Sie trat neben die Heilerin und zog einen hohen Hocker neben ihren.

»Ich habe diese Etiketten geschrieben, als ich noch jung war, und jetzt kann ich sie nicht mehr lesen. Die Schrift ist so klein, dass ich alle Gläser neu beschriften muss. Meine Augen sind nicht mehr, was sie einmal waren, weshalb ich ständig blinzeln muss. Dann habe ich mich dabei ertappt, wie ich das falsche Glas gegriffen habe, und das habe ich bloß gemerkt, weil das Aroma so anders war, als das, was ich auf dem Etikett zu lesen geglaubt hatte. Hilf mir bitte. Wie lautet der Name auf diesem Glas, Isla? Wenn du mir die Etiketten vorliest, schreibe ich ein neues und binde es um das Glas.

»Das hier ist Minze, und das hier ist Mutterkraut. Dann Salbei und Lavendel.«

»Einige enthalten die feinsten Aromen. Jetzt bemerke ich, dass du aufgebracht bist. Berichte mir, warum, während ich meine Arbeit tue, Isla. Ich bin eine sehr gute Zuhörerin.«

Islas Schultern sanken herab, und sie blickte bekümmert drein. Ihre Großmutter hatte sie nicht einmal angeschaut. »Woher wusstest du es?«

Großmama drehte sich zu ihr um und antwortete: »Es ist deine Haltung und deine Worte. Du bist nicht entspannt, sondern nervös. Also, wo ist dieser junge Mann, Grif?«

Überrascht, dass sie den Richtigen genannt hatte, sparte Isla sich die Mühe, nachzufragen, und erklärte einfach: »Wir haben einen Bund durch Handschlag geschlossen, Großmama. Aber er ist verhaftet worden, weil er ein Mädchen missbraucht haben soll, während er sich hier aufgehalten hat.«

Ihre Großmutter schien nicht im Geringsten überrascht über ihren Bund, sondern überging diese Neuigkeit einfach. »Das ist eine höchst lächerliche Anschuldigung. Von einem solchen Übergriff hätte ich schon gehört.«

»Nein, ich meine, er war hier, aber das Mädchen gehörte zum Ruffin Clan. Sie behauptete, sie sei vor einer Woche in Kinross überfallen worden, als er hier war. Wir alle wissen, dass das gar nicht passiert ist, aber der Sheriff wollte nichts davon hören.«

»Hast du das deinem Onkel erzählt?«

»Aye, Onkel Logan stellt einen Trupp zusammen, um nach Pitlochry zu reiten. Ich werde natürlich dabei sein.«

»Bitte sei auf der Reise umsichtig und mach keine Dummheiten, Isla. Ich weiß, du machst dir Sorgen um deinen Liebsten. Und ich bin sehr froh, dass du jemanden gefunden hast. Deine Mutter wird das auch sein. Aber höre auf Onkel Logan. Er wird am besten wissen, was zu tun ist.«

»Ich hoffe, du hast recht, Großmutter, denn wenn er Grif nicht aus der Sache herausholen kann, weiß ich nicht, wer das sonst könnte.«

Der Verräter der Schotten

Buch 2

Reyna und Wulf

KAPITEL NEUNZEHN

Brenna wird gebeten, den Mann zu behandeln, der ihre Tochter gefangen genommen hat, Wulfstan de Gray. Ihre Heiler-Seele tritt zutage.

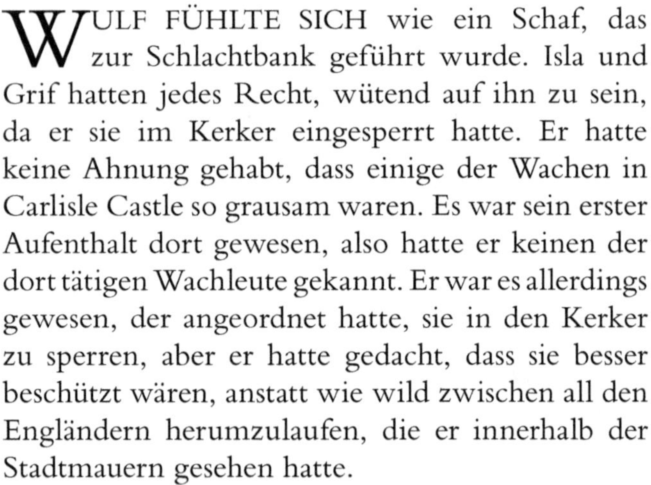

WULF FÜHLTE SICH wie ein Schaf, das zur Schlachtbank geführt wurde. Isla und Grif hatten jedes Recht, wütend auf ihn zu sein, da er sie im Kerker eingesperrt hatte. Er hatte keine Ahnung gehabt, dass einige der Wachen in Carlisle Castle so grausam waren. Es war sein erster Aufenthalt dort gewesen, also hatte er keinen der dort tätigen Wachleute gekannt. Er war es allerdings gewesen, der angeordnet hatte, sie in den Kerker zu sperren, aber er hatte gedacht, dass sie besser beschützt wären, anstatt wie wild zwischen all den Engländern herumzulaufen, die er innerhalb der Stadtmauern gesehen hatte.

Er hatte offenbar einen Fehler gemacht. Er hatte gehört, dass Grif eine kleine Tracht Prügel erhalten hatte, also hatte er eingegriffen und angeordnet, dass er dem Mann, der unter den Schotten den schlimmsten Ruf für Bestrafungen genoss, gegenübergestellt wurde. Doch dann hatte er Steinn getroffen und ihn anstelle des Wüstlings geschickt.

Steinn hatte Grif geholfen, zu entkommen, aber er hatte nicht gewusst, wie schlimm er geschlagen worden war. Die Arbeit hatte ihn, wie sich herausstellte, weit mehr einbezogen, als er erwartet hatte, denn eigentlich war es ihm nur um das Geld gegangen und darum, seinem Vater in England näher zu sein.

Als er gehört hatte, dass sie beide entkommen war, hatte ihn echte Erleichterung überkommen, insbesondere, da er die Wachleute von der besagen Seite der Mauer abgezogen hatte, um dafür zu sorgen, dass ihr Fluchtweg sicher war.

Niemand kannte seine Rolle dabei, nicht einmal Steinn. Jetzt war es wirklich nicht mehr wichtig.

Logan führte ihn in die Heilkammer und teilte ihm mit, dass er sich bis später gedulden müsse, um mit Reyna zu reden. Sie war mit Isla losgegangen, um eifrig mit ihrer besten Freundin zu plaudern, wenn er raten sollte. Ehe er sich um Reyna sorgen konnte, musste er sich um seine eigene Sicherheit sorgen, und er hoffte, dass ihn niemand hängen würde.

Oder ihm in die Hoden schießen würde. Es war ihre Großmutter, die diesen Ruf innehatte, nicht wahr?

Sobald er die Heilkammer betreten hatte, standen zwei großgewachsene Frauen vor ihm. Die eine sah sehr viel mehr wie eine Heilerin aus und die andere wie eine Gefängniswärterin. »Seid gegrüßt Ladys. Ich würde jede Hilfe begrüßen, die mich vor dem Verlust meines Beins bewahrt. Ich liebe Reyna von ganzem Herzen und ich habe Übertretungen wiedergutzumachen. Und ich habe vor, das zu tun, denn ich liebe sie so sehr. Ich begebe mich in Eure Hände. Ihr habt sicher gehört, dass ich Wulfstan de Gray bin und nicht länger Mitglied der englischen Garnison, sondern stolz darauf, wieder auf schottischem Boden zu sein.«

»Versorge seine Verletzung, Brenna. Ich erkläre es dir später, aber er ist nicht, wofür ihn alle halten. Gwynie weiß das.«

Brenna sah die Frau an, von der er annahm, dass es Gwyneth Ramsay sein musste, die allerdings nichts erwiderte.

»Ich werde tun, was ich kann, Logan. Geh hinaus und pass auf deine Enkeltochter und Großnichte auf.«

Der alte Krieger ging hinaus und die Frau sagte zu Wulf: »Ich bin Brenna Ramsay, Islas Großmutter, die Frau, die Ihr in den Kerker gesperrt habt, aber allem voran bin ich Heilerin, also werde ich Euch so gut behandeln, wie meine Fähigkeiten es erlauben. Setzt Euch bitte und zählt mir alle Verletzungen auf, die behandelt werden müssen. Alles. Und dies ist Logans Frau, Gwyneth.«

»Reynas Großmutter«, fügte Gwyneth rasch hinzu. Ihre scharfen Augen verfolgten jede seiner Bewegungen. Er zweifelte nicht, dass sie eine gute Beschützerin all ihrer Enkelkinder und Kinder war. »Wir werden uns unterhalten, nachdem Brenna mit Euch fertig ist.«

»Einverstanden«, entgegnete er und seine Kraft verließ ihn, sobald er sich auf die Stelle zubewegte, die sie für ihn vorgeschlagen hatte. »Ich scheine all meine Kraft verloren zu haben.« Seine Beine schlotterten – insbesondere das verletzte. Der Schmerz wurde schlimmer, je länger er stand.

Brenna klopfte auf die Pritsche, die auf einem langen Tisch stand, während Gwyneth hinausging. »Ruf mich, wenn du mich brauchst, Brenna.«

Er setzte sich und fing an, den Verband um sein Bein zu lösen. »Ich wurde an zwei Stellen mit einem Schwert verletzt. Reyna hat mich verbunden.«

»Wann?« Ihre Augen verrieten nichts von ihren Gefühlen.

»Vor drei Tagen, glaube ich. Reyna hat mir gesagt, es sei ein schmutziges Schwert gewesen. Ich weiß nicht, wie sie das sagen kann.« Er wusste, dass er wieder in seinen schottischen Dialekt zurückfiel, doch das machte ihm nichts aus.

»Ein sauberes Schwert hätte einen schärferen Wundrand hinterlassen. Einen, den ich leichter nähen könnte. Seid Ihr stark genug, das Nähen auszuhalten?«

»Ja. Reyna hat eine Salbe aufgetragen, nachdem es passiert ist. Tut, was Ihr tun müsst.«

»Ihr könnt ihr später danken. Hätte sie das nicht getan, müsste ich Euch das Bein wahrscheinlich amputieren. Ich werde die Wunde säubern, was schmerzhaft sein wird, aber ich glaube, Ihr werdet das Bein behalten können. Dann werde ich die Wunde von innen behandeln, ehe ich sie nähe.«

»Was immer Ihr für notwendig erachtet. Ich möchte mein Bein nicht einbüßen.«

Dann öffnete sich die Tür, und Logan trat ein, um ihm einen Becher mit dem Lebenselixier zu reichen, für das die Schotten so berühmt waren. »Trinkt das. Es ist von unserem Besten.«

Logan reichte ihm den Becher, und Wulf trank die Flüssigkeit, wobei er das Brennen der goldenen bernsteingelben Flüssigkeit genoss, die ihm durch die Kehle rann. Er wusste, es würde den Schmerz lindern helfen, und er wusste auch, wie jeder Schotte, dass nur geschätzte Besucher dazu eingeladen wurden. Es abzulehnen, wäre eine Beleidigung für den alten Krieger und Patriarchen. »Das ist ein gutes Gebräu.«

Brenna blieb stehen und sah Logan an, während Gwynie hinter ihm hereinkam. Brenna verlieh ihren Worten keinen verräterischen Tonfall, sondern fragte: »Warum, Logan?«

»Weil er getan hat, worum ich ihn gebeten habe.«

»Was?« Brennas überraschter Blick entging Wulf nicht, und dass selbst in seinem Dunst aus Schmerz und Erschöpfung.

Gwyneth stand hinter ihrem Mann und sagte zu Brenna. »Aye. Er hat mir alles erklärt. Behandle ihn gut.«

»Ich freue mich darauf, alles zu hören.« Brenna hob den Blick nicht von ihrer Arbeit.

»Verarzte sein Bein, ehe es zu spät ist.« Logan schenkte ihm noch eine Portion in seinen Becher.

Wulf trank ihn aus und fragte Brenna: »Darf ich die Augen schließen?«

»Aye, legt Euch nieder. Ich hoffe, Ihr könnt das hier verschlafen.«

Das tat er nicht, aber die Ramsays verstanden sich darauf, einen guten Whisky zu brauen.

Der Schwur des Schotten

Buch 4

Ceit und Brin

KAPITEL ZWEI

Tante Brenna versorgt Ceits Wunde.

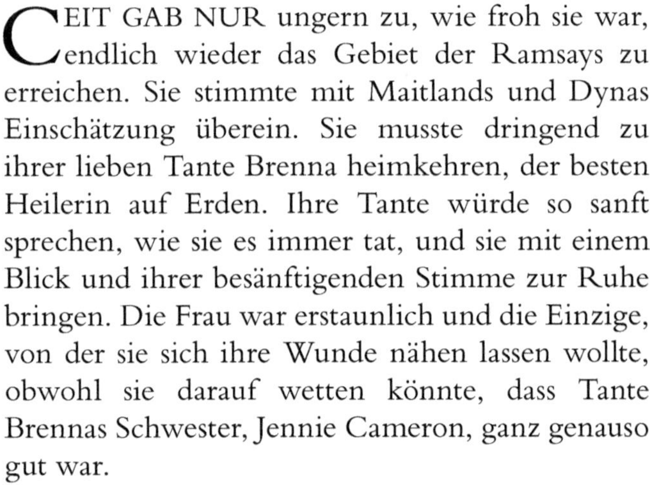

CEIT GAB NUR ungern zu, wie froh sie war, endlich wieder das Gebiet der Ramsays zu erreichen. Sie stimmte mit Maitlands und Dynas Einschätzung überein. Sie musste dringend zu ihrer lieben Tante Brenna heimkehren, der besten Heilerin auf Erden. Ihre Tante würde so sanft sprechen, wie sie es immer tat, und sie mit einem Blick und ihrer besänftigenden Stimme zur Ruhe bringen. Die Frau war erstaunlich und die Einzige, von der sie sich ihre Wunde nähen lassen wollte, obwohl sie darauf wetten könnte, dass Tante Brennas Schwester, Jennie Cameron, ganz genauso gut war.

Fast wäre sie vom Pferd gefallen, als der Schmerz sie wie ein Schock traf, aber sie hielt sich fest, während Dyna sie auf einer Seite stützte. »Wir sind fast da. Du kannst es schaffen.«

»Das werde ich«, prophezeite sie, während sie darum kämpfte, die Augen offen zu halten. Sie war erschöpft und litt unter Schmerzen. Würde sie schlafen können?

»Sobald Tante Brenna dir die erste Dosis des

Tranks verabreicht hat, wirst du die Stiche nicht mehr so heftig spüren. Und nach der zweiten Dosis schläfst du fest ein. Das ist bei weitem die beste Art, zu genesen.«

Als sie sich den Toren näherten, erkannte sie einige Gesichter der Reiter, die gekommen waren, um die Gruppe zu den Stallungen zu eskortieren. Der Laird, ihr Cousin Torrian, rief: »Sind alle wohlauf? Braucht jemand einen Heiler?«

Maitland zeigte auf Ceit. »Nur eine. Eine kleine Wunde, aber sie muss genäht werden.«

»Gut, dass ihr sie zurückgebracht habt«, rief ihr Großvater von seinem Pferd aus.

Dyna blickte mit einem süffisanten Lächeln zu Ceit hinüber: »Ich wusste, dass wir dich nach Hause bringen mussten. Ich möchte keine Zielscheibe von Onkel Logan auf meinem Rücken haben.«

Ceit verdrehte die Augen, durquerte dann das Tor und begab sich auf den Weg zu den Stallungen, denn ihr Pferd war genauso froh, hier zu sein wie sie. »Mir geht es gut, Großvater.« Sie spürte den scharfen Blick des Mannes auf sich.

»Was ist passiert?«, rief ihre Mutter, als sie Ceit auf ihrem Pferd bei den Stallungen sah.

»Es ist nichts Schlimmes, Mama. Mir geht es gut.« Ihrer Vermutung nach könnte das Blut auf ihrer Strumpfhose und der Verband an ihrem Bein etwas anderes vermuten lassen.

»Es sieht nicht so aus, als ginge es dir gut. Cailean!«, stieß sie als lauten Schrei aus und Ceits Vater kam angerannt.

»Was ist …? Ganz egal. Ich trage sie, Sorcha. Ich verstehe, warum du nach mir gerufen hast.« Der

Gesichtsausdruck ihres armen Vaters brach ihr beinahe das Herz. Wie so oft hatte er das Haar seitlich geflochten, und er trug es somit genau wie Maitland. Auf diese Weise wirkte sein Haar nicht wie ein vollkommenes Desaster. Es war zwei Nuancen dunkler als die goldenen Locken ihrer Mutter, die ihren eigenen so ähnlich waren, aber seine grünen Augen sahen genau wie ihre aus. Da sie zwei Elternteile mit grünen Augen hatte, erschien die Farbe ihrer eigenen noch intensiver. Das glaubte sie zumindest.

»Papa, es geht mir gut. Es ist nur ein kleiner Kratzer«, bekräftigte sie. »Ich kann allein gehen.« Sie stieg ab und zuckte kurz zusammen, ehe ihr Vater sie in seine starken Arme nahm.

»Das ist kein Kratzer. Kratzer hinterlassen keine blutgetränkten Strumpfhosen.«

»Papa ...«, stöhnte sie.

»Hör auf zu streiten, Mädchen. Ich werde dich zu deiner Tante Brenna bringen.« Der Gesichtsausdruck ihres Vaters verriet, dass er keine Widerrede dulden würde.

Dann kam ihr Großvater hinter ihr den Weg entlanggelaufen, während ihre Großmutter sich vom Bergfried her näherte. »Hört sich an, als hätte dein Vater recht, Ceit MacAdam. Ich habe solche Wunden schon gesehen, und sie sind alles andere als Kratzer.«

Sie warf ihrem Großvater einen finsteren Blick zu, der sie streng ansah. »Zieh deine Stirn nicht in Falten«, mahnte er.

»Logan, würdest du bitte berücksichtigen, dass

sie vielleicht Schmerzen hat?«, schimpfte ihre Großmutter. »Lass das verwundete Mädchen in Frieden.«

»Ich habe sie, Logan«, fügte ihr Vater hinzu. »Ich denke, Gwyneth hat den besten Rat gegeben. Wir beide werden uns erst zu Wort melden, nachdem Tante Brenna sie behandelt hat.«

Ihre Mutter ging ihrem Vater bei ihrem gemeinsamen Angriff auf ihren Großvater zur Hand. »Papa, bleib bitte zurück. Du machst alle unruhig, wenn du anfängst zu brüllen.«

»Sorcha, ich tue, was ich will!«

»Nicht mit meiner Tochter, nein! Genau wie ich gesagt habe. Hör auf zu schreien«, gebot ihre Mutter und hielt inne, um die Hände in ihre kurvigen Hüften zu stemmen. »Lass sie jetzt in Ruhe. Du wirst später zu Wort kommen.«

Ceit musste fast lachen, als sie sah, wie ihres Vaters Mundwinkel sich hoben. Sie flüsterte: »Das habe ich gesehen, Papa.«

»Ich liebe es, wenn deine Mutter ihren Vater anbrüllt. Das gebe ich zu. Sie ist eine der wenigen, die es wagt, es ihm mit gleicher Münze heimzuzahlen.« Er gab sich die größte Mühe zu flüstern, aber seine Stimme war zu tief.

»Das habe ich gehört, MacAdam.«

»Wenn du dich zurückgehalten hättest, wie man dir aufgetragen hatte, hättest du nichts gehört.«

Maitland lief der streitenden Gruppe voraus und hielt ihrem Vater die Tür zum Bergfried auf. Er flüsterte: »Ich werde ihn zurückhalten, Ceit.« Dann drehte er sich um und ging auf ihren Großvater zu.

»Onkel Logan, ich habe eine Frage an dich, wenn du einen Moment Zeit hast. Es geht um die Schlacht, die wir gerade erlebt haben.«

»Wenn du meine Hilfe brauchst, natürlich.«

»Vielen Dank von uns allen, Maitland«, rief ihre Großmutter, als sie die Tür zum Bergfried hinter sich schloss und die beiden draußen stehen ließ.

Tante Brenna stand bereits in der Tür zur Heilkammer und wartete auf sie.

»Sag mir, was passiert ist, Ceit.«

»Ein Schwert in meinen Oberschenkel. Wir haben die Blutung gestoppt«, erklärte sie, als ihr Vater sie auf dem Tisch absetzte, den ihre Tante so häufig benutzte. Dann stellte er einen Schemel unter ihren Fuß, um ihr zu ermöglichen, ihr Bein weit auszustrecken, damit ihre Tante es genau ansehen konnte.

Tante Brenna wickelte den Verband ab und warf die blutigen Stoffstreifen in einen Mülleimer hinter sich. »Hmmm. Sieht nach einem sauberen Schnitt aus, aber ich glaube, er muss doch genäht werden.«

Cailean wurde blass und sah ihre Mutter an. »Du hast jetzt das Sagen.«

So schnell er konnte ging er hinaus und ihre Tante flüsterte: »War das schnell genug für dich, Sorcha?«

Ceit schaute ihre Mutter an, seltsam neugierig über den Austausch. »Was?«

»Dein Vater wird fast ohnmächtig, wenn er etwas sieht, das mit Blut und seinen Kindern zu tun hat. Bei mir auch. Er kann es nicht ertragen, also hat Tantchen ihn weggeschickt, bevor er auf den Boden fallen konnte.«

»Jedes Mal ist es das Gleiche«, erklärte Tante

Brenna mit einem Lächeln. »Schließlich hat er es akzeptiert.«

Als Nächstes trat ihre Großmutter ein. »Hast du von Blut und Nähen gesprochen, Brenna?« Sie grinste ebenso wie Tante Brenna. »Ich habe Cailean draußen davonrennen sehen. Wir alle wissen, was das bedeutet, insbesondere, wenn er sich so schön grün färbt.«

»Das klappt bei dem Mann ganz wunderbar. Ich werde die Wunde nähen, aber zuerst muss ich sie reinigen.«

Ceit beobachtete die geschickten Hände ihrer Tante, wie sie ihre Werkzeuge zusammensuchte und darauf achtete, alles sauber zu halten. Sie dachte an die Worte der Frau, die ihr in der Nähe des Grenzlandes geholfen hatte, und fragte: »Warum hältst du alles so sauber, Tante Brenna? Es ist ja nicht so, als gäbe es Ungeziefer auf der Oberfläche.«

»Das war die Art meiner Mutter. Ihr Vater und sie probierten es aus, weil sie es für richtig hielten, aber Großvater hatte es ihnen nicht geglaubt. Doch dann fanden sie heraus, dass die Wunden, die sorgfältig gereinigt wurden, schneller heilten als verdreckte Wunden. Und sie machten auch Vergleiche mit sauberen Händen. Sie blieben dabei, und Jennie und ich auch. Wir glauben, es funktioniert besser. Warum stellst du diese Frage?«

»Weil die Frau, die so hilfsbereit war, meine Wunde zu verbinden, nicht daran glaubt, aber sie hat von deinen Überzeugungen gehört.«

Die Tür flog auf und zwei Frauen kamen herein – Isla und Thea. »Wird sie wieder gesund werden, Großmutter?«, fragte Thea.

»Aye, das wird sie.«

»Gut«, brachte Isla erleichtert hervor und nahm ihr gegenüber Platz. »Darf ich ihr eine Frage stellen, Großmutter?«

Ceit sagte: »Natürlich. Mir geht es gut.«

»Du hast nicht getroffen«, sagte Isla. »Was ist passiert?«

Ceit errötete, obwohl sie nicht überrascht war. Ihre Sehkraft war ihr im Kampf abhandengekommen. »Nein, ich habe mein Ziel gefunden.«

»Aye, aber du warst immer besser als das. Du hast den ersten in den Arsch getroffen. Reyna und ich haben ihn aufgehalten. Dann hast du deinen nächsten Pfeil völlig danebengeschossen.«

»Aber nicht den, der darauf folgte«, argumentierte sie und hasste es, dass ihre Großmutter zuhörte. Sie hoffte nur, sie würde nicht so genau darauf achten.

Offenbar hatte ihre Großmutter aber genau das getan, denn sie stemmte die Hände in die schmalen Hüften, ehe sie die beiden anschrie. »Raus hier. Alle beide.«

»Was?«, fragte Isla und schaute ihre Großmutter hilfesuchend an. »Aber Tante Gwyneth kann mich doch nicht wegschicken. Großmutter, das ist deine Heilkammer, und ich möchte bleiben.«

Tante Brenna hielt in ihrem Tun inne und blickte ihre Enkelin an, wobei sie mit dem Finger auf Isla zeigte. »Sieh mich nicht so verurteilend an. Isla, du erinnerst mich so sehr an deine Mutter, dass es mir Angst macht, aber hör mir bitte zu. Es ist nicht richtig, jemanden zu beschuldigen, der gerade genäht wird, insbesondre mit einer großen klaffenden Wunde am Oberschenkel. Glaubst du nicht, es tut ihr weh?

Geh hinaus. Heb dir deine Fragen für später auf. Selbst deine Mutter weiß das besser.«

Mit finsterem Blick verschränkte Isla die Arme vor der Brust, aber Thea meinte: »Ich bitte um Entschuldigung, Ceit. Bis später. Lass sie in Frieden, Isla. Großmama hat recht. Meine Mutter wäre sehr verärgert über uns.« Theas Mutter, Bethia, war Brennas älteste Tochter.

Die beiden gingen hinaus, aber es dauerte nur einen Moment, bis ihre Großmutter sich wieder zu ihr umdrehte und fragte: »Kannst du nicht mehr schießen oder sind es deine Augen?«

»Was meinst du?«, fragte Ceit, die es hasste, sich diesem Gespräch stellen zu müssen.

»Wirst du auch so blind wie ich?«

KAPITEL ZWEIUNDDREISSIG

Brenna ist nicht da, aber alles dreht sich um sie.

IHRE TRAUUNG FAND am nächsten Tag statt, wobei seine Mutter darauf bestand, dass sein Vater an diesem Tag wieder auf den Beinen sein würde. Nach der Hochzeit versammelte sich die Gruppe im Hof vor Cameron Castle.

Ceit fand den Zeitpunkt zum Heiraten einfach wunderbar, weil so viele Mitglieder ihrer Großfamilie zugegen waren.

Der gesamte Trupp der Patrouille war da – Alaric, Tevis, Maitland, Willum, Wenna, Thea, Reyna und Dyna.

Connor Grant und seine Krieger – unter ihnen Alasdair, Alick MacNicol und Drostan.

Viele Ramsays – ihre Großeltern, ihre Eltern, Gavin und Merewen, Gregor und Torrian.

Und natürlich alle Camerons, die so dankbar waren, dass ihr Clan und ihre Häuser alles überstanden hatten, und die sich über ihren neuen Laird freuten. Sie tanzten und schlemmten ausgiebig Fasan, Wild, Lamm und so viele Fleischpasteten, wie die Küche in kurzer Zeit zubereiten konnte.

Am liebsten erinnerte Ceit sich jedoch an den Abschluss des Abends, als die Jüngeren der Gruppe sich um den Kamin herum niederließen und plauderten.

Brin betrachtet die Gruppe und meinte: »Wir sind so froh, dass ihr alle hier seid. Und wir sind allen so dankbar, die gekommen sind, um uns zu helfen. Vielen Dank an euch alle. Aber eine Frage habe ich noch. Connor, wie seid ihr so schnell hierher gekommen? Wir hatten gerade erst einen Boten zu euch losgeschickt.«

Alasdair schmunzelte. »Ich kam gerade vom Gebiet der MacLintocks und hatte eine Bande erspäht, von der ich wusste, dass sie Ärger machen würde. Wir waren nur zu fünft, also näherten wir uns nicht, sondern ritten in die nächste Stadt und entdeckten, dass sie auf dem Weg in das Gebiet der Camerons waren. Sobald ich Connor das sagte, machte er seine Krieger reisefertig.«

»Ihr könnt euch immer darauf verlassen, dass der Grant Clan eine ganzes Heer von Kriegern schickt«, meinte Torrian. »Nun bist du also der neue Laird von Cameron Castle, Brin? Ich denke, du wirst gute Arbeit leisten.«

»Papa sagt immer, das sei mein Lebenszweck«, entgegnete Brin, »aber ich glaube, mein erstes Ziel ist es, Ceit glücklich zu machen.« Ceit saß neben ihm, und er hatte seinen Arm um ihre Schultern gelegt, während sie sich an ihn lehnte.

»Es wäre klug von dir, dich gut darum zu kümmern«, riet Cadyn. »Denn du wirst dich vor mir, meinem Vater und meinem Großvater verantworten müssen.«

Das brachte eine Reihe von Ohs aus der Menge hervor.

Brin lächelte: »Daran habe ich noch gar nicht gedacht.«

»Wie konntest du nicht daran denken?«, fragte Gavin. Zumindest hättest du daran denken müssen, dass Großvater ein Auge auf dich haben würde.«

Ceits Großvater kam hereinmarischiert und nahm in der Nähe des Kamins Platz, ehe er dann über diese Bemerkung schnaubte. »Daran hatte er nicht denken dürfen, denn sonst hätte er dich nie geheiratet, Ceit. Ich fürchtete, du wirst keinen finden, der es mit uns dreien aufnehmen könnte. Und aye, MacAdam, ich gebe zu, dass du eine Macht bist, mit der man sich auseinandersetzen muss, insbesondere, wenn es um die Frauen geht.«

»Hätte ich darüber nachgedacht, dann hätte ich dich trotzdem geheiratet, Ceit. Ich glaube, du bist mein Schicksal … meine Bestimmung.«

»Ist das gleichbedeutend mit dem Ziel?«, fragte Alaric. »Ich habe gehört, wie andere darüber gesprochen haben, aber ich war mir nicht sicher, was es bedeutet.«

»Der Himmel bestimmt, was ihr tut. Ihr könnt mehr als eine Aufgabe haben, aber immer wird eine wichtiger als die anderen sein.«

Brin beugte sich vor, um seiner Frau einen Kuss auf die Wange zu geben. »Ceit ist meine erste Aufgabe, der Clan die zweite, aber von ebenso großer Wichtigkeit.« Ceit schmiegte sich an ihn, und ihr Stuhl war dem seinen so nahe, dass sie sich berührten.

»Brin, du gehörst als Laird dazu«, entgegnete

Gavin. Das ist deine Bestimmung. Es ist das, wozu du bestimmt bist, so wie es Torrians Bestimmung ist, der Laird des Ramsay Clans zu sein.«

»Tad meint, das sei auch seine Absicht«, meldete sich Maitland zu Wort. Tad war sein ältester Bruder, der bereits als Laird des Menzie Clans fungierte.

»Ich denke, meine Frau ist meine erste Bestimmung, mein Amt als Laird ist die zweite«, meinte Torrian.

»Dann habe ich ein sehr ungewöhnliches Ziel«, kommentierte Alasdair.

»Was glaubst du denn, welches es ist?«, fragte Connor. »Das erste ist Sela. Als zweites das Amt des Lairds. Dann meine Kinder und Enkelkinder. Glaubst du nicht, dass Emmalin deine Bestimmung ist?«

»Nein. Emmalin ist so eine starke Frau, dass sie mich nicht braucht. Meine Aufgabe war es, Großvater zu beschützen«, entgegnete Alasdair.

Ceit sah zu ihrem Großvater hinüber, der breit grinste. Der alte Mann verschränkte die Arme und erklärte: »Alex brauchte deinen Schutz. Ich nicht.«

Dyna war von Alasdairs Ankündigung offenkundig nicht begeistert und funkelte ihn an. »Ich war Großvaters Beschützerin. Nicht du, Alasdair. Derric und ich haben ihn in der Hütte gefunden.«

»Aber ich habe immer über ihn gewacht.«

»Manche Menschen haben zwei Beschützer verdient. Wir werden euch beiden zustimmen«, mischte Maitland sich in den Disput ein.

Torrian blickte seinen Onkel an und fragte: »Wann hast du zum ersten Mal deine Bestimmung erkannt? Als du Tante Gwyneth kennengelernt hast?«

Ihr Großvater grinste. »Wie ich Brin und Ceit schon sagte, ist Gwynie eines meiner Ziele, aber nicht mein wichtigstes.«

»Was dann?«, wollte Torrian wissen.

»Du meinst wer?«

»In Ordnung. Wer?«

»Wer, Großvater? Ich habe keine Ahnung«, bettelte Ceit. »Oder doch, Cadyn? Mama?«

Ihre Mutter rief: »Ich! Ich bin sein Ziel.«

Logan schnaubte: »Sorcha, du brauchst keinen Schutz, wenn MacAdam bei dir ist. Der Mann ist für dich über eine Klippe gesprungen, Mädchen.«

Ihre Mutter beugte sich vor und gab ihrem Vater einen Kuss. »Dann weiß ich es auch nicht, Papa. Stimmt's, Gavin?«

Gavin schüttelte den Kopf.

Torrian setzte einen selbstgefälligen Gesichtsausdruck auf. »Ich weiß es.«

»Wer?« Ein Dutzend Stimmen erhob sich und alle starrten Torrian an.

»Brenna.«

Logan setzte ein leichtes Lächeln auf, lehnte sich in seinem Stuhl zurück und meinte: »An dem Tag, an dem ich Brenna Grant aus ihrem Haus entführt habe, bin ich ihr Beschützer geworden. Ich habe sie Alex Grant direkt vor der Nase weggeschnappt, obwohl er sagt, dass er es wusste und er ist mir gefolgt, aber ich glaube ihm nicht. Von Anfang an hatte sie etwas an sich, das vom Himmel zu sein schien.«

Tränen schimmerten in seinen Augen und er lehnte sich zurück, um seinen Stuhl auf den beiden hinteren Beinen zu balancieren. »Als ich die Frau durch die Wälder eskortierte, geschah etwas, das ich immer noch nicht erklären kann. Der Weg lichtete sich auf eine Weise, dass mir klar wurde, dass irgendetwas nicht mit rechten Dingen zugehen konnte. Es war, als hätten die Feen einen Weg für uns frei gemacht. Wir hatten den Pfad auf dem Weg nach Norden gerade verlassen, der zugewachsen und wild gewesen war. Obwohl es Äste gab, war es fast so, als wäre der Weg mitten in der Nacht für uns erleuchtet worden. Wir brauchten nur die Hälfte der Zeit um in das Gebiet der Grants zu gelangen.

»Je näher wir meinem Bruder kamen, desto mehr verschwanden die Wolken. Ihr müsst wissen, dass Quade in einem verlassenen Häuschen dem Tode nahe war und seinen beiden Kindern bei den Ramsays erging es nicht besser. Als ich Brenna aber in das Häuschen brachte und die Morgendämmerung anbrach, schien die Sonne kräftiger, als ich sie je erlebt hatte.

»Einer meiner Krieger fand diese intensive Helligkeit unheimlich. Wann schien die Sonne mitten im Wald jemals so hell? Ich musste ihm Recht geben. Ich habe Brenna nicht widersprochen, denn sie besaß eine Gabe, die mein Verständnis überstieg. Ich verstehe es immer noch nicht. Sie rettete den Mann, als ich sicher war, dass er bei meiner Rückkehr tot sein müsste. Brenna Grant ist von allen Menschen, die ich kennengelernt habe, einem Engel am ähnlichsten. Ich liebe euch alle, aber irgendetwas ist anders an ihr.« Er hielt inne, da ihm die Worte im Halse stecken blieben. »Und sie ist diejenige, die die Clans der Grants und der Ramsays vereint hat.«

Als er imstande war, mit seiner Rede fortzufahren, flüsterte er leise vor sich hin. »Brenna hat meinen Bruder glücklich gemacht. Sie hat Torrian und Lily das Leben gerettet und unseren Clan wieder zusammengeführt. Sie hat mir Nichten und Neffen, Großnichten und Großneffen geschenkt, die ich vergöttere, und sie hat mehr Menschen geheilt, denen meine Liebe gehört, als ich zählen kann. Gwynie war meine zweite Bestimmung, aber Brenna Grant war meine erste.«

»Ich vermisse meinen Vater«, meinte Torrian.

»Das tue ich auch, deinen Vater und meinen Vater«, meinte Connor.

»Ich wünschte, Onkel Quade wäre hier bei uns«, meldete sich Ceit zu Wort.

Brin fügte hinzu: »Und Onkel Alex.«

Dyna schürzte die Lippen und sagte: »Ich war nicht traurig, als Großpapa uns verließ. Er war dafür bereit. Und er war der älteste Mensch, den ich je getroffen habe. Und mit dem schärfsten Verstand. Er war bereit, Großmama wiederzusehen.«

»Es hat mich traurig gemacht, als Quade uns verlassen hat«, meinte Großmutter seufzend, »aber nachdem er so viele Jahre mit all dem Schmerz hatte ausharren müssen, war es an der Zeit. Und sein letzter Sturz hatte ihn schwer getroffen. Davon hatte er sich nie wieder ganz erholt. Er war froh, seine Kinder groß und glücklich zu sehen, und Brenna hatte all die Enkelkinder, um die sie sich kümmern konnte. Am Tag vor seinem Tod sagte er mir, dass er bereit sei. Ich konnte ihm keinen Vorwurf machen. Und seine letzten Worte werde ich immer in Erinnerung behalten.«

Torrian sah ihn an und wölbte die Stirn. »Nun? Jetzt musst du sie verraten. Er war mein Vater.«

»Er sagte: Ich sterbe als glücklicher Mann, Bruder. Ich danke dir für den größten Gefallen, den du mir je getan hast. Dass du mir Brenna gebracht hast.«

Eine Zeit lang waren alle still, aber dann sagte Maitland: »Was für eine Geschichte, Logan. Vielen Dank, dass du sie erzählt hast.«

»Was ist dein Ziel, Maitland?«

Maitland rieb sich die Hände und antwortete: »Ich habe keines.«

Ihr Großvater stellte sich vor Maitland hin und sagte: »Menzie, ich habe nicht die Fähigkeiten eines Sehers wie andere in meinem Clan, aber so viel kann sogar ich erkennen. Deine Bestimmung wird bald kommen.«

Großvater stieg die Treppe zu seiner Kammer hinauf, doch oben auf der Galerie blieb er noch einmal stehen. Er drehte sich um und meinte: »Maitland, es wird noch eine Frau geben, die dich braucht. Du wirst es früh genug erkennen.«

Alle Gesichter wandten sich Maitland zu, und alle sahen dasselbe.

Die Tränen kullerten über sein Gesicht.

DIE WARNUNG DES SCHOTTEN

Buch 6

Ysenda und Lewis

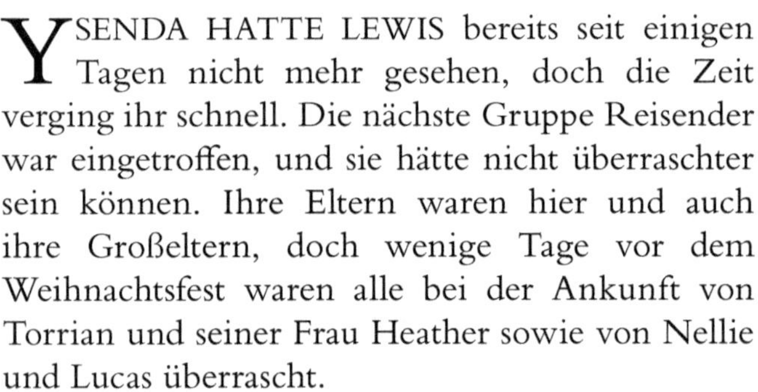

KAPITEL VIERZEHN

Brenna reist zur Black Isle um Jenny und ihre Familie zu besuchen, aber auch, um der armen Ysenda zu helfen.

YSENDA HATTE LEWIS bereits seit einigen Tagen nicht mehr gesehen, doch die Zeit verging ihr schnell. Die nächste Gruppe Reisender war eingetroffen, und sie hätte nicht überraschter sein können. Ihre Eltern waren hier und auch ihre Großeltern, doch wenige Tage vor dem Weihnachtsfest waren alle bei der Ankunft von Torrian und seiner Frau Heather sowie von Nellie und Lucas überrascht.

Die größte Überraschung war allerdings, als Tante Brenna zur Tür hereinspazierte.

»Tante Brenna!« Am liebsten wäre sie zu ihr hingerannt, doch dazu war sie noch nicht in der Lage.

Ihre geliebte Tante eilte unverzüglich zu ihr, nachdem sie ihre eigene Tochter und ihre Enkelinnen Charlotte, Isla und Jennet begrüßt hatte.

»Ich muss irgendwie wieder warm werden, Mädchen, weshalb ich mich neben dich vor den Kamin setze.« Ihr Lächeln fühlte sich ebenso warm an, wie die Hitze der Flammen und es gab Ysenda das Gefühl, etwas Besonderes zu sein, weil ihre Tante nun hier bei ihr war.

Jennet eilte aus dem Korridor herbei und rief über ihre Schulter: »Ich hole dir eine warme Brühe, Mama. Ich bin gleich wieder da.«

»Und einen Obstkuchen, wenn ich bitten darf«, rief die Tante ihrer Tochter nach. »Ich bin am Verhungern.«

Ysenda tat ihr Bestes, um sich aufzusetzen, was ihr aber schwerfiel. Alles war einfacher, wenn Lewis oder ihr Vater hier waren, um sie aufzurichten, aber ihr Vater war immer draußen auf dem Übungsplatz und arbeitete mit den Kriegern der Mathesons.

Und dann war da noch Lewis. Sie wusste überhaupt nicht, wo er abgeblieben war. Isla hatte nur zu ihr gesagt: »Er ist mit Grif nach Inverness geritten. Wahrscheinlich werden sie später zurückkehren. Grif sagte, sie wollten nicht lange fortbleiben.«

Das war am Vortag gewesen.

Sie besann sich darauf, dass Lewis deutlich gemacht hatte, dass sie nicht umeinander werben würden. Und sie hatte ihm beigepflichtet, wenn sie die Lüge auch gut überspielt hatte. Lewis hatte ein eigenes Leben, das sich nicht um den Ramsay Clan drehte, weshalb sie sich also alle Mühe gab, sich bei seinen Bemerkungen nicht beleidigt zu fühlen.

Tante Brenna beugte ihren Kopf zu ihr und legte ihre Wange an Ysendas Stirn.

»Keine Sorge, aber ich muss immer das Fieber kontrollieren. Du fühlst dich gut an. Es ist schon fast ein Mond vergangen, nicht wahr?«

»In ein paar Tagen, aye. Es tut nicht mehr so weh, solange ich nicht damit irgendwo anstoße«, berichtete sie. »Wie lange muss ich noch in dieser Vorrichtung bleiben?« Sie konnte nicht verhindern, dass ihr die Tränen in die Augen traten.

Es kam ihr so vor, als sei sie schon seit einer Ewigkeit an diesen Sessel am Kamin gefesselt. Der Kamin, ihre Kammer, der Kamin, ihre Kammer. Ihr Vater hatte sie zweimal nach draußen getragen, aber das war alles.

»Jetzt hör mal zu, Kleines. Ich weiß, dass es dir wie eine Ewigkeit vorkommt, aber du kannst nicht riskieren, dass dieser Knochen schief zusammenwachsen wird. Er wird dich dein ganzes Leben lang begleiten. Deshalb bin ich ja auch mitgekommen. Wir haben einen Wagen mit verschiedenen Gegenständen mitgebracht, und eines davon ist ein Gerät, das Onkel Quade, Gott hab ihn selig, für einen anderen Menschen mit einem gebrochenen Knochen ersonnen und angefertigt hatte. Ich glaube, es war Gregor, vor vielen Jahren, aber es wird dir ermöglichen, dich ein wenig allein fortzubewegen, ohne Druck auf den Knochen auszuüben. Es müssen mindestens drei Wochen nach dem Bruch vergangen sein, und die hast du denke ich hinter dir, also kannst du es versuchen. Es ist wie ein Gehstiefel. Der Waffenschmied hat ihm bei der Anfertigung geholfen. Dein Gang wird sehr ungleichmäßig sein, aber du kannst langsam gehen. Ich helfe dir morgen damit, wenn wir den Wagen abgeladen haben. Ich habe auch Geschenke für alle. Wo ist Gwyneth? Ich hatte sie auch in der Nähe der Feuerstelle erwartet.«

»Großmutter ist irgendwo in der Nähe.«

»Ich bin hier«, antwortete Ysendas Großmutter.

»Ich bringe den Obstkuchen mit, weil ich wusste, dass du einen willst. Und das arme Mädchen hat sich kaum bewegen können, also werde ich euch beiden morgen helfen, die Apparatur hierher zu schaffen.«

Charlotte kam herüber und umarmte Tante Brenna gleich noch einmal. »Großmutter, bleibst du zum Weihnachtsfest?«

»Natürlich werde ich zum Weihnachtsfest hier sein. Das werden wir alle.«

Brigid kam von der Treppe herunter und frohlockte: »Wir werden dieses Jahr das schönste Weihnachtsfest haben. Morgen werden wir das Tannengrün aufhängen, und die Männer gehen auf die Jagd gehen. Ich hoffe auf einen schönen, dicken Fasan dieses Jahr, Mama.«

»Sieh mich deswegen nicht an. Merewen und Ysenda ... oder nein, nicht Ysenda. Merewen und Isla können Fasane jagen und vielleicht auch eine schöne, fette Gans. Aber du weißt ja, dass Logan sich ein großes, wohlgenährtes Wildschwein wünscht, um es im Freien zu braten.«

»Vielleicht bekommen wir ja alles«, schwärmte ihre Tante Brigid. »Wir werden auch viel Gebäck zubereiten. Ich werde einen feinen Eintopf mit ein wenig von jedem Fleisch machen. Marcas liebt es, wenn ich sie miteinander mische. Hammelfleisch, Rindfleisch, Schweinefleisch, sogar Ente und Kaninchen.«

Ysenda gestand sich ein, dass es wunderbar war, alle hier versammelt zu sehen. Und der Gedanke, wieder laufen zu können, wenn auch nur ein kleines Stückchen, war sehr aufregend. Wenn es nach ihr ginge, würde sie darauf drängen, dass dies noch heute Abend geschah, aber selbst sie konnte erkennen, wie erschöpft ihre Großtante war.

Und Tante Brenna war immer unermüdlich.

Heather kam mit Nellie herein, und ehe sie sich versah, hatte sich ein Kreis aus Stühlen um die Feuerstelle gebildet. Alle scherzten und lachten über alles Mögliche – die Reise, die Kinder und das Essen. Einfach über alles.

Jennet reichte ihr einen Becher Bier, den sie rasch leerte und dann legte sie den Kopf zurück und lauschte den Stimmen, die sie in den Schlaf wiegten. In der letzten Nacht hatte sie nicht gut geschlafen, weshalb sie sich keine Sorgen machte, wenn sie sich vor allen ein kleines Nickerchen gönnte.

Ihre Augen waren geschlossen, aber sie hörte Bruchstücke des Gesprächs.

Tante Brenna meinte zu ihrer Mutter: »Wie ist es ihr ergangen? Jennet, sie ist doch gar nicht darauf gelaufen, oder? Du weißt doch, wie wichtig es ist.«

Brigid sagte: »Tante Brenna, wir haben ihr nicht erlaubt, aus irgendeinem Grund den Stuhl zu verlassen.«

Ihre Mutter erklärte: »Gavin hat sie jeden Abend in ihr Bett getragen.«

Charlotte kicherte und sagte: »Nachdem sie in den Stuhl da drüben gepinkelt hat.«

»Charlotte.« Ihre Mutter rügte ihre Cousine für deren Frechheit.

Sie seufzte und dachte, dass morgen ein besserer Tag werden würde. Die Stimmen verschmolzen alle zu einer einzigen.

Dann flog die Tür auf, und das wilde Tier kam

herein, direkt auf sie zu, mit weit aufgerissenem Kiefer und scharfen Zähnen, von denen Speichel troff. Es raste direkt auf sie zu.

Sie schrie und schrie und schlug mit der Faust nach dem Monster, aber es ließ sie nicht los.

»Ysenda, Mädchen. Ich bin‘s. Bitte schlag mich nicht noch einmal.«

Sie schlug die Augen auf und war überrascht, Lewis zu sehen. Hinter ihm stand Grif, der ihm Ratschläge erteilte. »Weck sie auf. Sie hat einen Albtraum.« Die Halle war dunkel und leer. Wo waren denn alle hin? Sie lehnte den Kopf zurück und schloss die Augen wieder, denn sie war zu müde, um den Kopf zu heben.

»Ysenda. Wach auf.«

Ihre Augen flogen auf und suchten die Umgebung ab, aber es war kein Tier zu sehen. »Wo ist es?«

»Wo ist was?«, fragte Lewis, der ihre Hände in seinen hielt. Er kniete sich vor sie, sodass er auf Augenhöhe mit ihr war.

»Die Bestie.«

Grif rief ihm von der Treppe aus zu: »Ich gehe ins Bett. Ich kann meine Augen nicht offen halten. Mach Gavin wach, wenn du willst. Er wird sie in ihre Kammer tragen.« Dann änderte er seine Richtung und steuerte stattdessen die Küche an. »Ich bin hungrig. Dann gehe ich durch den Hintereingang hinaus.«

Lewis‘ Stimme war so ruhig, wie sie sie noch nie gehört hatte. »Hier gibt es keine Bestie. Und wenn es eine gäbe, würde ich sie nie in deine Nähe lassen.« Er strich ihr die gelösten Haarsträhnen aus dem Gesicht. »Du bist ganz kalt hier draußen. Das

Feuer hat kaum noch Glut. Soll ich dich in deine Kammer tragen?«

»Ja, bitte. Ich möchte nicht in der Nähe dieser Tür sein.« Sie hatte eine Vision vor Augen, wie die monströse Bestie durch die Eingangstür stürmte und sich seinen Weg zu ihr suchte.

Er hob sie hoch, als ob sie nicht mehr wöge als ein Vögelchen.

»Wo sind die anderen?«, fragte sie.

»Im Bett, wenn ich raten sollte. Es ist mehr Besuch gekommen, habe ich gehört, aber es ist mitten in der Nacht. Wir sind gerade aus Inverness zurückgekehrt. Bei Mondlicht reitet man langsamer als bei Tag.«

Er machte die Tür zu ihrer provisorischen Schlafkammer auf und setzte sie vorsichtig auf das Bett, wobei er ihr half, ihr Bein hochzulegen, damit sie es nicht verletzte. »Wie ist das?«

»Es ist gut. Vielen Dank an dich, Lewis.«

Zu ihrer Überraschung beugte er sich zu ihr hinunter und küsste sie auf die Stirn. Sie zog ihn zurück und küsste ihn stattdessen auf die Lippen. »Bitte geh nicht. Ich habe Angst.«

»Niemand wird dich belästigen, Ysenda. Die Wachen sind am Tor. Niemand kann in die Halle kommen, sonst würden sie ihn sehen.«

»Oder es.« Sie fröstelte plötzlich und begann zu zittern, was sie nicht verhindern konnte.

»Du zitterst ja. Ist dir so kalt?«, fragte er und strich mit seinen Händen über ihre Unterarme.

»Ja. Ich bin erfroren.«

»Ich lege ein Holzscheit auf, aber das ist alles.

Mitten in der Nacht will ich hier kein Feuer anfachen.«

»Dann halte mich, bis die Kammer warm ist. Bitte? Du hast so viel mehr Wärme als ich, Lewis. Bitte!«

Seufzend kümmerte er sich um das Feuer und kam dann zum Bett zurück. »Nur für ein paar Augenblicke. Weißt du, was passieren würde, wenn mich jemand hier in deinem Bett erwischt?«

»Wer sollte dich erwischen? Alle schlafen schon. Sobald ich nicht mehr zittere, kannst du ja gehen.«

»In Ordnung.« Er rutschte neben sie, und sie schmiegte sich an ihn und seufzte wohlig, als sich seine Wärme auf sie übertrug. »Du bist wie ein Eisklotz auf dem See, Mädchen.«

»Ich weiß. Ich brauche dich.« Sie schmiegte sich an ihn.

»Nur ein paar Augenblicke«, sagte er. »Sag mir, wer heute Abend angekommen ist.«

Ysenda begann, alle Namen aufzuzählen, ehe sie sich dann an ihre gute Nachricht erinnerte. »Tante Brenna hat eine neue Apparatur für mich, damit ich ein bisschen laufen kann. Ich werde sie morgen bekommen.« Ihre Augen fielen zu, aber dann öffnete sie sie schnell wieder und freute sich, dass Lewis noch da war.

Seine Augen fielen flatternd zu, aber sie wusste, dass er noch wach war, also kuschelte sie sich wieder an ihn und schloss die Augen.

Beide schliefen sie fest ein.

KAPITEL FÜNFZEHN

Logan gegen Brenna. Wer wird gewinnen?

LEWIS WACHTE AUF und war überrascht, dass ein wenig Licht in die Kammer fiel. Ysenda war fest an seine Brust geschmiegt, aber das Schlimme war, dass die Sonne aufging.

Und er war immer noch in ihrem Schlafgemach. Sein Kopf ruckte hoch, als ihm eine Erkenntnis kam.

Er war nicht nur in ihrem Schlafgemach, sondern auch in ihrem Bett.

Er lag in Ysendas Bett, unter der Bettdecke und hatte seine Arme um sie gelegt.

Verdammt.

Er tat sein Bestes, um aus dem Bett zu steigen, ohne sie zu bewegen, was ihm aber nicht gelang. Sie rührte sich und flüsterte: »Geh nicht.«

»Mädchen, es ist Morgen, und ich muss weg, ehe dein Vater mich hier erwischt, oder noch schlimmer, dein Großvater.«

»Das wird sie nicht kümmern. Du hast mich warmgehalten.«

»Ich fürchte, den Rest werden sie sich denken. Ich gehe jetzt. Pass auf dich auf. Ich werde später nach dir sehen.« Er gab ihr einen kurzen Kuss auf die Lippen, schlich zur Tür, öffnete sie und trat hinaus.

Direkt vor Logan Ramsays Füße.

»Gwynie, ich werde ihn entweder an seinen Eiern aufhängen oder einen Priester finden. Was soll es sein, Haggert?«

»Logan, lass ihn in Ruhe, bis du alle Fakten kennst.« Gwyneth Ramsay saß am Kamin und nippte an einem Becher Brühe.

Lewis sprudelte die Worte so schnell hervor, dass er sich selbst nicht verstehen konnte. »Es ist nichts passiert. Ich schwöre, es war alles ganz unschuldig. Ich musste ihr ins Bett helfen – sie war allein, als ich in die Halle kam.« Verdammt, aber der Schweiß lief ihm vom ganzen Körper, obwohl es in der Halle eiskalt war, weil der Kamin noch nicht angeheizt war. »Ihr war kalt hier draußen. Das Feuer war heruntergebrannt und es war kaum noch Glut da.«

Gavin kam aus der Küche und hielt inne, als sein Blick auf Lewis fiel. »Du kommst aus dem Gemach meiner Tochter?«

»Es ist nichts passiert. Ich habe ihr ins Bett geholfen, weil Ihr sie alle hier draußen gelassen habt.«

Gavin überraschte ihn, stürzte sich auf Lewis, packte ihn am Hals und warf ihn gegen die Wand. »Ich bringe dich dafür um, dass du sie angefasst hast.«

Logan brüllte: »Gavin, ich mach das schon. Halt ihn fest, während ich das Seil hole, das ich ihm um die Eier binde. Ich werde ihn im Hof aufhängen, damit ihn alle sehen können.«

»Papa! Großvater! Helft mir!« Sie alle hörten

Ysendas Ruf und alle drei rannten in die Kammer, aber Lewis war zuerst da.

»Was ist los?«

»Nichts mit mir. Papa, lass Lewis in Ruhe. Er hat mir in mein Bett geholfen. Das war alles. Warum habt ihr mich dort allein gelassen?«

Logan kam um das Bett herum und brachte sein Gesicht vor das ihre. »Mädchen, hast du vergessen, dass ich gerade vor der Tür stand, als er deine Kammer verließ? Wie lange wart ihr beide hier zusammen? Entweder wir hängen ihn an seinen Eiern auf oder wir suchen einen Priester.«

Ysenda hob ein Kissen auf und warf es nach ihrem Großvater. »Den Teufel wirst du tun. Du wirst mich nicht zwingen, jemanden zu heiraten. Was glaubst du, wer du bist?« Ihre Stimme wurde immer lauter, als sie auf ihren Großvater eindrosch, obwohl er weit genug zurückwich, um außer Reichweite zu sein.

»Was habe ich denn verdammt nochmal nur getan? Gavin, bring deine Tochter unter Kontrolle.« Logan Ramsay wirbelte herum und brüllte: »Gwynie, du musst das Mädchen beruhigen.«

Gwyneth betrat die Kammer und sagte: »Gavin und Logan, verschwindet von hier.«

Gavin sah ihn an und sagte: »Ich werde dich später umbringen, Haggert. Du entkommst deiner gerechten Strafe nicht. Auf deine Ehre, wirst du sie heiraten. Du hast sie kompromittiert, und das werde ich nicht zulassen.«

Gavin und Logan gingen zusammen hinaus, und Lewis starrte Gwyneth Ramsay und dann Ysenda an. »Es tut mir leid, Ysenda. Ich wollte dich nur wärmen, bis das Feuer brannte ...«

»Das weiß ich. Großmutter, er hat nichts Unrechtes getan. Ihr habt mich draußen erfrieren lassen, also hat er mich hierher in mein Bett getragen, damit ich schlafen kann, und dann sind wir beide eingeschlafen. Er ist die ganze Nacht von Inverness aus geritten. Lasst ihn in Ruhe.«

Brenna betrat den Raum, Ysendas Mutter hinter ihr. »Was ist los?«, fragte Merewen. »Der Ausdruck auf Gavins Gesicht war nicht glücklich.«

Ysenda richtete sich ein wenig auf. »Papa und Großvater sind verrückt, das ist alles. Ich werde Lewis nicht heiraten, ob es ihnen nun passt oder nicht.«

Logan schob seinen Kopf um die Ecke und erklärte: »Ich kam aus der Küche und sah, wie Haggert im Morgengrauen ihre Kammer verließ. Was sollte ich denn tun? Ich weiß, was Quade tun würde, und ihr werdet mich nicht umstimmen, keiner von euch. Ihr Ruf ist kompromittiert.«

»Nur wenn du das so siehst, Logan. Und nur, wenn du allen davon erzählst. Du bist der Einzige, der den Vorfall beobachtet hat.« Brenna stemmte die Hände in die Hüften und sagte: »Raus. Sofort.«

Merewen nahm neben ihrer Tochter, in einiger Entfernung zu den Streitenden Aufstellung. Auch sie forderte ihren Mann auf, die Kammer zu verlassen.

Mit einem schockierten Gesichtsausdruck trat Logan einen Schritt zurück. »Hast du gerade versucht, mir zu sagen, was ich tun soll, Brenna Grant?«, fragte er.

Sie trat näher an ihn heran und sagte: »Das habe ich. Ich habe dir und Gavin befohlen, die Kammer zu verlassen. Entweder tust du das, oder ich packe dich an den Eiern und drehe sie um. Ich fordere dich heraus, meine Entschlossenheit auf die Probe zu stellen.«

Logan rührte sich nicht, und die beiden Ältesten des Ramsay Clans starrten einander an, aber dann machte Gavin kehrt und eilte zur Tür hinaus.

»Logan, du bekommst noch eine Warnung.« Brenna trat einen weiteren Schritt auf Logan zu, der daraufhin leise fluchte, kehrtmachte und hinausging.

»Das besprechen wir auf dem Gang.« Während der alte Krieger hinausging, brummte er vor sich hin.

»Vielen Dank, Tante Brenna«, meldete sich Ysenda zu Wort. »Es ist nichts passiert. Ich hatte wieder einen Albtraum und bin schreiend aufgewacht. Lewis war gerade in die Halle gekommen. Mir war kalt, weil das Feuer erloschen war. Er hat mich hierhergetragen, und auch hier war es eiskalt. Ich habe gezittert. Er hat mich gewärmt und dann sind wir beide eingeschlafen. Ich schwöre, Mama, es ist nichts weiter passiert. Bringe mich bitte nicht in Verlegenheit.«

Merewen tätschelte ihr die Hand und meinte: »Wir bringen dich zum Herd hinüber, damit du etwas Haferbrei in deinen Bauch bekommst. Dann holen wir die neue Apparatur für dich her, damit du heute noch ein bisschen in Schwung kommst.«

Brenna sah Lewis an und sagte: »Du siehst ein bisschen kräftiger aus als Merewen oder ich. Würdest du sie bitte zu ihrem Sessel an der Feuerstelle tragen? Ich werde das Bein halten.«

»Aye.« Es ließ sich nicht verbergen, dass ihm

der Schweiß von den Schläfen troff und über das Rückgrat rann. Er war sogar recht sicher, dass seine Tunika inzwischen von Schweiß durchtränkt sein musste.

Und wenn sie sein Hinterteil sehen könnten, würden sie auch dort nichts anderes als Schweiß vorfinden. Noch nie hatte er einer derart aufgeheizten Situation beigewohnt wie derjenigen, die sich gerade in dieser Kammer abgespielt hatte. Er wünschte sich nur noch, einfach zu verschwinden. Zuerst würde er allerdings Ysenda hinaustragen und dann darum bitten, sich verabschieden zu dürfen.

Als er sie zur Tür hinaustrug, wagte er nicht einmal, sie anzuschauen, denn sie klammerte sich an seinen Arm, als ob er sie fallen lassen wollte. »Ich werde dich nicht fallen lassen, Mädchen«, flüsterte er ihr zu.

Sie ließ ihn trotz allem nicht los und als er die Halle mit ihr betrat, verstand er auch, warum. Alle Mitglieder ihrer Familie mussten sich in der Halle versammelt haben.

Und alle starrten sie beide an.

Er schritt an Torrian Ramsay und seiner Frau vorbei, um dann aber kurz stehenzubleiben: »Seid gegrüßt, Laird.« Als Nächstes kam er an Marcas vorbei und blieb erneut stehen: »Guten Morgen, Laird, und einen schönen guten Morgen an Eure Frau.«

Er hatte Torrians Bekanntschaft gemacht, als die Patrouille angefangen hatte, und somit musste er dem Mann seinen Respekt zollen. Zu seinem eigenen Laird sagte er dann natürlich dasselbe.

Marcas und Brigid, Jennet und Ethan, Tara und

Shaw, Gwyneth und Logan, Gavin und Merewen ... Isla. Alle waren sie hier zusammen mit vielen kleinen Kindern.

»Heather und Nellie, würdet ihr bitte die Kleinen für eine Weile nach oben bringen. Nehmt das Tablett mit dem Obst und einen Laib Brot mit«, bat Torrian.

»Gewiss.« Heather eilte zu Ysenda hinüber und küsste sie auf die Wange, ehe sie dann mit den Kindern auf den Fersen die Halle verließ, während Nellie sich das Tablett mit dem Essen schnappte.

Und Lewis wusste, dass er nur eine Wahl hatte.

Er setzte Ysenda mit Brennas Hilfe in ihren Sessel, ging zu Gavin hinüber und wartete dann, bis alle zur Ruhe gekommen waren.

»Mylord, wenn Ihr der Ansicht seid, ich hätte Eure Tochter in irgendeiner Weise kompromittiert, dann akzeptiere ich das und werde das Ehrenhafte tun und um ihre Hand anhalten. Ihr habt mein Wort, dass sie nicht kompromittiert wurde. Das hatte nie in meiner Absicht gelegen, aber ich verstehe, welchen Eindruck diese Situation erweckt. Ich habe Ysenda gern und werde sie heiraten, wenn dies Euer Wunsch ist.«

»Ich weiß das zu schätzen, Lewis. Es wird wohl bald eine Hochzeit geben, denke ich.« Gavin verschränkte die Arme und lenkte seinen Blick zu Merewen.

»Nein, das macht ihr nicht noch einmal«, begehrte Tara auf. »Ihr hattet gerade erst versucht, meinen Bruder zu zwingen, Ceit zu heiraten, ehe sie selbst dazu bereit gewesen waren, und um ein Haar hättet ihr die beiden auseinander getrieben. Marcas, du wirst diese Verbindung nicht erzwingen.«

Für Lewis sah es aus, als wäre die Hölle über die gesamte Gruppe hereingebrochen, denn innerhalb eines Herzschlags schrien alle durcheinander.

»Ich habe nichts erzwungen«, verteidigte Marcas sich.

Und nun schwirrten die Kommentare in rasender Geschwindigkeit hin und her, sodass er nicht einmal wusste, wer was gesagt hatte. Ruckartig drehte er den Kopf von einer Person zur anderen und versuchte verzweifelt, alles Gesagte zu verarbeiten.

»Logan ist schuld.«

»Ich bin es, der ihn erwischt hat. Wenigstens einer kennt die Wahrheit.« Logan hatte die Arme vor der Brust verschränkte und seinen Blick auf Lewis gerichtet.

»Kümmere dich um deine eigenen Angelegenheiten, alter Mann«, wies Brenna ihn zurecht.

»Hör auf, das Leben aller zu ruinieren«, rief Gwyneth.

»Lass die beiden in Frieden«, gebot Tara.

»Das werde ich, sobald sie verheiratet sind«, antwortete Logan.

»Hol einen Priester.« Das war der einzige Kommentar von Gavin und Lewis gestand sich ein, dass ihm dies ganz und gar nicht gefiel.

»Den Teufel wirst du tun«, ereiferte sich Brenna.

»Hör auf, andere Leute herumzukommandieren, Gavin«, gebot Gwyneth.

»Du kannst nicht alle kontrollieren«, bemerkte Shaw.

Und so setzte sich die Streiterei fort.

Er blickte zu Ysenda hinüber, der ebenso unwohl zumute sein musste, wie allen anderen, aber er konnte erkennen, dass sie kurz davor war, in Tränen auszubrechen. Beinahe wäre er zu ihr getreten, aber Brenna sah ihn direkt an und schüttelte leicht mit dem Kopf.

Wenn er Vertrauen zu jemandem gefasst hatte, dann zu Brenna.

»Nein, das werdet ihr nicht!« Auf diese Worte folgend stieß Ysenda einen Schrei aus, der bis zu den Dachbalken dröhnte und alle drehten sich zu ihr um. »Gut. Jetzt, da ich eure Aufmerksamkeit habe, werde ich euch berichten, was passiert ist. Ich bin anscheinend eingeschlafen, ehe ihr anderen alle zu Bett gegangen seid, und dann habt ihr mich hier allein mitten in der Halle im Kalten schlafen lassen. Und ich hatte wieder Albträume. Diese verflixten Albträume, die ich so hasse. Lewis kam gerade aus Inverness zurück und war auf dem Weg nach oben, als er mich schreien hörte. Also weckte er mich auf, womit er verhinderte, dass ich vor lauter Angst aus dem Sessel fiel, und dann legte er ein Holzscheit in den Kamin. Als ich mich beruhigt hatte, trug er mich in meine Kammer.« Dann hielt sie inne und schaute alle um sie Versammelten an. »Was ihr alle vergessen hattet. Es war so verdammt kalt hier draußen, dass ich fürchtete, ich würde Frostbeulen davontragen. Und in meiner Kammer war es noch kälter. Also hat er mich zu meinem Bett getragen und dann Holz auf die restliche Glut gelegt, aber wie ihr wisst, dauert es eine Weile, bis es warm wird. Euch ist doch klar, dass ich vollkommen hilflos bin, nicht wahr?« Sie wartete darauf, von irgendjemandem eine Antwort zu erhalten, aber niemand sagte etwas.

Ysenda griff nach einem Plaid, das in ihrer Reichweite lag und deckte sich zu. »Ich zitterte so sehr, dass er seine Arme um mich schlang, um mich zu wärmen.« Sie blickte in die Runde.

»Um. Mich. Zu. Wärmen. Weiter nichts. Und darüber schliefen wir beide ein. Im nächsten Moment bedroht mein Großvater den armen Mann, weil er mir geholfen hat.«

»Was ist das für ein Albtraum, Ysenda?», erkundigte Brenna sich. Sie hob die Arme, um alle anderen zum Schweigen zu bringen. »Das würde ich gern von dir selbst hören.«

Ysenda seufzte, doch sie fuhr fort. »Dieser Traum sucht mich schon lange heim, aber er wird immer hartnäckiger. Und immer klarer. Früher träumte ich von Monstern, die mich verfolgten, ohne dass ich sie je hatte erkennen können. Letzte Nacht träumte ich von einem riesigen Ungeheuer mit langen Zähnen, das versuchte, mir ins Gesicht zu beißen. Beinahe hätte es das geschafft, als ich zu schreien anfing, um es zu vertreiben. Lewis war hier bei mir.«

»Nichts von all dem, was du gerade gesagt hast, kann als Entschuldigung dafür gelten, dass er heute Morgen aus deiner Schlafkammer getreten ist«, beharrte Logan.

»Ich stimme mit Pa überein«, meinte Gavin. »Wir brauchen einen Priester. Ysenda, du wirst ihn heiraten.«

Merewen fing einen Streit mit Gavin an, und dann schrie Gwyneth Logan an. Kurz darauf hatte die gesamte Gruppe ihren Streit wiederaufgenommen und Ysenda brach in Tränen aus. Brenna schob zwei Finger zwischen ihre Lippen und stieß einen schrillen Pfiff aus.

»Ihr hört mir besser alle zu, und zwar ganz genau.« Sie nahm Gavin, Logan, Torrian und alle anderen, einen nach dem anderen ins Visier. »Ich werde mich jetzt in die Lage dieses armen Mädchens hineinversetzen.«

Sie ging zu einem anderen Sessel hinüber, griff nach etwas, um ihr Bein auf dem Stuhl zu fixieren, ohne sich zu bewegen. »Merewen, verbinde bitte mein Bein mit diesen Tüchern.«

Merewen tat, wie ihr geheißen, und trat dann einen Schritt zurück.

Brenna schaffte mit Müh und Not, sich ruhig zu verhalten, doch dann zeigte sie auf Logan. »So, ihr beiden Klugscheißer. Wer von euch möchte herkommen und zeigen, wie ein Mann eine Frau in dieser Position kompromittieren kann?«

Gavin und Logan starrten sich beide mit großen Augen an.

»Brenna, du bist unsinnig«, behauptete Logan.

»Nein, das bist du. Deine Enkelin würde bei jeder Bewegung so große Schmerzen haben, dass niemals etwas geschehen könnte. Komm jetzt hierher. Versuch mir zu zeigen, wie das gehen soll.«

»Brenna, du weißt doch, wenn es einen Wunsch gibt, finden sie einen Weg«, brummte Logan.

»Vielleicht geht es so lange, bis ein Mädchen vor Schmerz schreit. Und dieses Mädchen würde schreien. Ihr Intimbereich ist vollständig von Blech bedeckt, um Himmels willen.«

Logan hielt sich bei dem Wort »intim« die Ohren zu. »Heilige im Himmel, Brenna. Wahre doch bitte etwas Diskretion.«

»Logan Ramsay, du hast mich in den letzten Jahren oft auf die Probe gestellt, aber ich schwöre dir, das ist deine schlimmste Übertretung.«

Der alte Krieger konnte sie nur anstarren.

Tara begann zu kichern. »Gut gemacht, Tante Brenna.«

»Gavin, willst du mir zeigen, wie der Mann deine Tochter kompromittiert hat?«

»Du hast deinen Standpunkt klar gemacht, Tante.«

Brenna stand aus ihrem Sessel auf. »Gut. Jetzt möchte ich deiner Tochter helfen, aus dieser Vorrichtung herauszukommen und diejenige anzulegen, die ich mitgebracht habe. Hilfst du mir?«

»Aye«, erboten sich Gavin und Merewen gleichzeitig.

Logan wandte sich zum Gehen. Brenna rief: »Logan, keinen Priester. Hörst du mich?«

Er murmelte irgendetwas zur Antwort, wobei er jedoch weiterging.

»Logan Ramsay. Du hast mich gehört, aber ich habe dich nicht gehört.«

»Keine Hochzeit.«

»Gavin?«

»Einverstanden.«

Marcas sah Lewis an und sagte: »Du kannst gehen.«

KAPITEL SIEBZEHN

Tante Brennas beschwichtigende Art rettet wieder einmal den Tag!

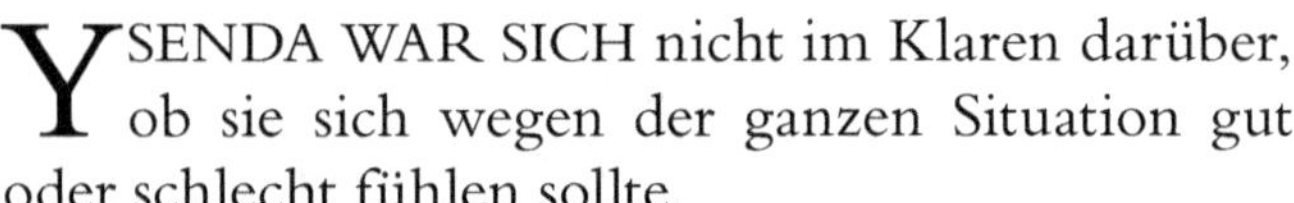

YSENDA WAR SICH nicht im Klaren darüber, ob sie sich wegen der ganzen Situation gut oder schlecht fühlen sollte.

Tara kam zu ihr herüber und half ihr, sich aufzusetzen. »Komm schon. Tante Brenna hat die Männer zum Abladen des Wagens mit hinaus genommen. Ganz sicher hat sie Dinge dabei, die dir eine Hilfe sein werden. Ich kann es kaum erwarten, ihre Apparatur zu sehen. Bestimmt wird sie wundervoll sein, und sich ein bisschen natürlicher anfühlen als die Vorrichtung, in der du dich bisher befunden hast.«

Sie wusste nicht, ob sie weinen oder sich über das Geschehene freuen sollte. Tatsächlich spürte sie, wie ihr die Tränen in die Augen schossen.

Tara tätschelte ihr den Unterarm. »Das Gleiche ist mit Ceit passiert. Sie hatten sie zwingen wollen, Brin zu heiraten, weil die beiden zusammen in der Höhle geblieben waren. Dabei war es um Leben und Tod gegangen. Bei diesem Wetter darf man nicht frieren, sonst könnte es dein Tod sein.

Du kannst dich nicht bewegen, was die Lage für dich noch gefährlicher macht, aber diese Männer sind zu dickköpfig, um diese schlichte Wahrheit zu begreifen. Wie du allerdings weißt, haben Ceit und Brin erst vor kurzem geheiratet, und sie sind sehr glücklich. Es ist wichtig, jungen Menschen nichts aufzuzwingen. Meine Mutter erzählt, ihre Mutter hätte Alex das Versprechen abgenommen, seinen Schwestern keinen Ehemann aufzuzwingen. Also glaubt Tante Brenna dasselbe. Wenn Männer ihre Ehepartnerin wählen können, ist es nur recht und billig, den Frauen das ebenfalls zu ermöglichen. Schenke deinem Großvater keine Beachtung. Er ist ein sturer alter Mann, der dich liebt und nur das Beste für dich will, genau wie dein Vater, aber seine altmodischen Denkweisen kommen ihm dabei oft in die Quere.«

Das hielt Ysenda trotzdem nicht davon ab, ein paar Tränen zu vergießen.

Tante Brenna kam herein, und ihr Vater kam ihr nach. »Gavin, stell es einfach neben ihr hin. Ich werde es an ihr Bein anpassen und sehen, ob ich sie zum Laufen bringen kann.«

»Ich bleibe und gehe dir zur Hand«, sagte ihr Vater.

Ysenda wollte ihn nicht hier haben.

Tante Brenna schaute sie kurz an und meinte: »Ich glaube, ich weiß, was das Problem ist.«

Tara runzelte die Stirn, ohne jedoch ein Wort zu sagen.

Ysenda starrte ihren Vater an und wünschte ihn weit fort von ihr.

»Gavin, da ich deine Tochter entkleiden muss,

um den Apparat zu wechseln, solltest du besser gehen. Und lass in der nächsten Zeit niemanden zur Tür herein.«

Sofort war ihrem Vater anzusehen, wie unwohl er sich fühlte, und dann meinte er: »Ich gehe.«

»Hier? Du willst mich hier ausziehen?« Ysenda muss ihre Tante falsch verstanden haben.

»Ich werde die Trennwand holen«, erbot sich Tara. »Sie wird dich vollständig vor Blicken verbergen, und ich bin sicher, dass dein Vater niemanden hereinlassen wird. Aber mit der Trennwand wirst du dich sicherer fühlen. Wenn wir es schaffen, ihr die neue Apparatur anzupassen, könnten wir sie dann heute Abend nicht vielleicht baden, Tante Brenna? Wir könnten die Badewanne in ihrer Kammer vor dem Kamin aufstellen lassen.«

»Aye. Wir werden Ysenda an die neue Apparatur gewöhnen und dann kann sie heute Abend ein Bad nehmen. Zuerst muss ich dir die Strumpfhose ausziehen, damit ich den Knochen untersuchen kann.«

»Oh, und Tante Gwyneth hat mir ein neues Paar Strumpfhosen für dich geschenkt«, fügte Tara hinzu. »Sie hat sie extra weich und dehnbar gemacht. Damit du mehr Bewegungsfreiheit hast. Hier.« Sie nahm ein Päckchen von einem Stapel, den sie mitgebracht und auf einen Tisch in der Nähe gelegt hatte. »Schau mal, ob dir dieses Paar gefällt.«

Ysenda nahm die Strumpfhose heraus und fuhr mit ihren Fingern über das Gewebe. Es hatte eine satte braune Farbe, wie die Farbe ihres Lieblingspferdes, und es war weich und sehr dehnbar. »Ich muss Großmutter danken. Die sind ausgezeichnet.«

Tante Brenna half ihr, die Strumpfhose auszuziehen, und ließ ihr aber die Tunika an, während Tara die Trennwand perfekt arrangierte. »Ich glaube, ich weiß, was das Problem ist, und jetzt, wo dein Vater weg ist, werde ich dich fragen.«

»Nur zu. Frag mich, was immer du wissen willst«, entgegnete sie aufrichtig.

»Du magst Lewis, und er mag dich, aber du hast Sorge, dass die Situation mit deinem Vater und Großvater Lewis vertrieben haben könnte. Verstehe ich das richtig?«, fragte Tante Brenna.

»Ja«, gab sie mit einem tiefen Seufzer zu. »Jetzt wird er mich wahrscheinlich verabscheuen, und wir waren doch nur Freunde. Er hat mich auf der Patrouille immer geneckt, aber jetzt wird er bestimmt nie wieder mit mir reden.«

»Ysenda, ich glaube, deine Gefühle werden erwidert«, meinte Tara. »Der Mann hat sich erboten dich zu heiraten. Ich kann nicht glauben, dass er dies tun würde, wenn er dich nicht richtig gernhätte. Mach dir keine Gedanken.«

»Erwarte aber nicht, dass er schnell zurückkommt«, warnte Tante Brenna. Vermutlich hat Logan ihn so erschreckt, dass du ihn einige Tage lang nicht zu Gesicht bekommen wirst. Auch wenn ein Mann Gefühle für dich hegt, will er genauso wenig wie du in die Ehe gezwungen werden. Männer verhalten sich sehr eigen, wenn es um ihre Hoden geht.«

»Aber wo will er denn hingehen?«

Tara zuckte mit den Schultern. »Wer weiß das schon? Warte ab und dann wirst du es bestimmt erfahren.«

»Doch nun möchte ich zunächst einmal deinen

Knochen untersuchen«, meldete sich Tante Brenna zu Wort. »Ich fange ganz vorsichtig an, und du sagst mir, ob es dir wehtut.« Sie nahm ihre beiden Finger und fuhr mit ihnen über die Vorderseite ihres Schienbeins und dann an der Rückseite ihres Beins über die Stelle, wo der Knochen gebrochen war.

»Tara, wo genau war der Bruch?«

»In dem hinteren Knochen. Der Abstand vom Knie abwärts gemessen beträgt in etwa ein Drittel der Gesamtlänge des Knochens.«

Tante Brenna drückte vorsichtig auf ihre Haut, um dem Knochen in ihrem Unterschenkel zu folgen. »Tut das weh?«

»Nur ein kleines bisschen an einer Stelle.« Ysenda konnte kaum glauben, wie viel besser es ihrem Bein ging, und das gab ihr Hoffnung, dass sie bald aus dieser einschränkenden Position befreit werden könnte.

»Sag mir, wann.« Sie wiederholte die gleiche Bewegung und wartete darauf, dass sie ihr sagte, wann es wehtat.

»Da. Hier tut es ein bisschen weh, und ich glaube, das ist genau die Stelle, wo vorher der größte Schmerz war. Ich bin überrascht, dass es schon so gut verheilt ist.«

»Tara, hast du das getan oder Jennet?«

Jennet kam zur Tür herein und rief über die Trennwand hinweg. »Das haben wir beide, Mama. Ich habe mein Bestes getan, um den Knochen richtig auszurichten, und Tara hat es überprüft. Wie sieht es aus?«

»Wunderbar. Das habt ihr gut gemacht, Myladys.« Sie strich mit ihrer Hand über Ysendas Bein. »Es ist so glatt wie nur möglich. Fühle es selbst. Es tut ihr nicht weh.«

Ysenda konnte nicht anders, als sich zu freuen. »Dann kann ich jetzt darauf laufen?«

Drei Stimmen sagten unisono: »Nein!«

Sie runzelte die Stirn, weil sie nicht wusste, warum sie so heftig reagierten. »Aber ihr habt gesagt, es sei geheilt.«

Tante Brenna erklärte: »Nein, es ist am Heilen, nicht geheilt. Das ist ein großer Schritt, und es ist ein guter Anfang. Ich freue mich immer, wenn ein Knochen anfängt, gerade zusammenzuwachsen, damit ich ihn nicht noch einmal brechen und richten muss.« Ihre Tante ließ ihre forschende Hand an ihrem Bein tiefer wandern und überprüfte alles.

»Das würdest du tun?« Der Gedanke daran ließ sie aufstöhnen.

»Damit dein Bein für den Rest deines Lebens gerade bleibt, aye. Aber die beiden haben gute Arbeit geleistet, also können wir mit der Apparatur zum Gehen weitermachen.«

»Es sieht wie ein großer Stiefel aus«, bemerkte Tara.

»Genau das ist es auch. Ich habe ihn vom Waffenmeister anfertigen lassen. Du musst daran denken, dass dein Bein darin nicht bewegt werden kann. Wir können nicht riskieren, den Knochen erneut zu brechen, also darfst du es nicht bewegen. Es muss ruhig bleiben, und wir wollen nicht, dass du den Bruch mit deinem ganzen Gewicht belastest. Ich gebe dir einen Gehstock, damit du etwas Gewicht darauf verlagern kannst. Außerdem musst du wissen, dass du lange nicht auf dem anderen Bein gelaufen bist, so dass es überraschend sein wird, wenn du darauf zu laufen versuchst. Dein Bein wird sogar versuchen, dir zu sagen, dass du nicht darauf gehen sollst, weil es keine nennenswerten Muskelarbeiten getan hat. Deine Muskeln werden dir also zu sagen verssuchen, dass du nicht laufen sollst. Aber du musst langsam anfangen, das gute Bein zu bewegen. Es ist ein langsamer Prozess.«

Jennet fügte hinzu: »Und steige niemals, mindestens einen weiteren Mond lang, von einem Pferd ab.«

»Noch einen Mond lang? Wie soll ich auf Patrouille gehen?«

»Das Weihnachtsfest steht vor der Tür, also wird es für mindestens zwei Wochen keine Patrouille geben. Das ist also noch kein Problem für dich.« Jennet füllte warmes Wasser in die Schüssel. »Mama, weißt du noch, wie eine der Wachen uns nicht geglaubt hat, dass er vorsichtig sein sollte?«

»Du meinst, als er vom Pferd gesprungen ist und sich den Knochen schlimmer als beim ersten Mal gebrochen hat?«

»Ja. Das war für uns beide ein trauriger Tag. Für ihn wegen des Schmerzes, und für mich, weil die Verletzung schwerer zu beheben war.« Brenna schüttelte lächelnd den Kopf. »Menschen sind manchmal töricht.«

»Ich werde keine Närrin sein. Das verspreche ich, Tante Brenna. Ich werde alles tun, was du mir sagst«, gelobte Ysenda. Sie würde alles daransetzen, um die Apparatur und das eingeschränkte Leben, zu dem sie derzeit gezwungen war, hinter sich zu lassen.

»Mama und ich haben etwas Ähnliches auf Cameron Land gesehen«, bemerkte Tara. »Einer der Wachleute, der nicht hören wollte. Er fing zu früh an, auf beiden Beinen zu laufen, und dann fiel er eine Böschung hinunter und brach sie sich erneut. Es war zwar nicht schlimmer, aber es war derselbe Bruch. Er musste seinen Heilprozess wieder von vorn beginnen. Er beschimpfte meine Mutter, bis Papa hereinkam und ihm eine Ohrfeige verpasste. Papa verliert selten die Beherrschung, es sei denn, es geht um Mama.«

Tante Brenna wusch ihr Bein mit dem frischen Wasser aus der Schüssel, die Jennet mitgebracht hatte. Nachdem sie Ysendas Bein abgetrocknet hatte, sagte sie: »In Ordnung. Ich lege dir die Apparatur um dein Bein, und dann helfen wir dir alle aufzustehen.«

Ysenda hätte am liebsten vor Aufregung geweint, aber stattdessen kicherte sie. »Ich bin aufgeregt. Verzeih mir, Tante Brenna.«

Die drei arrangierten die Vorrichtung und zogen sie fest. »Wie fühlt sich das an? Es sollte eng sein, aber es sollte nicht wehtun«, erklärte Tante Brenna.

»Es tut nicht weh«, antwortete sie.

»Tara, du stellst dich auf diese Seite von ihr. Jennet auf die andere Seite, und ich stehe vorne, falls sie das Gleichgewicht verliert. Wenn du stehst, Ysenda, verlagere das meiste Gewicht auf dein gutes Bein.«

Ysenda nickte, dann beugte sie sich vor und ließ sich von Tara und Jennet helfen.

Fast sofort kippte sie zur Seite, aber die anderen fingen sie auf.

»Was ist passiert?«, fragte ihre Tante.

»Mein gutes Bein ist eingeknickt. Warum?« Ysenda geriet in Panik, weil sie dachte, es würde nicht funktionieren, und beschloss, ihre Tante zu bitten, es noch einmal zu versuchen, wenn es sein musste.

»Weil du es seit einem Mond nicht mehr benutzt hast. Dein gutes Bein wird sich wieder daran gewöhnen; du musst es nur langsam angehen. Versuch es noch einmal, aber verlagere mehr von deinem Gewicht auf Jennet.«

Sie unternahm einen neuen Versuch und dieses Mal gelang es ihr, sich aufzurichten, wobei sie ihr Gewicht auf das gute Bein verlagerte und sich an Jennet lehnte, die sie erst einmal festhielt. »Das ist ein ganz anderes Gefühl.«

»Also gut, geh ein paar Schritte mit Unterstützung, bis du dich an die Bewegung gewöhnt hast, dann wird Jennet dich loslassen, und wir geben dir den Gehstock für diese Seite.«

Sie tat, was man ihr vorschlug, und wenn sie auch ein paar Mal stolperte, gewöhnte sie sich schließlich an die seltsame Apparatur und konnte mit dem Stock gehen, ohne ihr gebrochenes Bein zu belasten.

Sie lächelte, denn Hoffnung keimte in ihr auf. Ihr Knochen heilte, und sie würde heute Abend ein Bad nehmen.

Lewis zu finden war das Einzige, was ihr noch auf der Seele brannte.

Sie musste sich für diesen ganzen Vorfall entschuldigen.

Die Abrechnung des Schotten

Buch 7

Thea und Willum

KAPITEL ZEHN

Brenna behandelt die Wunden ihrer Enkeltochter und mehr …

THEA HATTE KEINE Schwierigkeiten wach zu werden, als ihre Großmutter ihr eine warme Brühe zu trinken gab. Sie setzte sich auf, während die gutherzige Frau unablässig an ihr herumhantierte.

»Ich bin wohlauf, Großmutter.« Sie trank noch einen großen Schluck von der Brühe und ließ das warme Getränk eine Weile in ihrem Mund verweilen, bevor sie es herunterschluckte.

»Das mag vielleicht deine Ansicht sein, aber du musst innerlich zur Ruhe finden. Du bist aufgebracht, weil dein Hund verletzt ist und du Drystan im Kampf gesehen hast. Er ist äußerst fähig und wurde von einem der Besten im ganzen Land ausgebildet, also musst du deine Sorgen um ihn verdrängen. Wenn du dich nicht aufregst, wirst du schneller wieder gesund werden. Erzähl mir von Bo«, forderte Großmutter sie auf und tüftelte an Theas Gesicht herum. Thea zuckte ein paar Mal zusammen, als bestimmte Stellen gedrückt wurden.

»Au«, murmelte sie, ein bisschen verlegen, aber sie konnte ihre Beschwerde nicht zurückhalten.

»Tut es weh? Wie schlimm?«

»Nur ein bisschen. Es ist die Stelle dicht an meinem Wangenknochen, die am meisten schmerzt.« »Bo?«, fragte ihre Großmutter und stand von ihrem Stuhl auf, um einen Trank für sie zu bereiten.

»Der Schurke hat auf ihn eingestochen, aber Torrian glaubt, dass es nur eine oberflächliche Wunde ist.«

Ihre Großmutter wandte sich ihr mit einem breiten Lächeln zu. »Du weißt ja, dass du die Beste im ganzen Land hast, die sich um ihn kümmert. Erlernst du das Handwerk von deiner Mutter, damit du ihr zur Hand gehen kannst, wenn sie älter wird?«

Sie tat es nicht so sehr, wie sie es sollte, doch die Frage ihrer Großmutter stimmte sie nachdenklich. Was würden sie alle tun, wenn ihrer Mutter etwas zustieße, das sie daran hinderte, all die Tiere gesund zu pflegen?

»Ich vertraue darauf, dass deine Mutter Bo wieder hinbekommt. Und Gerland geht es gut?«

»Aye.«

»Hier, trink das. Das wird dir den Schmerz nehmen.«

»Ich möchte nicht schlafen.«

»Du hast mein Wort, dass ich gerade genug hineingetan habe, um den Schmerz ein wenig zu betäuben. Solltest du in den nächsten Tagen etwas brauchen, das dir beim Schlafen hilft, kannst du zu mir kommen und ich gebe dir einen stärkeren Trank. Nun muss ich dich fragen. Wurdest du an einer Stelle verletzt, die ich nicht sehen kann? Hat er versucht, dich zu belästigen?« Großmutter setzte sich auf den Schemel und schaute Thea dabei direkt in die Augen.

Sie schüttelte den Kopf. »Das war seine Absicht, aber er bekam keine Gelegenheit mehr dazu.« Ihre Großmutter war der gutherzigste Mensch der Welt, dachte sie, obwohl ihre Mutter beinahe ebenso liebenswert war. Wie sie die beiden anbetete. Als sie ihrer Großmutter jetzt so nahe war, wurde ihr bewusst, wie sehr die beiden sich ähnelten. Ihre Augen waren von dem gleichen Braunton und so voller Mitgefühl und Weisheit, dass sie sich wünschte, auch nur ein kleines bisschen dessen zu haben, was diese beiden besaßen.

Allerdings war dem nicht so. Drystan und Lorana waren eher wie ihre Mutter. Thea kam eher nach ihrem Vater. »Darf ich gehen? Ich würde gerne sehen, wie es Bo geht.«

»Aye.« Ihre Großmutter beugte sich zu ihr hinunter und drückte ihr einen Kuss auf den Scheitel. »Du kannst gehen, solange jemanden bei dir ist. Dein Vater oder Willum sollen dich begleiten. Ich glaube nicht, dass du bleibende Male von den Verletzungen davontragen wirst, aber dein Gesicht wird für einige Tage lang wund sein. Außerdem wirst du in so vielen Farben des Regenbogens schillern, dass du noch glauben wirst, nie wieder dieselbe zu sein wie zuvor.« Sie tätschelte Theas Hand und ging dann zum mittleren Tisch hinüber. »Wann soll die Patrouille aufbrechen?«

»Entweder morgen oder übermorgen.« Sie stieg aus dem Bett und zog ihre Kleidung zurecht.

»Ich hoffe, nicht vor übermorgen.«

»Ich muss gehen, Großmama.«

Sie drehte sich zu Thea um und stemmte die Hände in die Hüften. »Du wirst nicht nach dem Bastard suchen. Das macht es nicht besser für dich. Du wirst patrouillieren, wie Maitland und Dyna es anordnen. Versprich mir, dass du nichts auf eigene Faust unternimmst, Mädchen.«

Thea verdrehte die Augen.

»Verdreh nicht die Augen, wie Isla es tut. Ich hasse das.«

»Tut mir leid, Großmama.« Sie stieß einen tiefen Seufzer aus. »Ich bin dankbar, dass du mir erlaubst, auf Patrouille zu gehen, und ich werde mich genau an die Anweisungen unserer Anführer richten. Ich werde ihren Befehlen nicht zuwiderhandeln.«

»Und denk nicht daran, sie davon zu überzeugen, dass ihr diesen Mann verfolgen müsst. Hat er sich irgendwelche Verletzungen zugezogen?«

»Aye, ich habe ihm einen Pfeil in die Schulter geschossen.«

»Dann wisse, dass er in ein paar Tagen tot sein könnte. Er wird den Pfeil herausreißen, und die Wunde wir sich sicher mit dem grünen Gift füllen und ihn töten, weil er deshalb keinen Heiler aufsuchen wird. Vergiss diesen Mann. Rache wird dir nicht guttun. Ich habe gesehen, wie sie einige zerstört hat.«

»Ich verspreche, den Anweisungen Folge zu leisten.« Sie stand auf und ging auf die Tür zu.

»Gut. Bitte komm zu mir, bevor die Patrouille aufbricht, damit ich weiß, dass alles so heilt, wie es sein sollte.« Ihre Großmutter beugte sich über ihre Gläser mit Umschlägen und Salben und strich sich wie so oft die grauen Haare aus dem Gesicht. Ihre Schultern fingen allmählich an, sich ein wenig zu runden, was ein Zeichen ihres fortschreitenden Alters war. Thea wollte nicht ohne die geliebte Großmutter leben, und sie weigerte sich, diesen Gedanken weiterzuspinnen.

Die Tür öffnete sich und Dyna trat ein. »Du bist wohlauf?« Thea nickte, und Dyna erhob ihre Stimme, damit ihre Großmutter ihre Frage hören konnte. »Kann sie mit uns auf Patrouille gehen, Tante Brenna?«

»Sie darf gehen, aber nur, wenn sie davon absieht, den Kerl aufzuspüren, der sie geschlagen hat. Wann wollt ihr aufbrechen?«

»In einem Tag. Unser Plan sieht eine längere Abwesenheit vor, und es wird dieses Mal fast einen Mond dauern. König Edward ist auf dem Weg zur Berwick Castle, und König Robert möchte es zurückerobern. Wir werden zwischen Berwick und Edinburgh unterwegs sein, um unser Volk zu schützen. Wir werden keine Zeit haben, einen abtrünnigen Engländer zu jagen.«

»Gut«, sagte ihre Großmutter. »Ein Schurke, der vielleicht irgendwo darniederliegt und gegen das Fieber kämpft. Er wird den Kampf wahrscheinlich verlieren, also kein Grund, nach ihm zu suchen.«

Dyna sah Thea an, wobei sie die Hände in die Hüften gestemmt hatte. »Gegen diese Argumentation ist nichts einzuwenden. Wir reiten direkt nach Süden. Keine Ablenkungen, Thea. Und wir haben einen vollzähligen Trupp. Wir sind zu acht.«

»Wer?«, fragte Großmama. »Außer Maitland, Willum und euch beiden? Das sind vier. Alaric ist hier und ich habe gehört, dass Eli geht. Wen habe ich vergessen?«

»Tevis und Wenna.«

»Ein guter Trupp. Thea muss mich noch einmal aufsuchen, bevor sie mit euch reitet, Dyna. Ich möchte, dass sie sich gut erholt. Wir sehen uns morgen Abend, Mädchen.«

»Ich verspreche es, Großmama.« Sie küsste ihre Großmutter auf die Wange und ging mit Dyna hinaus.

Dyna flüsterte: »Mach dir keine Sorgen, wir werden ihn finden.«

»Aber ich habe versprochen, es nicht zu tun«, erklärte Thea.

Dyna grinste. »Das habe ich aber nicht getan.«

DAS VERMÄCHTNIS DER SCHOTTEN

Buch 8

Eli und Alaric

KAPITEL SIEBEN

Brenna plaudert mit Alaric über Els und seinen Vater, aber es sind keine guten Neuigkeiten.

GLÜCKLICHERWEISE KAM DYNA herein, was ihrer Unterhaltung ein schnelles Ende machte. Aber Eli war froh, über Wennas Vorliebe Bescheid zu wissen. Sie würde Wenna und Tevis auf ihrer Reise beobachten. Sicher würde das sehr interessant werden.

»Seid ihr bereit, Mädchen? Wir reiten ins Grenzland. Laut Douglas sind die Engländer in Berwick Castle hungrig und unruhig. Seiner Befürchtung nach werden sie sich bald auf Nahrungssuche machen. Wir sollen mit Douglas und seinen Männern patrouillieren. Es gilt, ein großes Gebiet abzudecken.«

»Glaubt er, die Engländer werden in größeren Gruppen unterwegs sein?«, fragte Eli. »Wir haben letztes Jahr nur die wenigen getroffen, die in Edinburgh auf den Markt wollten. Vielleicht sind sie auch woandershin unterwegs.«

Dyna zuckte mit den Schultern. »Edward schickt ihnen keinen Proviant. Douglas berichtete, man hätte ihm erzählt, dass sie Pferde geschlachtet haben, um sich mit Nahrung zu versorgen. Sie befinden sich in einer verzweifelten Lage, das steht fest. Nun sehen sie sich gezwungen, noch mehr Leute auszuschicken, die Proviant heranschaffen. Wir wissen aber nicht, ob sie in großen Trupps oder in kleineren Gruppen losziehen werden.«

Eli führte ihr Pferd ins Freie und nahm sich etwas von dem getrockneten Fleisch, das sie oft für die Stallburschen in einem dafür vorgesehenen Eimer aufbewahrten. Nach der Hungersnot des letzten Jahres waren die Nahrungsmittel noch immer knapp. Der Ramsay Clan kam über die Runden, wie auch die meisten seiner Verbündeten, doch in diesem Jahr würden die Zeiten härter werden. Es war klüger, einige Vorräte mitzunehmen, als damit zu rechnen, auf der Reise genügend Nahrung zu finden.

Draußen angekommen, nickte sie Alaric zu. »Wie ich sehe, schließt du dich der Patrouille wieder an, Grant.«

»Aye. Ich hoffe, dass wir erfolgreich sein werden. Sogar mit unserem kleinen Trupp sollte es uns gelingen, etwaige Plünderer niederzustrecken.«

Tante Brenna überraschte sie, indem sie nach draußen kam, um die Ankömmlinge des Grant Clans zu begrüßen. »Werdet ihr zu einer Mahlzeit hereinkommen? Ich würde gerne etwas über deinen Vater erfahren Alaric.«

Maitland trat hinter Alaric und mischte sich in die Unterhaltung ein. »Guten Morgen, Tante Brenna.«

»Grüße, Maitland. Ich bin auf die letzten Neuigkeiten gespannt, wenn ihr die Güte habt.«

»Wir werden bei den Camerons Rast machen,

also können wir nicht bleiben. Aber ich freue mich, dich auf den neuesten Stand zu bringen. Mein Vater erholt sich gut, nachdem Tante Jennie Mama beim Richten seines Beinbruchs geholfen hat. Zudem hatte er sich das Handgelenk verstaucht, und es wird eine Weile dauern, bis er wieder ganz der Alte ist, aber er kommt gut zurecht. Magnus und Finlay tragen ihn hin und her, wenn er auch nicht der geduldigste Patient ist, solange er an einen Stuhl gefesselt ist. Im Augenblick hat er sich allerdings mit seinem Los abgefunden. Ich bin sicher, dass jemand kommen wird, um die Apparatur abzuholen, die Ysenda benutzt hat, doch im Moment braucht er sie noch nicht.«

»Und Elshander? Ich habe von seiner schweren Kopfverletzung gehört, Alaric.«

»Bislang ist er noch nicht aufgewacht, Tante Brenna. Er hat eine große Schwellung am Kopf. Gerade erst hat der Schrumpfungsprozess angefangen. Glaubst du, er hat jetzt noch eine Chance? Mir liegt viel an deiner Meinung.«

Der Ausdruck, den Alarics Gesicht in dem Moment zeigte, traf Eli heftig. Sein Schmerz übermannte sie genauso, als ob es ihre Schwester Ysenda wäre, die sich verletzt hätte. Als Ysenda sich in der Lawine das Bein gebrochen hatte, war Eli außer sich gewesen, doch ein Knochen konnte heilen. Elshanders Zustand klang weitaus ernster.

»Er hat einen schweren Sturz erlitten?«, fragte sie und wunderte sich, dass sie bislang noch nichts davon gehört hatte. Oder vielleicht hatte sie das doch? Ihre Sorge um Großmutter hatte sie derart gefangen genommen, dass sie auf nichts anderes mehr geachtet hatte. Sie haderte mit sich selbst, weil sie sich viel zu sehr auf eine Sache konzentrierte, und dann gelobte sie sich, ihr Augenmerk mehr auf die Menschen um sie herum zu richten.

»Beide, Onkel Jamie und Elshander«, klärte Dyna sie auf. »Ihre Pferde sind ausgeglitten und gestürzt, als sie einen vom Regen glitschig gewordenen Abhang hinunter geritten sind. Els ist bei dem Sturz mit dem Kopf aufgeprallt. Durch die Wucht des Aufschlags hat er das Bewusstsein verloren, und bislang ist er noch nicht wieder aufgewacht. Onkel Jamie ist auf seinem Bein gelandet, und ist auf dem Wege der Genesung von seinen Verletzungen.«

Tante Brenna nahm Alarics Hand und drückte sie fest. »Schon oft habe ich ähnliche Kopfverletzungen erlebt. Es gab schon Situationen, in denen der Verletzte eine ganze Nacht lang bewusstlos war. Einer war fast zwei Wochen außer Gefecht, und dann ist er doch noch aufgewacht. Zwar hat er einen Teil seines Denkvermögens eingebüßt, doch er ist wieder zu sich gekommen und konnte sich gut artikulieren. Manche wachen allerdings auch nicht mehr auf. Ich bete, dass Elshander bald aufwacht und wieder ganz gesund wird.«

»Denkvermögen?«

»Bei einer Kopfverletzung können die merkwürdigsten Dinge passieren. Er könnte vielleicht Störungen seines Sprachvermögens erleiden. Vielleicht sind auch einige Erinnerungen für immer verloren oder vielleicht ist er einfach nicht mehr in der Lage, ein Rätsel zu lösen. Manchmal sind auch körperliche Fähigkeiten betroffen. Ich habe keine Kenntnisse über die Funktion des Gehirns, aber mit der Zeit kann der Verlust einer Fähigkeit manchmal wieder zurückgewonnen werden. Bei anderen kann der Verlust dauerhaft sein. Aber denke daran, dass Elshander morgen auch einfach aufwachen und völlig gesund sein kann, zumal er ein junger Mann in den besten Jahren ist. Du darfst das Vertrauen nicht verlieren. Grüße bitte meine Schwester von mir, wenn du sie siehst.«

Tante Brenna zog Alaric in eine feste Umarmung, ehe sie dann zum Bergfried zurückkehrte, wobei sie noch einmal stehen blieb und sich zu der Gruppe umdrehte: »Gott schütze euch alle«, wünschte sie ihnen.

Eli war über diese Nachricht insbesondere wegen Alaric erschüttert. »Es tut mir leid, dies von deinem Bruder und deinem Vater zu hören, Alaric. Das ist eine sehr schwierige Situation.« Zwei seiner engsten Familienangehörigen waren schwer verletzt. Sie selbst war bereits von dem Vorfall mit ihrer Schwester furchtbar erschüttert gewesen. Jetzt war auch noch ihre Großmutter leidend. Würde das denn nie ein Ende haben? Sie musste immerzu an ihre Großmutter zu denken, und ihr Zustand war nicht annähernd so schlimm wie der von Alarics Bruder oder seinem Vater. Wie wurde er mit der Situation nur so gut fertig?

»Ich danke dir«, sagte Alaric, und sein schwerer Seufzer verriet ihr genau, wie er in Wahrheit fühlte. »Ich werde fest daran glauben, dass Els aufwachen wird. Darauf begründe ich meine Hoffnung. Alaric saß auf und lenkte sein Pferd auf den Weg, während die anderen ihm folgten.

So wenig sie ihn auch mochte und ihr die Idee,

ihn zu heiraten schon gar nicht gefallen wollte – ganz gleich, was ihr Großvater sagte –, gab diese traurige Wendung der Ereignisse den Ausschlag zu einem vollständigen Wandel ihres Verhaltens gegenüber Alaric.

Sie würde sich ihm gegenüber freundlich verhalten.

Viel lieber würde sie ihm allerdings sagen, dass er ihr den Buckel runterrutschen konnte.

KAPITEL FÜNFUNDZWANZIG

Gwyneths Knie ist schlimm entzündet, und nichts scheint ihr zu helfen. Eli redet mit Tante Brenna über die Aussichten ihrer Großmutter.

ALARIC UND ELI eilten durch die große Halle zur Heilkammer. Sie öffnete die Tür und schob den Kopf durch den Spalt, um nach ihrer Tante zu sehen. »Tante Brenna? Dürfen wir hereinkommen? Ich würde gern mit dir über Großmutter sprechen.«

»Kommt herein, ihr beiden. Und wie ich höre, habt ihr euch durch Handschlag vermählt. Ich gratuliere euch. Jeder Grant ist hier als Ehepartner willkommen.« Rasch umarmte sie die beiden, ehe sie sie zu dem kleinen Tisch in der Mitte des Raumes führte. Die Wände waren mit Paletten und Feldbetten gesäumt. »Ich bin froh, dass jemand Quades und mein Erbe weiterführt. Ein Bündnis zwischen zwei mächtigen und wunderbaren Clans. Aber ich erkenne auch die Besorgnis in deinem Gesicht, Eli. Setz dich und wir werden über Gwyneth reden.«

Als sie sich niedergelassen hatten, begann Eli ihre Tante zu befragen. »Kannst du nicht noch etwas für Großmutter tun?«

»Ich habe alles versucht. Nichts scheint ihr wirklich zu helfen. Ich habe es mit Holunder, wildem Salbei und Kamille versucht. Jennie und ich haben eine gute Mischung aus diesen drei Kräutern hergestellt, und die habe ich benutzt. Ich weiß nicht, was ich noch für sie tun kann. Manchmal kann ich einfach nichts mehr machen.«

»Was ist mit Tante Jennie? Kann sie nicht kommen und einige ihrer Behandlungen ausprobieren? Soll ich sie um Hilfe bitten? Es muss doch noch etwas geben, was wir tun können.« Eli ließ Alarics Hand los und rieb sich jetzt so heftig die Wange, dass er dachte, sie würde sich die Haut aufreißen. Er griff wieder nach ihr, legte ihre Hand auf seinen Schoß und zeichnete mit dem Daumen Kreise in ihre Handfläche, in der Hoffnung, sie zu beruhigen.

Eli war eine starke Frau, aber der Verlust ihrer Großmutter würde sie besonders schwer treffen. Als er vor nicht allzu langer Zeit seinen Großvater verloren hatte, hatte er sich das Herz aus dem Leib geweint, weil seine Trauer so wehgetan hatte. Er würde alles tun, um Eli davor zu bewahren, diesen Verlust gerade jetzt bewältigen zu müssen, wo sie schon genug mit der Verarbeitung ihres ersten Kampfes und ihrer Vermählung zu verarbeiten hatte.

»Warum besuchen wir nicht Tante Jennie, um herauszufinden, ob sie neue Erkenntnisse hat?«, schlug er vor. »Das ist doch möglich, oder nicht? Ich habe gehört, dass die reisenden Mönche Nachrichten über Behandlungen und neue Methoden aus Europa erhalten. Stimmt das?«

Tante Brenna Augen leuchteten auf. »Aye. Aye. Das tun sie. Tatsächlich hat Aedan von dort die medizinischen Texte erhalten. Möglicherweise haben sie etwas Neues lernen können.«

Er blickte zu Eli, die ihm zunickte. »Wir könnten morgen bei Tagesanbruch aufbrechen. Ich würde Els ohnehin gerne eine Woche besuchen. Bei der Gelegenheit können wir Halt machen und herausfinden, ob Tante Jennie etwas hat, das deiner Großmutter helfen kann.«

»Und wenn dem so ist?«, fragte Tante Brenna.

»Wenn dem so ist, kommen wir wieder hierher. Wir können Tante Jennie hierher zurückbegleiten oder euch alle Kräuter bringen, die sie für hilfreich hält. Im Anschluss werden wir dann zu den Grants reiten.«

Eli warf ihre Arme mit einer derartigen Vehemenz um Alaric, dass sie ihn fast vom Hocker stieß.

»Danke, Alaric«, raunte sie ihm ins Ohr. Sie wandte sich wieder an die Heilerin. »So gern ich auch jetzt aufbrechen würde, aber ich bin zu müde, um vor morgen früh wieder auf ein Pferd zu steigen. Gibt es einen Ort, an dem Alaric und ich allein schlafen können, ohne gestört zu werden? Können wir uns hinten rausschleichen und in irgendeinem Häuschen schlafen, ohne dass Großvater etwas davon bemerkt?«

»Wenn du mit ihm durch Handschlag vermählt bist, wird Logan dich nicht belästigen. Er wird es sogar begrüßen, dass ihr eure Zeit allein verbringt.«

Eli runzelte die Stirn und rieb sich die Wange. »Aber in meiner Kammer werde ich mich merkwürdig fühlen«, flüsterte sie. »Und Ysenda schläft nebenan.«

»Aye, jetzt verstehe ich«, meinte Tante Brenna. »Ich denke, ich habe genau den richtigen Ort für euch. Folgt mir. Ich werde erzählen, wir würden Kräuter suchen, wenn uns jemand fragt. In Wahrheit führe ich euch aber zu einem hübschen Häuschen.«

Tante Brenna ging voran, und zu Alarics Überraschung stellte niemand in Frage, wohin sie unterwegs waren, da alle zu sehr von Tevis´ Bericht über die Schlacht von Skaithmuir gefesselt waren, dem sie lauschten. Er musste lächeln – Alaric musste lächeln, denn er würde vermutlich dasselbe berichten, sobald sie bei den Grants wären. Alle liebten diese Berichte von einer Schlacht.

Als sie das Häuschen betraten, hielt Alaric sich zurück, da er sehen wollte, was Eli davon hielt. Ihm war es einerlei, wo sie schliefen, solange sie in seinen Armen lag. Er verspürte ein starkes Bedürfnis, mit ihr zusammen zu sein, sie zu streicheln, und mit ihr zusammen all das Revue passieren zu lassen, was hinter ihnen lag.

Ihm lag an niemandes Meinung, mit Ausnahme der seiner Frau.

Seine Frau.

»Das ist schön, Tante Brenna«, beschied Eli. »Vielen Dank«

Tante Brenna ging zu einem Schrank hinüber, griff unter das unterste Regal und holte einen Krug Wein hervor. »Stoßt zur Feier des Tages mit einen Becher davon an. In den warmen Monaten schlafe ich gelegentlich hier draußen, wobei ich dann den Vorratsschrank mit allem fülle, was ich brauche. Ich lasse das Häuschen regelmäßig reinigen. Und in dem anderen Schrank ist immer Trockenfleisch. Ich kann eine Dienstmagd mit etwas Besserem schicken, wenn ihr wollt.«

»Nein, bitte nicht. Wir können morgen mehr Nahrung zu uns nehmen. Ich bin so müde, dass ich das Gefühl habe, im Stehen einzuschlafen«, meinte Eli mit Blick zu Alaric.

»Wenn du es dir doch noch anders überlegst, kannst du einfach Alaric in die Küche schicken. Morgen früh kommt ihr in die Küche und holt euch euren Reiseproviant ab, wenn ihr aufbruchbereit seid.«

Eli gab ihrer Tante einen Kuss und umarmte sie, ehe Tante Brenna dann hinausging und die Tür dabei leise hinter sich schloss.

Epilog

Das Vermächtnis besteht fort…

NACH DEM ENDE des Schwerttanzes, der letzten Veranstaltung des Abends für die Anwesenden im Innenhof, trat Torrian Ramsay in die Mitte und schritt auf das Podium zu.

Alaric und Eli waren gerade vom Hügel zurückgekehrt. Ein paar Leute machten neckende Bemerkungen über den Zustand ihres Kleides, aber wie es für seine temperamentvolle Frau typisch war, ließ sich Eli nicht darauf ein. Er hielt ihre Hand mit festem Griff und dachte gar nicht daran, sie loszulassen. Nun waren sie für immer Mann und Frau.

Nicht nur für ein Jahr und einen Tag.

Eli gehörte ihm, jetzt und für immer.

Torrian rief alle Lairds der Clans zu sich auf das Podium und nannte einen Namen nach dem anderen.

Connor Grant und Jamie Grant, mit ihren Ehefrauen Sela und Gracie.

Diana Drummond mit Ehemann Micheil Ramsay.

Drew Menzie mit Ehefrau Avelina.

Marcas Matheson mit Brigid.

Aedan Cameron mit Jennie.

Loki Grant mit Arabella.

Nachdem sich alle um ihn versammelt hatten, sprach Torrian zu den Anwesenden im Hof.

»Wir haben einige Ankündigungen zu machen. Wir haben uns heute vor der Hochzeit besprochen und beschlossen, dies zu tun, während wir alle zusammen sind. Einige wissen es schon, andere werden überrascht sein. Wir haben viele Veränderungen zu verkünden. Zuerst: Aedan und Jennie Cameron.«

Aedan und Jennie stellten Brin als den neuen Laird der Camerons vor und lobten seine Frau Ceit.

Diana Drummond und Micheil Ramsay verkündeten, dass der nächste Laird des Drummond Clans ihr Sohn David sein wird, und er seine Hochzeit mit Anna feiern würde.

Marcas Matheson gab bekannt, dass er der Laird des Matheson Clans bleiben wird. Er und seine Frau Brigid begrüßten ihren Sohn Merek als zweiten Laird.

Loki kündigte an, dass Kenzie der neue Laird auf Curanta Castle würde.

Drew Menzie und seine Frau Avelina gaben bekannt, dass ihr Sohn Tad der neue Laird des Menzie Clans sein wird. Ada applaudierte, während ein Junge auf Maitlands Schultern rief: »Schau, Wiley. Das ist unser Papa!« Quin lächelte und zeigte auf das Podium während Wiley Maeves Hand festhielt.

Torrian nahm mit seiner Frau Heather wieder auf dem Podium Platz. »Auch im Ramsay Clan ist es Zeit für einen Wechsel des Lairds. Ich stimme mit meinem Vater überein, dass das Amt des Lairds weitergegeben werden sollte, solange der alte Laird noch in der Lage ist, den Clan zu führen. Daher verkünde ich, dass der Ramsay Clan zu einer doppelten Besetzung des Amts übergeht, weil wir so groß geworden sind. Die beiden Lairds werden unser Sohn Lachlan und Errol, der Sohn von Gavin und Merewen, sein.

Connor Grant war der Nächste, und mit Jamie an seiner Seite verkündete er: »Wir haben lange über diese Entscheidung nachgedacht, aber wir sind glücklich mit unserer Wahl. Wir geben das Doppelamt des Lairds vom Grant Clan an Alasdair, den Sohn von Jake und Aline, und Alick, den Sohn von Kyla und Finlay, weiter.«

Die beiden schlossen sich ihnen an und freuten sich über die Ankündigung.

Aber alle sahen zu Alaric und Eli. Alle waren davon ausgegangen, dass die Ehre an Alaric gehen würde.

Alaric flüsterte Eli zu: »Mach dir keine Sorgen. Bald werden alle die Wahrheit erfahren.«

Torrian beglückwünschte alle und wartete, bis sich die Gruppe beruhigt hatte, bevor er den nächsten Redner ankündigte.

»Unsere letzte Rednerin ist meine liebste Mutter, Brenna Grant Ramsay.« Alle feuerten Brenna an, als er ihr half, die hohe Stufe zu bewältigen. Er stand hinter ihr, als sie ihre Ankündigung machte.

Brenna setzte zu ihrer Rede an, und ihre brüchige Stimme verriet, wie wichtig ihr diese Ankündigung war: »Ich habe eine ganz besondere Ankündigung zu machen, und sie kommt von Logan und König Robert, der uns für all die Hilfe dankbar ist, die er durch uns erhalten hat, während er nicht in Schottland war, um seinem Bruder zu helfen. Die Schlacht von Skaithmuir war ein entscheidender Sieg für die Schotten in unserem Land, und Sir James Douglas hält sie für eine seiner schwierigsten Schlachten überhaupt. Er lobt unsere wunderbaren jungen Leute, die ihm zur Seite standen.

Aus diesem Grund hat König Robert dem Ramsay Clan ein weiteres Castle zugesprochen, über das ihr noch früh genug mehr erfahren werdet. Aber wir sind hier, um zu verkünden, wen wir als Gruppe einstimmig als Verwalter dieses neuen Anwesens und des Clans, der dort wachsen wird, ausgewählt haben.«

Sie hielt inne, um sich die Tränen abzuwischen, bevor sie fortfuhr, und Torrian drückte ihr unterstützend die Schultern. »Davon haben Quade und ich immer geträumt, dass wir seine Blutlinie, die Ramsay Blutlinie, in vielen Clans wiederzufinden. Jetzt sind wir also Teil der Grants und der Drummonds und der Menzies.« Sie hielt inne, um sich erneut die Tränen abzuwischen. »Und der Camerons und Mathesons. Und jetzt werden wir ein Teil dieses neuen Clans sein.«

Brenna hielt inne, trocknete ein letztes Mal ihre Tränen und lächelte dann alle an. »Wir möchten die folgenden Personen bitten, nach vorne zu kommen: Alaric Grant, Elisant Ramsay Grant, Maitland Menzie und Dyna Grant Corbett.«

Alaric drückte Elis Hand und führte sie vor sich her, während er Maitland und Dyna am Podium traf.

Als sie dort angekommen waren, bedeutete Brenna den vieren, sich umzudrehen.

»Wir können uns glücklich schätzen, dass diese vier wunderbaren jungen Leute sich bereit erklärt haben, einen neuen Clan zu gründen. Sie werden selbst entscheiden, wer die beiden Lairds dort werden, und es ist ihre Entscheidung. Aber wir haben uns einen neuen Namen ausgedacht.

»Begrüßt die Anführer unseres neuen Verbündeten, des Grantham Clans.«

CLANS OF MULL
1316

Die Qualen eines schottischen Kriegers

Buch 4

Broc und Merryn

KAPITEL NEUNZEHN

Oh, wie ich es liebe, über Brenna und Logan zusammen zu schreiben!

BRENNA DREHTE SICH rechtzeitig um, und so sah sie ihren Neffen auf sich zukommen. Connor war derjenige, der sie mehr als jeder andere an ihren geliebten Bruder Alex erinnerte. Alasdair wurde ihm immer ähnlicher, aber an manchen Tagen *war* Connor *wie* Alex.

»Connor, was ist passiert? Ich hatte Angst, nach draußen zu gehen, als ich das Geräusch der klirrenden Schwerter hörte.«

»Es hat sich eine weitere Entführung ereignet, Tante Brenna. Aber sorge dich nicht, wir werden das schon regeln. Wir brauchen deine Hilfe mit Logan. Bestimmt weißt du bereits Bescheid. Kann ich etwas für dich tun?«

»Micheil ist schon bei ihm, aber ich brauche meinen Beutel mit Umschlägen. Ich hatte den besten von allen in einer der Kisten, auf der mein Name deutlich zu lesen war. Wenn du sie findest, öffne sie bitte und bringe mir dann den kleinen Beutel, der ganz obenauf liegt. Dafür wäre ich dir sehr dankbar. Es ist in ein Grant-Plaid eingeschlagen.«

»Ich kümmere mich darum. Geh und hilf ihm. Er hat so starkes Fieber, dass er nicht einmal aufwacht. Gwyneth verliert die Hoffnung.«

»Ich werde tun, was ich kann, Connor. Wie ich sehe, hast du im Moment viel wichtigere Dinge zu erledigen. Die Kinder stehen an erster Stelle.« Sie klopfte ihm auf die Schulter, als er sich zum Gehen wandte.

Connor holte ihren Beutel, während Brenna die Tränen und das Schluchzen in der Halle vernahm. Eigentlich sollte sie sich darum kümmern, aber das konnte sie nicht. Sie war wegen Logan hier, also würde sie zu Logan gehen.

Als sie sich nun umdrehte, musste sie ein Stöhnen unterdrücken, weil sie so lange auf dem Pferderücken gesessen hatte. Das war sie einfach nicht mehr gewohnt. Ihr schmerzendes Hinterteil war ihr eine deutliche Erinnerung an den viel zu langen Ritt. Sie öffnete die Tür zur Heilkammer und stellte erfreut fest, dass Eli sie sauber, gut beleuchtet und gut bestückt hielt, genau wie sie es ihr beigebracht hatte.

Gwyneth saß bei ihrem Mann auf dem Bett, und eigentlich lag sie fast neben ihm. Ihr Stumpf war deutlich zu sehen. Avelina und Micheil hatten sich ganz in der Nähe auf zwei Schemel gesetzt, und Micheil räumte seinen Platz sofort, um ihn ihr anzubieten. »Ich danke dir, Micheil.« Er fand einen weiteren Schemel, den er auch noch herbrachte.

Sie beugte sich vor, um Gwyneth zu umarmen. »Ich freue mich, dich zu sehen, Gwyn. Es war uns allen ein Bedürfnis, dich noch eine Zeitlang bei uns zu haben. Diese Entscheidung war sicher sehr hart für dich und ich kann mir nur vorstellen, wie schwer sie dir gefallen sein muss. Jetzt bin ich so froh, dass du hier bist. Er wird dich brauchen.«

»Wird er das, Brenna? Ich weiß nicht, ob er das überleben wird. Hilf ihm bitte. Eli ist der Trank gegen das Fieber ausgegangen und sie braucht auch mehr Umschläge für seine Wunde. Sie blutet fürchterlich und ich kann den Blutfluss einfach nicht zum Versiegen bringen.« Gwyneth war so oft bei Brenna gewesen, dass sie bei nahezu jeder Verletzung oder Krankheit genau wusste, was zu tun war.

Brenna wedelte mit der Hand, und ihr Blick ging zu dem Mann, der sie zur Liebe ihres Lebens geführt hatte, zu Quade Ramsay. Logan war ihr oft ein Dorn im Auge gewesen. Die schroffe Art, die er nach außen hin zeigte, war ihr oft zu viel, aber sie liebte ihn immer noch von ganzem Herzen.

Sie betrachtete die Blässe seiner Haut, legte ihre Hand auf die Wunde, um zu prüfen, ob sie warm war, und schaute unter den Verband, um die feinen Stiche zu begutachten, die Eli gesetzt hatte. Dann spürte sie seine Lebenskraft, die in ihm pulsierte, legte ihr Ohr an seine Brust, um sein Herz und seine Lungen zu hören. Sie taste seinen Bauch ab, und untersuchte seine Arme und Beine auf weitere Wunden. Dann berührte sie seine Wange und sagte: »Logan, wach auf.«

Keine Reaktion.

Als sie ihre Untersuchung beendet hatte, sagte sie zu Micheil. »Sei gewappnet. Vielleicht musst du ihn festhalten.«

Micheil grinste, verstand schnell, was sie meinte.

»Ich bin bereit«, versicherte er. Aber Micheil kannte seinen Bruder gut. Er lehnte sich nach vorne zum Fußende des Bettes.

Brenna rückte näher an sein Ohr. »Logan Ramsay, ich habe einen weiten Weg hinter mir und habe einen wunden Hintern vom vielen Reiten, also wach lieber auf, um mir dafür die Ehre zu erweisen.«

Fehlanzeige. Nur ein leichtes Zucken seines Kiefers.

Brenna zog die Leinendecke zurück und kniff Logan unversehens in die Brustwarze, so fest sie konnte.

Logan setzte sich mit einem Bellen auf. »Um Himmels willen, Frau! Was zur Hölle versuchst du mit mir zu machen? Du bist mir ja eine schöne Heilerin. Das tut höllisch weh.«

»Mehr als deine Wunde? Das hatte ich nämlich gehofft.« Brenna zwinkerte ihm zu.

»Für eine Heilerin hast du eine sehr gemeine Art. Aye. Es tut im Moment mehr weh als meine Wunde. Wo hast du diesen grausamen Trick gelernt?« Er schenkte ihr sein schlimmstes finsteres Gesicht.

»Gut, ich bin froh, dass es wehtut.«

Er ließ sich zurückfallen, rieb sich die wunde Stelle, bevor er die Augen schloss und sie abweisend weg winkte.

Brenna entschied, es mit einer anderen Taktik zu versuchen. Sie wusste genau, wie sie ihren Schwager wütend machen konnte. »Ich bin wegen meines Buches gekommen. Dasjenige, das du mir vor so langer Zeit gestohlen hast. Schwing deinen Hintern aus dem Bett, Logan Ramsay, und gib das Buch meiner geliebten Mutter zurück. Du hast es wieder einmal vor mir versteckt.«

Logan schoss hoch und funkelte sie an. »Ich habe dir das Buch vor langer Zeit gegeben, und das weißt du auch. Ich habe es dir zu Füßen gelegt, oder hast du das schon vergessen, du alte Fledermaus?«

»Sei gegrüßt, Logan«, meinte Brenna dann lächelnd.

Er schmunzelte. »Sei gegrüßt, Brenna. Was zum Teufel machst du denn hier? Und kannst du mich nicht einfach in Ruhe lassen? Ich habe geschlafen.«

»Nein, du wirst jetzt nicht mehr schlafen. Ich habe deinen Bruder hier, und er wird dich festhalten, wenn ich ihn darum bitte. Du weißt, dass ich das tun werde.«

»Scheiße, Micheil. Warum bist du hier?«

»Um Brenna zu helfen. Tust du nur so, lieber Bruder?«

»Hast du meine Wunde gesehen? Ich tue nicht nur so.«

Micheil schnaubte. »Bitte. Du willst mir doch nicht weismachen, dass dies die erste Wunde ist, die du je hattest? Wirst du auf deine alten Tage zu einem Kleinkind? Quade hat dir weitaus schlimmere Wunden zugefügt, bevor du mit deinem ersten Mädchen geschlafen hast.« Micheil brüllte über seinen eigenen Scherz, und als Logan lachte, griff er sich vor Schmerz an die Seite.

Gwyneth schlug Logan auf den Arm. »Setz dich auf oder ich schnappe mir die andere Brustwarze, Logan.«

»Ich sage dir, wie es laufen wird, Logan«, meinte Brenna nun. »Und du weißt, dass du dich nicht mit mir streiten solltest. Du wirst dich aufsetzen und diesen Trank trinken. Dann schicke ich Lina los, um dir Porridge zu holen, und wenn wir dich mit einem Kinderbesteck füttern müssen, werden wir das tun. Du weißt es besser. Micheil wird dich festhalten, und Gwyneth wird das Vergnügen haben, es dir in die Kehle zu schieben.«

Gwyneth sah Brenna an und sagte: »Ich werde die Freude mit dir teilen, Brenna. Du und ich haben die Ramsay Männer schon lange ertragen müssen. Wir wechseln uns ab.«

Lina kicherte.

Logan sah seine Schwester an. »Ich finde ihren Humor nicht im Geringsten lustig, Lina. Hast du kein Mitgefühl für deinen Lieblingsbruder?«

Sie schnaubte. »Nein! Nicht unter diesen Umständen, Logan. Und ich habe nie gesagt, dass du mein Lieblingsbruder bist. Setz dich auf und werde gesund.«

»Gut. Geh und hol den Porridge, Lina. Dann wird mich diese Folterknechtin vielleicht in Ruhe lassen.«

»Aye, du warst verletzt. Aye, du hast noch ein bisschen Fieber. Aber wenn du da liegen bleibst und aufgibst, wird dich das umbringen. Das werde ich nicht zulassen.«

»Du warst schon immer eine unbarmherzige Hexe.«

Brenna beugte sich vor und küsste ihn auf die Wange. »Jetzt ist es besser. Du hast alle genug aufgeregt und sie können sich keine Sorgen mehr um dich machen. Verstanden?«

»Du warst schon immer überheblich. Wie hat Quade dich bloß ertragen?«

Sie stand auf, um seinen Trank zu holen, doch plötzlich rief Logan: »Du verlässt mich doch nicht schon, oder, Frau?«

»Ich liebe dich auch. Ich bleibe«, antwortete Brenna ihm darauf.

KAPITEL SIEBENUNDVIERZIG

Brenna besucht ihre Adoptivtöchter auf Iona.

SIMONE GING VON Bord des Schiffes, und dann half sie Tante Brenna und ihrer Mutter, Gwyneth auf ein Pferd zu setzen und dafür zu sorgen, dass ihr Beinhalter an ihrem Reittier befestigt war, um sie zu begleiten. »Wir sind in etwa einer Stunde zurück«, meinte Simone dann an ihren Mann gerichtet. »Nimm ein Bad, wenn du willst, Artan.« In der Umgebung standen ein paar Pferde und grasten. »Ich bin sicher, dass wir eine Weile brauchen werden.«

»Das werdet ihr gewiss«, antwortete er und zog seine Tunika aus, während die anderen Männer dasselbe taten. »Lass dir Zeit, Simone.«

Magni ritt mit Simone, während seine Eltern zusammen auf einem anderen Pferd ritten. »Reite voran«, meinte sein Vater.

Brenna zupfte Simone an der Seite. »Das muss der schönste Ort sein, den ich je gesehen habe, und du weißt, wie sehr ich das Gebiet der Ramsays insbesondere im Sommer liebe.«

»Ihr habt einen wunderschönen See, aber wir

haben das Meer immer vor der Nase. Und die Kapelle von Iona ist friedlich und schön.«

»Das sehe ich«, bestätigte Tante Brenna. »Ich freue mich sehr darauf, unsere Mädchen wiederzusehen. Wie geht es ihnen?«

»Allen geht es prächtig.«

Sie näherten sich der Reihe der kleinen Häuschen und Simone rief: »Beatris! Ich habe eine Überraschung!«

Plötzlich war diese Umgebung voller Kinder. Die Ungewollten dieser Welt, dachte Simone. Die meisten Kinder waren Mädchen, aber es gab auch ein paar Jungen darunter. Wenn sich jemand in der Kirche als Betreuer von Kindern verpflichtet sah, die ihre Eltern durch eine Krankheit oder etwas anderes verloren hatten, wurden diese armen Waisen oft nach Ionaland geschickt, wie sie es nannten.

Natürlich hatte ihr Vater vorgeschlagen, das Gebiet Loganland zu nennen, doch dann hatten sie sich alle auf Ionaland geeinigt.

Brenna half Gwyneth von ihrem Pferd und dann beim Anbringen der Vorrichtung. Geva und Emma kamen aus dem Gebäude und riefen nach ihnen. »Mama, es ist so schön, dich wiederzusehen«, rief Geva erfreut.

Die jungen Frauen – Simone und Beatris, Geva und Emma – waren vor langer Zeit adoptiert worden. Eine Gruppe raffgieriger und böser Männer hatte vor fast drei Jahrzehnten eine Handelskette aufgebaut, um die von ihnen gestohlenen Kinder zu verkaufen. Doch die Grants und Ramsays waren ihnen auf die Schlicke gekommen und hatten so viele der Kinder gerettet, wie sie konnten. Einige waren an ihre Familien zurückgegeben worden, aber andere hatten keine Familie mehr, die sie wieder aufnehmen würde.

Simone und Beatris waren als Dienstmägde an die Familie eines Adligen verkauft worden, doch sie waren fortwährend geschlagen worden. Nachdem die beiden damals jungen Mädchen von Maggie und Will gerettet worden waren, hatten Logan und Gwyneth die beiden in ihre Familie aufgenommen. Geva und Emma waren bei einem ähnlichen Eingriff gerettet worden. Die Familie von Quade und Brenna hatte die beiden dann in ihre Mitte aufgenommen.

Brenna umarmte beide Töchter, dann ihre beiden Nichten. »Ihr seht alle wunderbar aus. Und wie viele Kinder habt ihr jetzt?«

»Drei und zehn, nach letzter Zählung. Drei von Geva und zehn adoptierte.«

Simone hatte Artan geheiratet, doch die beiden hatten keine Kinder. Geva war ebenfalls verheiratet, aber Beatris und Emma hatten noch nicht die richtigen Männer gefunden.

Simone nahm die Hand von Magnis Mutter und führte sie nach vorne. »Diese beiden reizenden Menschen, Ella und Walter, haben ihr Haus mit all ihrem Hab und Gut durch grausame Schurken verloren, die es verbrannt haben. Nun sind sie auf der Suche nach einen sicheren, ruhigen Ort zum Leben. Bei den Clans geht es für sie zu geschäftig zu, und als sie von der Arbeit hörten, die ihr hier leistet, haben sie sich gefragt, ob sie hier leben und euch helfen könnten. Sie haben einen Sohn Magni, der auch gerne helfen möchte.«

»Ich kenne mich sehr gut mit dem Gärtnern aus«, sagte Walter nun. »Ich konnte die meisten unserer Dorfbewohner mit Lebensmitteln von unserem Land ernähren. Ich habe eine spezielle Mischung aus Schafdung hergestellt … Ich habe unseren Garten mit einem besonderen Rezept zum Blühen gebracht, das ich auf die Pflanzen gab, damit sie mehr produzieren. Bohnen und Erbsen, Hafer, Karotten. Ich habe sogar ein paar Beerensträucher gesetzt, damit wir mehr Abwechslung haben. Außerdem bin ich im Reparieren von Dingen sehr geschickt.«

»Gevas Mann ist mit ein paar anderen von der Insel auf der Jagd, ich würde ihn dir gerne vorstellen. Sie werden bald zurück sein«, entgegnete Beatris.

»Mir gefällt es hier«, posaunte Magni. »Es ist magisch.« Er drehte sich im Kreis und nahm die Schönheit und Weite der Insel und des Geländes in sich auf, das von den Frauen, Männern und Kindern bewohnt wurde. »Ich kann überall hinlaufen, und niemand wird mich dabei beobachten.«

Ellas Blick wanderte über die weite Ebene, bis er dann bei einem Jungen verharrte, auf den sie mit dem Finger deutete. »Walter? Sieh dir den kleinen Kerl an, der auf uns zukommt. Ist er nicht hinreißend?«

Magni warf einen Blick auf den tapsigen kleinen Kerl und rannte zu ihm hinüber. »Sei gegrüßt. Ich bin Magni«, stellte er sich vor. »Wie heißt du?«

Sobald der Blick des Jungen auf Magni fiel, rief er: »Manee, manee.«

»Kennt ihr ihn?«, fragte Beatris verwundert. »Wir nennen ihn Tenney. Mehr hat man uns nicht sagen können. Diese Schurken hatten ihn verkaufen wollen, aber das Schiff ist gekentert. Der Junge wurde hier an Land gespült, und er hatte auf einem seltsamsten schwimmenden Objekt gelegen, das wir je gesehen haben.«

»Mama, können wir ihn adoptieren?« Magni trug den Jungen zu seinen Eltern, grinste und küsste ihn auf die Wangen. Sobald er Tenney seiner Mutter übergeben hatte, lief Magni zu Lia hinüber und umarmte sie. »Du hast ihn gerettet und zu mir geschickt, nicht wahr, Schwester?«

»Ich hatte vielleicht etwas damit zu tun.«

»Das Seltsamste war allerdings, dass das Objekt, auf dem er schwamm, verschwunden war, als wir uns umdrehten. Es muss ins Meer gespült worden sein.«

»Hier ist es magisch«, flüsterte Magni.

Beatris lächelte. »Wir glauben, dass es so ist, aber sag mir, warum glaubst du, dass es hier magisch ist, Magni.«

»Sieh dir meine Schwester an.«

Lia stand in einiger Entfernung bei der Abtei und hatte die Hände über dem Kopf in den Himmel gestreckt. Sie sonnte sich in einem Sonnenstrahl, und ihr Grün leuchtete heller als je zuvor.

»Lia ist eine Fee, die Magni als ihren Bruder adoptiert hat«, erklärte Simone.

»Das ist wunderbar. Ich würde die Fee gerne kennenlernen, wenn sie hierherkommt«, sagte Beatris. »Aber wer ist das junge Mädchen?«

Simone lachte leise. »Das ist Lia. Sie redet wie eine Erwachsene, aber sie ist sechs Sommer alt. Sie hat Magni gefunden und ist bei ihm geblieben, bis seine Eltern gerettet wurden. Und Tenney hat sie natürlich auch beschützt. Sie war eine große Hilfe, als es darum ging, alle unsere Kinder vor den Entführern zu schützen.«

»Sie wird mich nie verlassen. Sie hat gesagt, dass sie eine Zeit lang hier leben kann. Sie ist meine Beschützerin«, verkündete Magni voller Stolz.

»Magni, bist du sicher, dass es dir hier besser gefällt als bei den MacQuaries oder den Granthams?«, fragte seine Mutter. »Sie haben dich alle sehr liebgewonnen.«

Magni lächelte. »Ich weiß. Ich bin liebenswert. Aber ich kann sie jederzeit besuchen. Ich habe jetzt einen neuen Bruder, der hier wohnt.«

Und schon lief er mit seinem neuen Bruder an der Hand auf Lia zu.

Der Zorn eines schottischen Schwerts

Buch 6

Brynja und Hagen

KAPITEL ZWEIUNDDREISSIG

Connor kommt verwundet zuhause an und Brenna kann ihren Augen nicht glauben.

CONNOR RITT MIT Alaric, der ihn festhielt. Tatsächlich schlief er einen Teil der Strecke. Es war Nacht, und damit nicht die beste Zeit zum Reisen, aber sie kannten den Weg gut genug.

Die Schlacht hatte ihn demütig gestimmt. Er hatte genau das getan, wovor sein Vater ihn immer wieder gewarnt hatte. Er hatte sich von seinen Emotionen überwältigen lassen. Sein Vater hatte ihn einmal gewarnt, dass ein solcher Fehler tödlich enden könnte.

Um ein Haar wäre er gestorben.

Und wie sollte er genau erklären, was passiert war? Er hatte seine Stellung ändern müssen, weil ein anderer ihn von der Seite angegriffen hatte. Dann hatte Dugan die Chance genutzt und auf seinen Bauch gezielt. Der Schmerz war der schlimmste, den er je in seinem Leben gefühlt hatte, und das Blut.

Es war so viel Blut gewesen. Er hatte gespürt, wie die warme Flüssigkeit seine Hand bedeckte, mit der er versucht hatte, die Blutung zu stoppen, was ihm jedoch nicht gelungen war, weil er keine Kraft in der Hand hatte.

Er erinnerte sich an Hagens Verzweiflung und daran, wie Brynja an seiner Seite geblieben war. Und dann hatte er Lia gesehen.

Und zwei andere Wesen.

Er hatte seinen Vater und seine Mutter gesehen. Er verdrängte diese Erinnerung, bis er jemanden wie Sela oder Tante Brenna zum Reden hatte. Alles war so real gewesen.

Aber dann hatte er die Augen geöffnet und Hagen und Brynjas Hände auf seinem Bauch gesehen. Lia hatte hinter Brynja gestanden und geredet. Und dann war da eine seltsame Kraft durch ihn geströmt, während gleichzeitig ein Blitz direkt auf ihn zukam.

Er dachte, er wäre getroffen worden, aber er hatte überlebt.

Wie? Wie hatte er sich so schnell erholt?

Es gab Dinge auf dieser Insel, die nicht mit Logik zu erklären waren, aber er war zu müde, um jetzt darüber nachzudenken.

Sie wurden mit Jubel von den Mauern empfangen und Dyna kreischte vor Freude, während Sela schluchzte.

»Gwanpa ist da. Schau, Gwanmama«, rief Tora.

Obwohl es schon spät war, waren die Kinder noch wach. Sie konnten nicht schlafen, weil sie unbewusst wussten, dass sie ihren Großvater sehen mussten.

Hagen, der sein erstgeborener Sohn war, auf den er so stolz war, schob alle beiseite und rief: »Er braucht Tante Brenna. Alaric wird alles erklären. Brynja und ich bringen ihn rein.«

Und die Menge machte Platz und überließ ihnen

den Raum, den sie brauchten. Connor schaffte es, mit nur einem nachgebenden Knie abzusteigen, und Hagen fing ihn mühelos auf. Der Junge war stärker, als er gedacht hätte. Aber verdammt, wenn der Junge nicht ein kleines bisschen größer war als er selbst.

Sein Vater wäre stolz gewesen.

Schluchzend beugte Sela sich vor, und Hagen ließ sich von seiner Mutter auf die Wange küssen. Dann sagte er: »Komm mit rein, Mama. Wir können nicht stehen bleiben.«

Connor flüsterte Hagen zu, als sie sich der Burg näherten: »Ich schaffe die Stufen nicht.« Aber sein Sohn hatte ihn schon hochgehoben und ihn ohne ein Wort der Anstrengung die Treppe hinaufgetragen.

Sofort erinnerte er sich an den Tag, an dem er dasselbe mit seinem Vater getan hatte, als dieser aus der Schlacht mit den Buchans zurückkam. Als seine Mutter seinem Vater ein Bett in den Ställen des Cameron Clans hergerichtet hatte, als hätte sie gewusst, dass er geschwächt nach Hause kommen würde.

»Ich weiß noch, Papa.« Er konnte sich seine Mutter und seinen Vater vorstellen, als wäre es erst gestern gewesen.

»Was?«, fragte Hagen.

»Nichts.« Verdammt, jetzt redete er mit Geistern. Sein Verstand spielte ihm einen Streich.

Maitland öffnete die Tür und ging neben ihm her. »Wenn er zu schwer ist, Hagen, kann ich dir helfen, und Alaric ist direkt hinter dir. Versuch nicht, ihn alleine abzusetzen. Wir helfen dir.«

»Willkommen zu Hause, Grant. Schön, dich hier zu sehen«, rief Logan.

Maitland öffnete die Tür zur Heilkammer, und Tante Brenna zeigte auf das Bett. »Ich habe auf dich gewartet, Connor. Ich wollte eigentlich nach Hause zurückkehren, aber irgendetwas hat mir zugeflüstert, ich solle noch ein bisschen länger bleiben. Ich bin froh, dass ich das getan habe.«

Hagen ging hinüber, um seinen Vater auf das Bett zu legen. »Maitland, nimm seine andere Seite. Ich kann ihn nicht bewegen.«

»Er ist zu groß, ich nehme diese Seite«, sagte Maitland, und die beiden Männer legten ihn auf das Bett.

Maeve drängte sich dazwischen und küsste ihn auf die Wange. »Ich liebe dich, Connor.«

Connor ergriff ihre Hand. »Bleib, Maeve. Ich muss mit dir, Sela und Brenna sprechen.«

Tante Brenna sagte: »Nicht, bevor ich nicht weiß, wie schlimm die Verletzung ist. Alle raus, außer Maeve, Sela und Hagen. Wenn du dabei warst, Hagen.«

»Ich war dabei.«

Alle anderen verließen die Kammer, aber im letzten Moment rief Connor: »Bleib, Brynja.«

Tante Brenna zog fragend eine Augenbraue in die Höhe, Sela starrte ihn mit großen Augen an. Er hob die Hand, um ihnen zu signalisieren, dass sie warten sollten.

Maeve und Sela blieben zurück, Tante Brenna setzte sich auf einen Hocker neben ihn und war bereits voll und ganz damit beschäftigt, was sie und

Tante Jennie schon so oft getan hatten. Sie schaute, tastete, fühlte und schaute erneut.

Als die Tür geschlossen war, meinte Connor: »Ich werde euch erzählen, was passiert ist.«

Tante Brenna legte ihre Hand auf seine Brust und sagte: »Nein, du wirst schweigen, bis ich dir sage, dass du sprechen darfst. Hagen und Brynja werden alles erklären.«

Die Tür öffnete sich und Logan schaute in die Kammer. »Pass auf, sie kann eine mürrische Hexe sein, wenn sie will.«

Tante Brenna meinte: »Wenn du nicht willst, dass ich dafür sorge, dass du neben ihm auf einer Pritsche liegst, machst du jetzt die Tür zu, Logan.«

Die Tür knallte zu. Connor sah Tante Brennas Grinsen.

Seine geliebte Tante wandte sich an Hagen und forderte ihn auf: »Erzähl mir genau, was passiert ist. Lass nichts aus.«

Connor sagte: »Ich kann ...«

»Connor, sei still. Ich sage es dir nicht noch mal«, drohte seine Tante.

Sela meinte: »Connor, tu, was sie sagt. Du bist zu schwach.«

Also gab er nach. Er richtete seinen Blick auf Hagen, der auf einem Hocker in seinem Blickfeld saß, und hörte zu.

»Wir waren hinter einem Hügel, und Pa hörte Dugan – ja, Dugan Comming – sagen, dass er ihn umbringen würde, wenn er ihm jemals begegnen würde. Ich versuchte, Pa aufzuhalten, aber er trat hervor und der Kampf begann einfach so. Seine etwa zehn Männer waren überall. Wir waren nur

Brynja, ich und Alaric. Broc und Merryn waren weggegangen, um nach den Kindern zu suchen. Und ein weiterer Kerl tauchte auf Pas anderer Seite auf. Er schlug ihn nieder, aber Dugan traf seinen Bauch, als er den anderen Mann niederstreckte. Pa sackte zu Boden und überall war Blut …«

»Hagen, ich sehe das Blut. Seine, Brynjas und deine Tunika und dein Plaid sind total durchweicht, aber da ist keine Wunde.« Tante Brenna sah ihn an und sagte: »Wo, Connor? Wo wurdest du getroffen?«

Connor zeigte mit der Hand auf die Stelle und sah zu, wie seine Tante seine Tunika hochhob, um nach einer offenen Wunde zu suchen. Aber es gab keine. »Ich sehe nur eine Narbe, die wie ein Blitz aussieht.« Sela schaute über Tante Brennas Schulter. Hagen wurde blass und drückte Brynjas Hand.

»Wo, Connor? Zeig auf die Wunde.«

Er tat es und sagte dann: »Sie ist verheilt. Lia war dabei.«

Sela schnappte nach Luft und Maeve ließ sich auf einen Hocker fallen.

»Lia hat dich geheilt? Aber da ist so viel Blut.« Tante Brenna schaute Hagen und Brynja an. »Ist das ganze Blut auf dir und Brynja Connors Blut? Seid ihr beide nicht verletzt? Hat sonst noch jemand eine Wunde? Alaric? Broc?«

»Es ist alles von Pa.« Hagen nickte, Brynja nickte.

Tante Brenna sah ihn wieder an. »Das ist unmöglich.«

Connor nahm Brennas Hand und sagte: »Hört mir zu. Und ihr alle müsst Stillschweigen bewahren. Lia sagte Hagen, er solle seine Hände auf mich legen, dann sagte sie zu Brynja, sie solle ihre Hände auf

Hagens legen. Und diese Hitze durchströmte mich, kurz bevor der Blitz über meinem Kopf einschlug. Der Schmerz verschwand.«

Die drei schauten verdutzt. »Hagen, du und Brynja könnt gehen. Holt euch was zu essen«, meinte er dann.

Die beiden gingen Hand in Hand. »Ich komme wieder, Pa.«

»Ich danke euch beiden«, sagte er. »Und wir haben allen nur gesagt, dass Lia mich geheilt hat. Das ist alles.«

Als die beiden weg waren, sah er Maeve und seine Frau an und sagte: »Ich habe Mama und Papa gesehen.«

»Was?«, fragte Maeve und beugte sich vor.

Tante Brenna meinte: »Es ist nicht ungewöhnlich, dass Menschen, die fast tot sind, ihre Lieben sehen. Das kommt oft vor. Wahrscheinlich ist es wie in einem Traum.«

Connor ergriff Tante Brennas Hand und sagte: »Nein, Papa hat gesagt, ich solle Dugan vergessen. Dass ich noch nicht gehen würde, und ich solle helfen, die Mannschaft zusammenzustellen, die mit Lia arbeiten soll.«

»Lia? Papa kennt Lia?«, fragte Maeve.

»Er sagte, Hagen und Brynja seien miteinander verbunden, dass sie zusammen mit Grant und John besondere Kräfte haben würden. Und auch andere, aber dann bin ich aufgewacht. Sie waren so real. Pa schimpfte mit mir, weil ich mich von meinen Emotionen leiten ließ. Er sagte, ich solle Dugan vergessen. Er sagte, es gäbe Schlimmeres.«

Connors Wangen waren feucht von Tränen, von

denen er nicht gewusst hatte, dass sie geflossen waren.

Tante Brenna tätschelte seine Hand und meinte: »Connor, das klingt, als hättest du eine gehörige Tortur hinter dir, aber du bist blass und schwach und brauchst Ruhe. Ich werde dich so behandeln, als hättest du eine riesige Wunde, aus der du all das Blut verloren hast. Vielleicht hat Lia dir ein paar seltsame Stiche verpasst. Ich weiß es nicht. Du bist verletzt und wirst tun, was ich dir sage. Ich möchte, dass du zuerst etwas trinkst. Maeve, würdest du ihm bitte etwas Brühe bringen? Trink die Brühe und schlaf dann. Dein Körper hat, auch wenn kein Blut mehr fließt, eine Tortur durchgemacht. Wenn du genesen möchtest, um das zu tun, was mein Bruder von dir verlangt, dann musst du hierbleiben und tun, was ich sage.«

Connor lächelte und flüsterte: »Das hat er auch gesagt. Und Mama. Sie hat gesagt, ich soll auf Tante Brenna hören, also verspreche ich, alles zu tun, was du sagst. Ich werde jetzt meine Augen schließen. Wenn Maeve die Brühe bringt, weck mich auf. Ich werde sie trinken. Bitte sagt niemandem, was ich euch anvertraut habe. Ich werde es Kyla und Jamie erzählen, wenn ich sie sehe.«

Er schloss die Augen und schnarchte leise, bevor Tante Brenna ihn mit einer Decke zudecken konnte. Maeve ging, um die Suppe zu holen, und Sela sah sie an. »Ich weiß nicht, was ich glauben soll, aber ich bin dankbar. Hagen, Brynja und er sind alle voller Blut.«

»Ich würde sagen, dass Lia das getan hat. Ich weiß nichts über die anderen, aber wir alle wissen, dass Lia besondere Kräfte hat. Ich bin dankbar, genau wie du, Sela. Ohne Lia hätte er es nie zurückgeschafft. Er wäre in einem Boot gestorben.«

Tante Brenna stand auf, um Wasser in einer Schüssel zu holen, damit sie das Blut von ihrem Neffen abwaschen konnte, und Sela saß einfach auf dem Hocker und legte ihre Wange an die Brust ihres Mannes.

Kapitel Zweiundvierzig

Brenna sieht ihren Bruder wieder…

Da die ganze Familie angekommen war und es nur noch wenige Tage bis Weihnachten waren, hatten sie beschlossen, das Weihnachtsfest mit der Hochzeit von Hagen und Brynja zu beginnen. Von da an stand ihnen eine große dreitägige Feier bevor.

Jamie, Gracie und Kyla waren mit verschiedenen anderen Grants angekommen, die sich alle um Connor sorgten. Zwei Boote mit Wachen waren nach Hause gefahren und es blieb ein Boot für die Familienmitglieder übrig.

Gracie schwor, dass sie warten würde, bis Eli ihr Baby bekommen hatte.

Connor genoss es, Zeit mit seinem Bruder und seiner Schwester zu verbringen. Am Vorabend hatten sie auf der Brüstung gesessen, und er hatte ihnen von seiner Nahtoderfahrung erzählt, als er ihre Eltern gesehen hatte. Kyla hatte während der ganzen Geschichte geweint.

Er hatte das Geheimnis um Hagens und Brynjas wahre Gabe für sich behalten, weil er Angst hatte, dass niemand ihnen glauben würde. Ganz im

Sinne von Hagen hatte er sich geweigert, mit der Heirat zu warten, also hatten sie die Hochzeit geplant, wobei Kyla und Sela jede Minute der Vorbereitungen genossen hatten. Sie hatten eine großartige, erfolgreiche Jagd mit Sloan, Thane und Lennox, bei der Merryn ihren ersten Fasan erlegte, während Dyna zwei und Eli einen erlegten. Es gab reichlich Lamm- und Wildpasteten und sogar ein Stück Wildschweinfleisch, das Jamie mitgebracht hatte, und die Köchinnen der MacVeys und Rankins hatten mit zusätzlichem Brot ausgeholfen.

Es würde ein wunderbares Fest werden.

Die Hochzeit hatte in der vollbesetzten großen Halle begonnen und es waren so viele Menschen anwesend, dass einige stehen mussten. Connor saß neben dem Paar, während der Priester redete. Hagen und Brynja standen mit verschränkten Händen nebeneinander und sie waren bereit, ihr Eheversprechen abzugeben.

Sein Blick wanderte liebevoll zu seinem Sohn, der verliebt und hingerissen war, aber auch stolz das Schwert seines Vaters trug. Connor hatte es ihm zuvor in Anwesenheit seiner Geschwister überreicht und war nicht über seine eigenen Tränen überrascht, sondern über die von Sela und Hagen. Kyla und Maeve hatten Tränen vergossen, aber das hatte er erwartet.

Oh, Connor würde trotzdem kämpfen, aber er brauchte das mächtigste Schwert nicht mehr. Die beste Waffe gehörte dem stärksten Schwertkämpfer, und Hagen hatte sich bewährt. Alle Cousins von Hagen hatten das bemerkt, sobald sie zu ihnen gestoßen waren, und klopften ihm auf den Rücken und neckten ihn.

Sela saß neben ihm und sie war so schön wie an dem Tag, als er sie in Inverness kennengelernt hatte. Ihre Augen waren von ihren Tränen ein wenig feucht, aber sie lächelte. Kyla saß auf der anderen Seite von ihm, Jamie auf der anderen Seite von Sela, und Tante Brenna saß vor ihnen und meinte, dass das alles vielleicht ein bisschen viel für Connor sei. Sie weigerte sich, von seiner Seite zu weichen, und erteilte ihm ein paar Ermahnungen, bevor sie ihm sagte, dass er wieder kämpfen dürfe.

Die Stimme des Priesters hallte durch den Saal, während eine Gruppe von Musikanten ihre Saiteninstrumente spielten. Connor hatte allerdings nur Augen für eine einzige Stelle.

In der Kammer der Heilerin war ein seltsames Licht zu sehen. Die Kammer war menschenleer und die Tür stand offen. Brenna saß nicht weit von der Tür ihrer Kammer entfernt.

Connor konnte seinen Blick nicht von dem kleinen Licht im Inneren abwenden, und schließlich zog es ihn hinein. Niemand außer ihm schien es zu bemerken, vielleicht konnten Sela und Kyla es sehen, wenn sie sich umdrehten, aber keine von beiden konnte ihren Blick von dem Paar abwenden.

Er drückte Selas Hand, beugte sich vor und sagte: »Ich brauche etwas zu trinken, um mich zu beruhigen. Ich bin gleich zurück.« Er hoffte, das würde reichen. Er hatte ihr gesagt, dass der Kampf ihn wieder geschwächt hatte, und das war bestimmt auch der Fall, aber Comming war erledigt. Er ging in die Heilkammer und zog Brenna mit sich, in der

Hoffnung, dass das seine Abwesenheit vertuschen würde, falls es jemandem auffallen sollte. Kyla folgte ihm und flüsterte ihrem Bruder zu: »Was ist los?«

Aber er wollte auch, dass seine Geschwister sahen, was ihn zusammen mit Tante Brenna anzog. Wenn er recht hatte, würde es für Kyla und Jamie genauso viel bedeuten, sie zu sehen, wie für Tante Brenna, ihren Bruder wiederzusehen.

Es war dunkel, außer dem Licht in der Mitte gab es keine Beleuchtung. Connor bedeutete Jamie, ihm zu folgen. Er hielt die Tür offen, bis Jamie und Maeve hinter ihm hereinkamen. »Was ist los?«, fragte Jamie.

»Nichts, nur so ein Gefühl. Komm näher. Ich will dir was zeigen.«

Sobald Connor die Tür geschlossen hatte, standen sie vor ihnen, ihre Eltern, und strahlten eine unvorstellbare Herrlichkeit aus.

Alexander und Madeline Grant.

Kyla flüsterte: »Mama? Papa?«

Maeve schnappte nach Luft, Tränen liefen ihr über die Wangen.

Tante Brenna sagte: »Oh, Alex. Ich vermisse dich so sehr.« Dann sah sie Maddie an und sagte: »Und dich, meine liebe Schwester.« Sie waren keine leiblichen Schwestern, aber Tante Brenna hatte immer gesagt, Maddie sei ihr so nah wie eine Schwester.

Connor schnappte sich einen Stuhl, setzte sich und nickte beiden zu. »Danke, dass ihr noch einmal gekommen seid. Ich wusste, dass ihr es seid, als ich das Licht sah, Pa. Und ich wollte Jamie, Maeve und Kyla mitbringen.«

»Connor«, sagte seine Mutter. »Wir sind hier, um Hagen heiraten zu sehen, und du verpasst es.«

»Es war nur der musikalische Teil, Mama. Keine Sorge. Und ich verspreche, dass ich bei ihrem Gelübde dabei sein werde. Danke, dass ihr mich auf Tiree gerettet habt.«

Sein Vater trat näher, so nah, dass er ihn fast berühren konnte, aber er strahlte eine solche Transparenz aus, dass er es besser wusste, als die Hand nach ihm auszustrecken. Das Haar seines Vaters war so dunkel wie die Nacht. Der alternde, grauhaarige Alex Grant war verschwunden und durch den wilden Highlander Laird ersetzt worden, an den sie sich alle so gut erinnerten. »Hagen und Brynja haben dich das erste Mal gerettet, Connor. Du hattest Glück. Du und Hagen habt das zweite Mal großartige Arbeit geleistet, indem ihr euren Verstand statt eurer Gefühle eingesetzt habt. Gut gemacht. Du hast dich mit Dugan gemessen, Connor. Fürchte dich nicht. Du wirst genesen«, sagte sein Vater. »Es ist noch nicht deine Zeit und du hast noch viel zu tun. Lia wird es dir später erzählen.«

Diese Bemerkung überraschte Connor. »Du kennst Lia?«

Seine Mutter lächelte ihn an, als würde sie ihm dabei zusehen, wie er sich den Mund mit ihren festlichen süßen Brötchen vollstopft. »Natürlich kennen wir Lia. Du wirst schon sehen.«

Sein Vater meinte: »Lass dich von dem Mädchen nicht täuschen. In dieser kleinen Fee steckt eine weise alte Seele.«

Ihre Mutter faltete die Hände vor der Brust. »Wir sind so stolz auf euch alle, wie ihr eure Kinder großgezogen habt. Und Brenna, wir danken dir, dass du dich immer so gut um unseren Clan gekümmert hast.«

Ihr Vater fügte hinzu: »Und meinen Dank dafür, dass du den Clan zu der Macht geführt hast, die er jetzt hat. Und am wichtigsten ist für mich, dass du ihn zu einem Clan gemacht hast, auf den alle Schotten stolz sein können. Ich habe noch eine Frage, Connor. Hast du die Wahrheit über deinen Sohn schon akzeptiert?«

Connor grinste und die Tränen trübten seinen Blick. Er wusste, was sein Vater meinte, der auf seine besonderen Fähigkeiten anspielte, aber er kannte seinen Vater gut genug, um zu wissen, dass diese Fähigkeiten geheim bleiben mussten. Also antwortete er auf eine Weise, die seine Geschwister unterhalten würde. »Ja, Hagen hat mich besiegt, Vater. Er hat jetzt das stärkere Schwert.«

Sein Vater brach in herzliches Lachen aus, dessen süßer Klang ihnen allen so viele Erinnerungen zurückbrachte, dass Kyla einen leisen Schrei ausstieß.

Hinter Alex und Maddie tauchte ein Kopf auf.

Jake lächelte. »Er ist besser als du, Connor. Genauso wie Alasdair mich vor langer Zeit besiegt hat. Ich grüße euch alle. Frohe Weihnachten, besonders meinem Zwilling.«

»Du wirst mehr vermisst, als du dir vorstellen kannst, Jake«, meinte Jamie zu ihm. »Verdammt noch mal ... so sehr.« Connor sah Jamie nicht oft weinen, aber er vergoss ein paar Tränen mit ihm.

Maddie Grant hob ihre Hand zum Abschied. »Wir gehen jetzt. Unsere Zeit ist immer knapp. Geh zurück zu den anderen. Wir lieben dich. Viel Glück euch allen.«

Ihr Licht verblasste, und Tante Brenna beugte sich vor und umarmte ihn, ohne dass einer von ihnen ein Wort sagte, bevor sie zur Zeremonie zurückkehrten. Kyla wischte sich die Tränen weg und beugte sich vor, um beiden Brüdern einen Kuss auf die Wange zu geben, dann umarmte sie Tante Brenna. Maeve wischte sich die Tränen fort, die scheinbar nie versiegen wollten, während die anderen sie umarmten.

Sie brauchten keine Worte, ihre Herzen waren voll.

HIGHLAND HIGHLIGHTS
THE BEST OF…

Alexander Grant, Teil 1 und 2
Madeline Grant
Brenna Grant
Logan Ramsay, Teil 1 und 2
Gwyneth Ramsay
Loki Grant
Torrian Ramsay
Connor Grant
Maitland Menzie
Dyna Grant
Die Kinder, Teil 1 und 2
Die Haustiere, die Geister und Gespenster
Meine Lieblings-Szenen

ÜBER DIE AUTORIN

KEIRA MONTCLAIR IST das Pseudonym einer Autorin, die mit ihrem Mann in South Carolina lebt. Sie liebt es, temporeiche, emotionale Liebesromane zu schreiben, insbesondere mit Kindern als Nebenfiguren.

Wenn sie nicht schreibt, verbringt sie gerne Zeit mit ihren Enkelkindern. Sie hat als Mathematiklehrerin an einer High School, als examinierte Krankenschwester und als Büroleiterin gearbeitet. Sie liebt Ballett, Mathematik, Rätsel, alles Neue zu lernen und neue Charaktere zu erschaffen, in die sich ihre Leser verlieben können.

Sie schreibt historische Liebesromane mit Spannung. Ihre Bestseller-Reihe ist eine Familiensaga, die zwei mittelalterliche schottische Clans über vier Generationen hinweg begleitet und mittlerweile über dreißig Bücher umfasst.

Kontaktieren Sie sie über ihre Website: *www.keiramontclair.com*

www.ingramcontent.com/pod-product-compliance
Lightning Source LLC
LaVergne TN
LVHW010636110826
845149LV00014B/2854

* 9 7 8 1 9 7 2 6 0 1 1 1 2 *